Roman Marchel Kickboxen mit Lu

Roman Marchel

Kickboxen mit Lu

Roman

Residenz Verlag

Bibliografische Information der Deutschen Nationalbibliothek
Die Deutsche Nationalbibliothek verzeichnet diese Publikation in der Deutschen Nationalbibliografie; detaillierte bibliografische Daten sind im Internet über http://dnb.d-nb.de abrufbar.

www.residenzverlag.at

Umschlaggestaltung: www.boutiquebrutal.com
Umschlagbild: Peter Rauchecker
Typografische Gestaltung, Satz: Ekke Wolf, typic.at
Schrift: Minion Pro
Lektorat: Günther Eisenhuber
Gesamtherstellung: CPI Moravia

ISBN 978-3-7017-1573-2

Für Tatjana

1

Geschichte hab ich aber keine für dich, also keine richtige. Ich meine, ich kann dir erzählen, was ich hier so mach den ganzen Tag. Wenn du das willst, ein Buch mit drei Seiten. Oder was ich so denk, über manche Dinge, wies mir so geht. Wird halt keine Pfaufeder interessieren, wenn du mich fragst. Ich meine, du machst nicht so eine Art Doku über die heutige Jugend oder so was? So eine Generationensache im O-Ton, das interessiert keinen, sag ich dir, die Jugend am allerwenigsten. Und mein Okay hättest du auch nicht. Da wärst du bei mir an die Falsche geraten, damit hab ich nämlich absolut nichts zu tun, mit der heutigen Jugend. So was gibts überhaupt nicht. Das ist nur eine halbe Idee von den Alten, die sich falsch an ihre Jugend erinnern, und dann vermischen sie ihre falsche Erinnerung mit dem, was sie sehen, bei den Jungen, auch falsch natürlich, ohne Fantasie. Die heutige Jugend ist in Wirklichkeit nur ein Gedächtnisproblem und ein Vitamin-F-Mangel. Das ist alles Pfaufeder, tut mir leid. Und noch was, damit du dir keine falschen Hoffnungen machst: Über manche Dinge red ich nicht, keine Chance. Sex, Gott, Träume. Wenn du auf so was aus bist, sags gleich, dann sparen wir uns das. Und Träume mein ich übrigens total. Also die, die du hast, wenn du schläfst, wenn dein Hirn also auf Sparflamme ist, und die anderen, wenn du dir deine goldene Zukunft vorstellst. Also eigentlich auch, wenn dein Hirn auf Sparflamme ist. Also, kein Sex, kein Gott, keine Träume. Ich bleib dabei.

Sagt Lu. Sie ist sechzehn.

Lu sagen fast alle zu ihr, nur ihre Großmutter hat sie Luna genannt. Ihr richtiger Name ist Luziana. So nennen sie ihre Eltern in, wie Lu sagt, ernsten Situationen. Und in sehr ernsten Situationen fügen sie noch den Nachnamen hinzu, das haben sie aus Fernsehserien. Aber hier geht das nicht, sagt Lu, weil das ja ein Buch werden soll und keine Serie, und weil sie keine Lust hat auf einen Herzinfarkt, wenn sie dann ihren vollen Namen liest. Wenn sie also einen Wunsch frei hat, dann wünscht sie sich, sagt sie, Lu.

2

Lu zieht ihr linkes Knie zum Kinn, dann stellt sie die Ferse auf die Bank. Auch nicht. Sie klemmt ihren grünen Leinenschuh hinter die rechte Wade, das Knie fällt zur Seite, das Kinn geht wieder hoch. Die Bank steht im Halbschatten eines Apfelbaums, die Sonne des herrlichen Augustvormittags tüpfelt das Bild und sagt, du bist schön. Eine Botschaft, die Lu nicht erreicht. Ihre Lippen sind vom Rot gefrorener Himbeeren, weiße Frostspuren noch dort und da. Sie kaut viel auf ihnen herum. Lu sucht nicht das schönste Bild von sich, sie sucht etwas anderes. Die ideale Verhandlungsposition.

Sie greift mit beiden Händen ihr liegendes Schienbein, neigt den Kopf zur Seite, das kastanienbraune Haar fällt ins Gesicht. Es ist nie geföhnt, trocknet aber schnell zu leichten Wellen mit orangefarbenen Sonnenstreifen, darin hängt der Duft ihres Mango-Shampoos.

Du bist schön, sagen Licht und Schatten.

Wenn du das dann zu einem Buch machst, sagt Lu, steht dann da nur drin, was ich sag, oder auch das, was du sagst?

Sie wartet mit weit geöffneten Augen auf Antwort. Der Grünstich in ihrem Braun wäre vielleicht ohne Mangogeruch nicht zu erkennen, jedenfalls ist er mehr Drohung als Zuversicht.

Nur das, möchte Tulpe Valentin, was Lu sagt.

Dann, sagt Lu, vergiss es. Sie steht sofort auf und geht.

An ihr Tempo muss Tulpe Valentin sich erst gewöhnen. Sie weiß, sie hat nicht viel Zeit. Das Wort kindisch fällt ihr von irgendwoher zu, sie wirft es Lu nach. Man kann doch über alles reden. Nicht mit Lu. Tulpe Valentin muss versprechen und schwören, bis Lu wieder dasitzt, diesmal mit den Händen links und rechts auf der Bank, deren flaschengrüner Lack an manchen Stellen abgeblättert ist wie der babypyjamablaue Lack ihrer leicht angekauten Fingernägel. Dort sieht Lu nicht hin, ihr Blick ist im Himmel. Oh Gott.

Schwör, dass du es nicht nur machst, sagt Lu, weil ich es sage. Sondern weil du es selber richtig findest.

Tulpe Valentin macht es, weil sie Lu vertraut.

Das ist nicht dasselbe. Du musst es, sagt Lu, selber für richtig halten. Die Leute denken sonst, das sture Kind hat seinen sturen Kopf durchgesetzt.

Tulpe Valentin ist nicht ganz sicher, ob das denn ganz falsch wäre.

Das wär Pfaufeder falsch. Pfaufeder, sagt Lu. Es geht nämlich nicht um mich, sondern um dein Buch. Was wär denn das für ein Buch, in dem ein Mädel von der ersten bis zur letzten Seite durchquasselt? Überhaupt musst du auch eine Szene einbauen mit Schweigen. Aus Schweigen. Wo ich nichts sag und du auch nicht. Niemand. Eine stille Stelle. Eine weiße Seite vielleicht. Nein, doch nicht. Die Leute würden sie einfach überblättern. Die würden denken, das ist ein Fehler, und das wärs dann mit dem Schweigen. Du musst also eine stille Stelle schreiben, am besten ein ganzes Kapitel. Die Arbeit kann ich dir nicht abnehmen, tut mir leid.

Tulpe Valentin muss noch einmal schwören.

Lu schwört auch, nämlich dass sie Tulpe Valentin holen kommt, wenn sie lügt. Und wenn sie sich in der Hölle versteckt.

Tulpe Valentin ist zweiundsiebzig, und es braucht nicht das falsche Augenmaß der Jugend, ihr zwei Jahrzehnte mehr anzusehen. Auch dass Lu sie zuerst in der Hölle suchen würde, wundert sie nicht.

Das ist nämlich nicht irgend so ein Wunsch von mir, so ein Gezicke. Ich will dich echt vor einem Fehler bewahren, der alles ruinieren würd. Dein Buch und alles. Ich hab das erlebt. In der Schule, natürlich. Wir haben dieses Buch gelesen, *Wilhelm Meister*, von Goethe. Die meisten haben gleich gesagt, das Buch ist Pfaufeder, der Goethe ist überhaupt Pfaufeder. Aber ich hab das Buch eh okay gefunden, zuerst. Natürlich redet heute keiner mehr so. Aber wenn einer schon die Schwärmerei kriegt, sicher mit Fieber und Durchfall und allem, nur wegen so einem Puppentheater, dann so. Wirklich nicht schlecht, hab ich gedacht. Den *Erlkönig* find ich sogar echt gruslig. Dass so einer so was hat schreiben können, Punkt für ihn. Jedenfalls haben wir ein Theaterstück draus gemacht, aus *Wilhelm Meister*. Unser Deutschlehrer ist so ein Typ, der denkt, wir verstehen nichts. Er heißt Essel. Dass wir das eine S gern weglassen, brauch ich dir nicht sagen. Originalitätspreis kriegen wir dafür keinen, ein Esel ist er trotzdem. Wir verstehens nur, sagt er, wenn wir uns selber einbringen. *Einbringen*, das ist so ein Lieblingswort von ihm. Ich schwör dir, ich erkenn unter tausend Leuten, welcher der Lehrer ist. Ich würd sie alle für eine Minute irgendwas reden lassen. Der Lehrer ist der, der, bevor die Minute halb vorbei ist, so ein Wort sagt. Den könntest du das *Vaterunser* aufsagen lassen, er würds nicht packen ohne ein Wort wie *einbringen* oder *Dialog* oder *Konflikt*. Manchmal denk ich, das bringt mich um, das Einbringen. Irgendwie hat er aber auch nicht ganz Unrecht, geb ich zu. Ich meine, das Proben und alles, das war schon okay. Ich war Mignon. Die Geschichte kennst du ja, ich sterbe. Die Proben hab ich ganz normal mitgemacht. Ich meine, ich hab nichts boykottiert oder so, wie sie später gesagt haben. Bis auf das Kostüm. Ich wollt ein Mignon-Kostüm. Der Goethe wird schon gewusst haben, warum er das in sein Buch schreibt, also was sie anhat. Der Essel wollt ein flippiges Outfit. Seine Worte. Wenn Lehrer schon so reden, ich sags dir. So wie auf einer Party, hat er gesagt. Man muss die Geschichte umlegen, hat er gesagt, auf die heutige Zeit. Das ist auch so ein Lieblingswort von ihm, *umlegen*. Hat wahrscheinlich schon lang keine mehr umgelegt, haben wir gesagt, unter uns natürlich, da muss man ja komisch werden im Kopf. Ein punkiges Shirt wollt er, mit einem coolen Aufdruck. Seine Worte. Das ist nicht Mignon. Das werden die, die nicht ganz blöd sind, schon kapieren. Das packen die schon. In einem Kostüm passt Mignon aber nicht zu den anderen, hat er gesagt. Mir egal. Außerdem, hab ich gesagt, passt Mignon sowieso nicht zu den anderen, im Buch auch nicht. Am Ende hat er nachgegeben. Natürlich mit diesem Blick, das sture Kind hat seinen sturen Kopf durchgesetzt. Unsere Diva. Keine Chance, dass der verstanden hätt, dass es mir nicht um meinen Kopf geht. Dass ich seine Aufführung retten wollt. Na ja, hat nicht geklappt. Das mit der Rettung, mein ich. Muss ich zugeben. Es hätt mir früher auffallen müssen, wirklich, mein Verhau. Aber was hättest du gemacht, bitte? Es war so: Bei der Aufführung lieg ich auf dem Boden, ich bin tot. Sie sagen es auch, sie wissen es. Alle wissen es. Die Zuschauer auch. Die Lehrer, die Eltern, die Großeltern. Die Großeltern mit ihren Kameras. Ich liege da, die Augen geschlossen, tot. Und die, die anderen, was machen die? Die quaken und quaken. Mir wird heiß, dann kalt, dann schlecht. Ich glaub, ich kotz mich an, wie ich da tot auf dem Rücken lieg, und die quaken und quaken. Ich habs echt nicht gepackt. Also bin ich aufgestanden und hab gesagt, bitte, hallo? Ich bin tot. Mignon ist tot. Könntet ihr also bitte für eine Minute die Klappe halten? Geht das? Wenn der Goethe da gewesen wär, ich schwör dir, ich hätt ihn umgebracht. In dem Moment, mein ich. Du brauchst aber nicht glauben, dass irgendwer das verstanden hätt. Also die Leute, bei der Aufführung, mein ich, du kannst dir ungefähr vorstellen, was los war. Und in den Tagen darauf. Die Solveig war echt sauer. Für sie ist die Schauspielerei nicht nur so ein Einbringen oder ein Umlegen, das ist echt eine Leidenschaft von ihr. Ihre große Leidenschaft eigentlich. Dass ich ihr das verpatzt hab, tut mir leid, wirklich, heute noch. War ja nicht ihre Schuld, dass sie da hat weiter quaken müssen, wegen dem Goethe. Sie war der Wilhelm Meister. Und was für einer, bis zum Quaken, mein ich. Echt gut. Wegen ihr hats mir am meisten leid getan. Die Lehrer hätt ich schon ausgehalten. Nur dass die immer öfter zusammengestanden sind, da muss man ja paranoid werden. Sie haben ihre Grabesstimmen ausgepackt und palavert, dabei haben sie immer von *Nachspiel* geredet. Das wird ein Nachspiel haben, haben sie gesagt. Das wird ein Nachspiel geben. Auch so ein Lieblingswort von denen. Einbringen, umlegen. Dialog, Konflikt, Nachspiel. Ich meine, sagt das nicht alles? Wer will bitte so werden?

3

Vielleicht sollt ich lieber mal mit dem Anfang beginnen. Wenn das wenigstens so was Ähnliches wie eine Geschichte werden soll.

Lu sagt das mit ehrlichem, unsicherem Vielleicht, auch wenn sie weiß, dass es zu spät kommt. Es ist ihr fünfter Tag hier, der dritte ihres gemeinsamen, wie sie es nennt, Lu-TV-Vormittagsprogramms. Ihr Zweifel gilt aber nicht dem Durchzählen, sondern dem Anfangen und dem Beginnen selbst, die sich immer wieder gegen ihr Tempo sträuben.

Also wie ich hierher gekommen bin. Mit dem Zug in die Stadt, dort wollt ich nicht bleiben. Aber mitten in der Nacht. Wie soll ich sagen, tausend goldene Möglichkeiten hab ich ja nicht gehabt. Ich hab mich also auf eine Bank gesetzt. Komisch, oder? Banksitzen, darauf scheints hier hinauszulaufen. Nur dass ich nicht gequasselt hab, so weit ists noch nicht mit mir. Ich habe gewartet. Keine Ahnung, auf was. Auf einmal fällt mir auf, das Bahnhofscafé ist offen. Drinnen sind vielleicht fünfzehn Tische und nur zwei Leute. Der Kellner hat die Sinnkrise, ist ja klar. Er hat mir leid getan, also bin ich hinein. Ich hab einen Espresso bestellt, obwohl ich das mit dem Kaffee noch nicht so drauf hab, geb ich zu. Ich mag keinen Kaffee. Wenn du mich fragst, kann kein normaler Mensch so was trinken. Vielleicht sind die Erwachsenen deshalb so, wegen dem Kaffee. Keine Ahnung. Was ist ein Erwachsener? Einer, der gelernt hat, so zu tun, als ob ihm Kaffee schmecken würd. Einer, der das so gut gelernt hat, dass ers selber glaubt. Mein Ex war der Beste. Der hat immer gesagt, wow, ich brauch echt einen Kaffee. Als wär er so ein fertiger FBI-Typ aus dem Fernsehen, der seit zwei Wochen auf Verbrecherjagd ist, ohne Schlaf. Oder voll auf Party. Dann hat er einen Schluck genommen und geschaut, so unauffällig, ob wir ihn wohl eh für einen FBI-Typ halten oder für Mr. Killer Jones vom Dancefloor. Den Rest hat er stehen lassen. Mit dem einen Schluck hat er dann fünf Tage gekämpft. Also bis er den Krampf aus dem Mund gekriegt hat. Dann ist es von vorn losgegangen. Ich frag mich. Nein. Egal, ich bestell also einen Espresso, weil das erstens am unauffälligsten ist, in einem Café, und zweitens das Billigste auf der Karte. Sagt auch was aus, oder? Ich sitz also bei meinem Espresso und wart, dass die Zeit vergeht. Oh Gott. Für den Kellner bin ich sicher so eine wie mein Ex. Fällt mir grad ein. Die beiden anderen, die Gäste, mein ich, sind aber auch nicht besser. Die warten genauso und lesen die Zeitung. So weit ist es ja bei mir noch nicht, dass ich die Zeitung les. Fertig hin oder her. Natürlich ist der Kellner gleich wieder in der Krise. Aber ich bin ja keine Millionärin, da ist nichts zu machen. Die beiden anderen, so wie sie aussehen, schwimmen erst recht nicht im Geld. Der Kellner muss da selber raus. Vielleicht ist das am besten so. Leid tut er mir trotzdem. Das heißt nicht, dass ich auf ihn steh, oder so. Manche tun einem einfach leid. Zum Beispiel wegen der Uhr. Da war natürlich so eine große Uhr in dem Café. Und der Kellner hat die ständig vor sich. Mir haben die paar Stunden gereicht, das schwör ich dir. Und dann ist es ja noch dazu so, dass, wenn du dauernd hinschaust, die Uhr dir ja nicht einmal mehr sagt, wie späts ist. Sondern nur, dass die Zeit nicht vergeht. Da bewegt sich ja nichts. Also ich weiß echt nicht mehr, wie späts war, wie ich gegangen bin. Obwohl ich immerfort auf die Uhr geschaut hab. In den zwei Fenstern zu den Bahnsteigen wars noch dunkel, aber man hat schon gemerkt, nicht mehr lang. Wenn die jetzt dann da draußen einen Sonnenaufgang aufführen, hab ich gedacht, so mit roten Schimmerstreifen auf den Gleisen und mit den Arbeitern, das pack ich echt nicht. Also bin ich raus. Natürlich haben mich sofort ein paar Taxifahrer angequakt. Nicht einer, ein paar. Um die Uhrzeit vor dem Bahnhof. Auf wen warten die denn, bitte? Vielleicht halten sie es ja nur daheim nicht aus, das wär ja noch zu verstehen. Aber wenn du allein bist in der Nacht, dann können dich solche Gestalten echt fertigmachen. Ich schwör dir, wenn ich eine Millionärin wär, ich wär reingegangen und hätt dem Kellner ein paar Scheine zugesteckt. Nimm dir ein Taxi und fahr nach Granada, hätt ich gesagt. So bin ich halt nur an den Taxifahrern vorbei, nach vorn, zur Straße. Autostopp. Was sonst? Halt mir jetzt keine Rede mit deinem Blick. Dass ich dafür keinen Intelligenzpreis krieg, weiß ich selber. Die ersten beiden, die stehen geblieben sind, waren Männer. Die dritte war eine Frau, aber ich sag dir, bei der hab ich erst richtig das Gruseln gekriegt. Die hat ausgeschaut wie die Mutter vom Erlkönig, original. Wenn die auf dem Rücksitz ein goldenes Kleid liegen gehabt hätt oder ein paar geknebelte Kinder im Kofferraum, mich hätts nicht gewundert. Ich hab also mein Handy aus der Tasche geholt und so getan, als hätt ich grad einen Anruf bekommen. Hat sich erübrigt, danke, hab ich gesagt. Zum Glück ist sie weiter, mir war echt anders. Herrgott, kannst du mir nicht eins deiner normaleren Kinder schicken, hab ich gesagt, immer noch mit dem Telefon am Ohr. Bis heut frag ich mich, ob er mich gehört hat. Wenn ja, dann hat er seine eigene Vorstellung von normal, das kann ich dir sagen. Weil wer kommt daher? Ein Typ ganz in Schwarz auf seinem schwarzen Motorrad. Schwarze Handschuhe, schwarzer Vollvisierhelm. Er klopft mit der Hand auf den zweiten Helm, der neben dem Sitz hängt, als würd er sein Pferd tätscheln. Steig auf, sagt er, mit einer Stimme wie Darth Vader. Halt mir jetzt keinen Vortrag. Das schau ich mir nämlich an, wie du zu Darth Vader sagst, nein danke. Ich nehm also den Helm und steig auf. Der hat gleich ein Tempo drauf, dass ich mich an ihm festhalten muss, obwohl ich nicht will. Ich umarme seine Taille und leg ihm den Kopf an den Rücken, das musst du dir vorstellen. Der Helm ist viel zu groß, keine Ahnung, wem der passen soll. Vielleicht ist seine Freundin ja die Medusa. Jedenfalls fahren wir so den Fluss entlang, und ich bin mir sicher, ich bin so gut wie tot. Ich bete nur, dass er es kurz macht. Oder dass die Medusa mich versteinert, dass ich nichts mehr spür. Solche Gedanken kommen dir, wenn du glaubst, es ist bald alles vorbei.

Tulpe Valentin möchte denken, wem sagst du das. Aber sie kann das nicht gleichzeitig, ihre Gedanken denken und zuhören. Nicht bei Lu, die redet und atmet gleichzeitig. Wem sagst du das? Ein kurzer Gedanke und kein allzu großer. Vielleicht das Gewicht etwas zu pathetisch auf die beiden Enden verteilt. Aber als sie sich daraus befreit hat, spricht Lu von einem Raupenfahrzeug und von Soldaten. Tulpe Valentin muss, was sie gerade nicht wollte, unterbrechen. Entschuldige bitte, nicht zum letzten Mal.

Lu sind ihre eigenen Worte nicht heilig, sie fallen ihr, noch, zu leicht. Kurz findet sie arg, dass Tulpe Valentin sie allein in den sicheren Tod hat fahren lassen. Aber das hätte, sagt sie, erstens schon gepasst, und zweitens ist sie ja noch da. Da verliert der Tod natürlich seinen Schrecken. Obwohl es eigentlich umgekehrt normal wär. Komisch, oder? Als würds ihn gleich nicht mehr geben, nur weil man noch lebt. Wo war ich? fragt Lu.

Bei Gedanken, wie Tulpe Valentin, kurz vor dem Ende.

Aha, sagt Lu. Weiß ich jetzt auch nicht mehr. Werden so großartig nicht gewesen sein, meine Gedanken.

Von einem Raupenfahrzeug, probiert Tulpe Valentin. Vielleicht von Soldaten.

Das klingt ja gleich nach Invasion, sagt Lu. Zum Glück wars dann doch nur ich. Ein unbewaffnetes Mädel mit Rucksack. Aber ich weiß es schon wieder. Gedanken, das klingt vielleicht ein bisschen zu großartig, aber mir sind da in meiner Angst so Sachen aufgefallen, von denen man denkt. Also von denen es komisch ist, dass sie einem auffallen, wenn es um Leben und Tod geht. So Sachen. Nein, tut mir leid, ich find nicht wieder rein. Ich bin ja noch da, tut mir leid. Für eine richtige Geschichte hätt er mich umbringen müssen. Ich glaub, wir lassens für heute.

4

Tulpe Valentins letztes Buch liegt fünfzehn Jahre zurück, ihr achtes. Die Neun lässt sich nicht unschuldig denken, nicht von Tulpe Valentin, die vor sehr langer Zeit im Spiegel nach einem bestimmten Zug um die Mundwinkel suchte, nach Anzeichen einer Beethovenmähne in ihrem dünnen, brüchigen Haar, lange bevor es von eingetalgten, gelblichen Schlieren in durchsichtige Fäden auslaufen sollte. Und jetzt dieses Buch als Geschenk. Freilich arbeitet es in den Knochen, die Sätze kommen nicht ohne Probleme daher, nur weil Lu es ist, die sie spricht. Sie ist immer noch da, Tulpe Valentin. Sie stört immer noch. Immerhin. Auch damit war nicht zu rechnen, bei ihrer Ankunft, vor zehn Tagen. Im leeren Zimmer, wenn das der richtige Ausdruck ist für ein möbliertes Zimmer mit Mensch, der dort nur nicht hingehört. Im leeren Zimmer trotzdem, weil sie darin nicht zählt, wo sie normalerweise nur sitzt, auf dem Holzstuhl vor dem gemachten Bett. Aus dem Polstersessel kommt sie kaum hoch. Es gibt davon zwei, sie sind tabu. Einmal hatte sie das Gefühl, in eine zu große Kloschüssel gefallen zu sein.

Ihr ist kaum noch etwas peinlich, aber ein und denselben Fehler macht sie nur noch so oft wie nötig. Jetzt sitzt sie besser gar nicht. Sie geht. Sie sucht den Weg, den ihre Gedanken genommen haben, als sie Lu unterbrach, um so weit zurückzugehen, bis sie die Gabelung erkennen würde. Rot markieren oder besser fett, Rot sieht sie nicht mehr so gut, damit sie beim nächsten Mal nicht wieder falsch abbiegt.

Auf dem Nachttisch liegt eine Häkeldecke, deren Stege immer ihr Muster finden. Sie könnte ein schönes Symbol sein, bliebe sie nicht doch lieber einfach ein Untersetzer für die gekrümmte Nachttischlampe, die auch nicht mehr so gut sieht. Ihr fehlt die Glühbirne.

Tulpe Valentin hat großes Vertrauen in Lu, grenzenloses, möchte sie sagen, wäre das nicht ein blau-dunstiges Wort für Bücher voller falscher Versprechen. Es hapert bei ihr selbst. Wer verzählt sich schon öfter als einmal beim Countdown? Sie muss sich setzen, weil sie die Gabelung gefunden hat. Sie weiß, da hilft keine Markierung. Sie wird wieder falsch abbiegen. Jetzt sitzt sie in der Kloschüsselfalle.

5

Zum Frühstück hab ich mir extra einen Kaffee geholt, damit ich leichter zurückfind, in die Stimmung. Sogar zwei Schluck getrunken, obwohl der Geruch auch gereicht hätt. Grauslich. Aber ein gutes Zeichen.

Tulpe Valentin, die morgens immer Kaffee trinkt, die vor Ewigkeiten schon gelernt hat, so zu tun, als ob er ihr schmecken würde, weiß, was Lu meint. Der Kaffee ist zu dünn und schmeckt deutlich nach Thermoskanne, eine Mischung aus glattem Kupfer und verbrannten Maronischalen.

Ich hab also noch den Geruch vom Kaffee in der Nase, wie ein pelziges Insekt fühlt sich das an. Die Luft im Medusa-Helm ist auch nicht grad erfrischend, und Darth Vader vor mir glaubt, er steuert einen Kampfflieger. Ich denk mir, das ist der Tod. Es reicht nicht, dass du bald stirbst, es muss auch noch rundherum alles gruslig sein und anders als sonst, also jedenfalls nicht normal. Die Straße ist nass, vom Regen vorher, und du hast das Gefühl, dass die Reifen sich richtig festsaugen, sogar du selber, also dass dein Hintern sich auch festsaugt, dass das alles eine Kaugummimasse ist oder eine Teigmasse, und du hörst durch den Motorenlärm so ein Dauerschmatzen, und das hab ich vielleicht gestern gemeint mit dem Raupenfahrzeug. Also du hast das Gefühl, das ist kein Motorrad oder ein Weltraumkampfflieger, sondern ein Gummiraupenfahrzeug. Also das fällt dir alles auf, und du denkst dir, na super, und was hab ich jetzt davon? Was ändert das? Ich meine, wenn dir was auffällt, das hat ja nur einen Sinn, wenns auch was ändert, oder? Verstehst du den Widerspruch? Du hast das Gefühl, die Maschine ist mit der Straße verbunden, du kannst nicht stürzen, du fühlst dich total sicher, während du glaubst, während du ganz sicher bist, dass du den nächsten Tag nicht mehr erleben wirst. Dann hält er auf einmal an, stellt den einen Fuß ab, macht mit der Hand so eine Art Soldatengruß, und ich weiß nicht. Ich steig ab, ich nehm den Helm ab und warte. Dass er irgendwas macht. Ich schnall den Helm neben dem Sitz fest und geh einen Schritt zur Seite. Grad dass ich ihn nicht frag, bringst du mich jetzt nicht um, oder was? Er ist sofort weg. Gleich links über die Brücke und weg. Ich sag, danke, wie ich schon nichts mehr von ihm sehen kann. Gut, oder? Er hat mich gar nicht gefragt, wo ich hin will. Wenn da, wo er mich abgesetzt hat, so was gewesen wär wie ein kleiner Platz oder ein Hotel oder irgendwas, ich hätt einen Anhaltspunkt gehabt für seine Gedanken unter dem Helm. Aber so hab ich nur meine eigenen Gedanken gehabt, und die waren keine große Hilfe, das kann ich dir sagen, so allein in der Nacht. Ich bin sicher noch ein paar Minuten stehen geblieben, weil ich ja keinen Plan gehabt hab, weil ich ja fix damit gerechnet hab, dass er mich umbringt, da braucht man keine großartigen Zukunftspläne. Vorher aber auch nicht, geb ich zu. Trotzdem, ich schwör dir, du fährst nicht mit Darth Vader durch die Gegend, durch die Nacht, und sagst hintennach, danke, ich geh dann mal weiter, und tust so, als wär nichts. Weißt du, wie ich mich fühl, seit ich hier bin? Halt mich aber nicht für total übergeschnappt. Nämlich so, als wär ich in Wirklichkeit schon tot, als hätt mich der Typ in Wirklichkeit eh umgebracht, und ich bin nur ein Geist, der nicht zur Ruhe kommt, weil er nicht fassen kann, wie ich so blöd hab sein können und aufsteigen, und weil er Gerechtigkeit fordern muss, Rache, Genugtuung, weil ich irgendwen dazu bringen muss, mich zu rächen. Dich zum Beispiel. Du brauchst aber nicht blass werden, es ist ja nur so ein Gefühl. Er hat mir ja nichts getan, ich leb ja noch. Es ist nur manchmal so, besonders in den ersten Minuten nach dem Aufwachen in der Früh, als wär ich, wie soll ich sagen, in einer anderen Dimension. In einer anderen Wirklichkeit. Also, das musst du ja zugeben, ganz normal ist das hier nicht.

Tulpe Valentin steht an der Gabelung. Der eine Weg ist mit einem Baustellenband abgesperrt. Sie sieht deutlich, überraschend deutlich die roten Streifen.

Na, sagt Lu, egal. Ich geh also los, den Fluss entlang, aber auf der Gehsteigseite. So ist es ja hier, dass der Fluss und die Straße und der Gehsteig das Ziel irgendwie vorgeben. Ich meine, anders als weiter drinnen, in einer Stadt. In der Stadt sind die Straßen und die Gassen ja nur die Zwischenräume, die die Häuser lassen, die Häuserblöcke. Da kann man ohne bestimmtes Ziel herumgehen, da kannst du dir alles immer wieder anders überlegen. Aber hier kannst du nur weitergehen oder umdrehen. Das sind die zwei Möglichkeiten, die du hast, wenn du nicht tot bist. Umdrehen ist für mich natürlich nicht in Frage gekommen, dafür hab ich Darth Vader nicht überlebt. Ich bin also weiter, vorbei an diesen Flächen, dort, wo die Gebäude so lose herumstehen, mit den Autowracks und den Holzstößen mit dem Wellblech drauf. Das hat alles arg ausgeschaut, in der Nacht. Wenn ich das jetzt übrigens noch einmal sag, in der Nacht, dann haust du mir eine rein, okay? Das hat ja inzwischen jeder mitgekriegt, dass ich da keinen Sonntagnachmittagsspaziergang mach. Ich weiß auch nicht, warum ich das immer wieder sagen muss. Jedenfalls hat das dort ausgeschaut wie die verbotene Zone. In einem Kinderfilm wär das der Elefantenfriedhof, mit Geiern und Hyänen. Mir hat das Wellblech gereicht. Das hat echt komisch geklungen, wenn der Wind reingefahren ist, wahrscheinlich weil es nass war, vom Regen. So dumpf hat es gesäuselt, so als wollt es kein Geräusch machen, als würds lieber ganz still auf der Lauer liegen. Solche Gedanken kommen dir halt, wenn du allein unterwegs bist, in der Nacht, wo du dich nicht auskennst. Jetzt hab ichs schon wieder gesagt. Muss mich ja wirklich beeindruckt haben, die Nacht. Eigentlich war mir zum Heulen, wenn ich ehrlich sein soll. Mein Rucksack war auch Pfaufeder schwer. Ich hätt mich gern auf eins von den Autowracks gesetzt oder an einen Holzstoß gelehnt und geheult, wenn ich nicht so Schiss gehabt hätt. Und dann kannst du ja so gut wie sicher sein, dass irgendwo irgendwann irgendein Hund aufkreuzt. Ich mag Tiere, eigentlich alle Tiere. Nur Hunde nicht. Die geben mir den Rest, tut mir leid. Oder ein Sandler. Ich meine, natürlich sind die arm, aber in der Nacht brauch ich so einen nicht, noch dazu, wenn ich keine Ahnung hab, wo ich bin. Wenn ich mich eh schon nicht auskenn. Oder ein Sandler mit Hund, bitte, der Hauptpreis. Danke, echt. Ich bin also weiter, das Wegstück, dort wo wirklich gar nichts ist. Wo man dankbar wär, für ein Wrack oder ein Wellblech, das dir das Lied vom Tod in die Haarwurzeln säuselt, aber da ist ernsthaft gar nichts. Im Krieg könntest du dich hier gleich selber eingraben, eine Schaufel, bitte, und los gehts. Es gibt ja überhaupt keine Deckung. Nicht einmal einen Mistkübel. Warum man das nicht irgendwem billig verkauft, frag ich mich. Muss ja nichts Spektakuläres sein. Aber wenigstens eine Lagerhalle, die Leute haben eh so viel Krempel. Oder ein Schlafhaus für die Sandler. Es wird ja kalt im Winter. Die kann man ja nicht verrecken lassen, wenn sowieso ein Platz frei ist, den keiner braucht. Versteh ich nicht, echt nicht. Ich hab jedenfalls einen ziemlichen Schritt draufgehabt, kannst du dir vorstellen. Obwohl ich müd war und fertig. Ich hab mir gedacht, nur nicht nach links oder rechts schauen, immer nach vorn und weiter.

6

Lu redet nicht mit Händen und Füßen, ihre Gesten bleiben meist Ansätze, Andeutungen, sie sitzt ziemlich still. Nur wenn sie sich wundert, plötzlich und meist über sich selbst, schöpft sie aus dem Vollen. So hebt sie etwa die Arme, die Handflächen nach außen gedreht, aber nur bis auf Augenhöhe, als würde die plötzliche Einsicht sie blenden. Oder sie beugt den Oberkörper weit vor, die Schultern liegen fast auf den Knien, und greift mit den Fingern nach den Schuhspitzen. Ich glaub, ich geh ein, sagt sie dann zu dem Bild ihrer selbst unter der Bank. Wenn sie für irgendeine Dummheit ihrer Ansicht nach den Tod verdient hat, nimmt sie ihre Kehle in den Würgegriff und streckt seitlich die Zunge raus. Und wenn die Verwunderung so groß ist, dass sie auch am Ende dreier Leben sich selbst nicht verstehen könnte, hält sie Ausschau nach ihrem Verstand: Die Hand an der Stirn, wie ein Dach für die Augen, wie im Kinderspiel ein Indianer über die Prärie blickt.

So auch hier. Nur nicht nach links oder rechts schauen, immer nach vorn, sagt Lu, und weiter.

Hand an der Stirn, ein Seufzen. Weit und breit keine Spur von ihrem Verstand.

Keine Ahnung, sagt Lu, was ich mir dabei gedacht hab. Als könnten Gefahren aus allen Richtungen kommen, nur nicht von vorn. Als würden sie gar nicht kommen, wenn man nur nicht hinschaut. Als wäre vorn immer nur die goldene Lösung oder das Paradies oder so was. Am ehesten, sagt Lu, da hat sie die Hand wieder unten, weil mir echt schon schwindlig geworden ist, weil ich Links und Rechts irgendwie immer vor Augen gehabt hab, und Hinten auch, und weil ich gedacht hab, ich dreh durch, wenn ich nicht gradeaus schau und weitergeh. Nur dass dann vorn die verbotene Zone war.

So eine Szene fällt Tulpe Valentin leicht. Die verstreuten Blätter einer Zeitung, nasse Lappen, ertrunkene Falter und Schwärmer. Anderer Abfall, ein Zigarettenstummel etwa, die aufgequollene Watte durch einen Riss im Filterpapier getreten, wie eine Raupe, eine Made auf der Futterpflanze. Lu erwähnt einen ausgespuckten Kaugummi und ein Kaugummipapier. Du brauchst, sagt sie, kein Inspektor Columbo sein, damit du weißt, dass die beiden nicht direkt zusammengehören. Das macht ja keiner, sagt Lu, dass er den Kaugummi gleich neben das Papier spuckt. Trotzdem ist es, wie wenn du eine nackte Leiche findest und Kleider daneben. Columbo sucht weiter, und wenn er schließlich herausfindet, dass die Kleider zu einer anderen Leiche gehören, hast du am Ende nur einen Toten mehr, das wird dich nicht wirklich beruhigen. Solche Gedanken kommen dir da. Sie zögert und sagt es doch: In der Nacht.

Irgendwo dann der Mutterbauch, aus dem all diese Wesen kommen, ein unten aufgebrochener Mistkübel, an der Stange eines Straßenschilds montiert, über seinem eigenen Haufen. Im schwarz glänzenden Asphalt schwimmen in regelmäßigen Abständen die gespiegelten Lichtkugeln der Straßenlampen. Lu sagt das so: Wie Bojen, wie so eine Haifischwarnung. Nur dass ich ja nicht hab wissen können, ob ich auf der richtigen Seite der Absperrung war. Und wenn dir dann schwindlig ist auch noch, dann brauchst du der Panik keine schriftliche Einladung mehr schicken, das schwör ich dir. Und weißt du, was das Ärgste ist? Ich kann dir nicht sagen, wann ich den Häuserblock bemerkt hab. Ich meine, das ist verloren, oder? Ich schau immer nur nach vorn, wo nichts ist außer dem Häuserblock. Der war auf einmal da. Das glaubt ja keiner. Aber ich schwör dir, schriftliche Einladung hin oder her, die Panik hat ein paar Freundinnen auch noch mitgebracht.

Tulpe Valentin braucht keinen Eid. Sie weiß, dass man hier auch an einem sonnigen Vormittag aus dem Taxi steigen kann, der trockene Straßenmüll nur auf dem Durchzug mit einer leichten Brise, die Bojen eingeholt, die Pappelallee am Fluss freundlich, sie weiß, eingezwängt zwischen zwei höheren Gebäuden steht da wie plötzlich die Pension *Zur Schönen Gegenwart*.

7

Es ist ein länglicher Bau, wirkt mehr wie eine Mauer mit Fenstern, ohne etwas dahinter. Weniger ein Haus als nur das Verbindungsstück zwischen den beiden angrenzenden Häusern, als hätte man nur kein Material übriglassen wollen, das nicht mehr für etwas Ganzes reichte. In den oberen zwei Stockwerken befinden sich je drei Zimmer, ein Waschraum und eine Toilette. Hinter einer nicht nummerierten Tür wahrscheinlich ein bescheidener Privatbereich oder sonst ein nicht gänzlich ausgereiftes Geheimnis. Die Teppiche auf den Treppen sind glatt gewetzt vom Staubsaugen und abertausenden Schritten, der eingeriebene Schmutz ein langsam wachsendes Muster. Sämtliche Pflanzen sind aus Plastik, das Wasser in den Vasen ist trotzdem immer frisch. Dank Patrice. Er residiert unten, hinter dem Rezeptionspult.

Im Erdgeschoss ist auch noch der Frühstückssaal. Die ganze Pracht der Pension *Zur Schönen Gegenwart* liegt hinter dem Haus. Im Garten. Zwei Glastüren führen hinaus, eine vom Eingangsbereich, eine vom Frühstückssaal, dort ist das Gras echt, dort sind die beiden Platanen an der rückwärtigen Mauer echt und mächtig und majestätisch, dort hält Patrice seine Pfaue. Dort wartet Lu immer schon auf einer der drei Bänke, es ist immer dieselbe, die neben dem Apfelbaum, auf Tulpe Valentin.

Dort sagt Lu: Pfauengarten. Pfau-en-gar-ten. Klingt das für dich nicht auch irgendwie komisch? Pfau*en*garten. Klingt das nicht irgendwie klösterlich? Bruder Patrice und sein Pfauengarten. Ich weiß nicht, aber ich glaub, das wär den Tanten in den echten Klöstern nicht recht, wenn wir uns mit ihnen verschwistern, ausgerechnet wir. Will ich auch nicht. Ich sag lieber *Pfaugarten*. Tut mir leid, dass ich dir da Fehler in dein Buch hineinred, aber ich seh da keine Alternative. Ich sag alles nur mit Pfau. Also Pfauschrei, Pfaurad und so weiter.

Dort tut Lu, wenn sie fordert, als würde sie fragen: Hast du schon einen Titel für das Buch?

Tulpe Valentin würde gern Lu einen vorschlagen lassen.

Mach mich nicht fertig. Das ist, sagt Lu, dein Job.

Tulpe Valentin hat noch keinen Titel. Sie wird sich aber Mühe geben und ist zuversichtlich. Vielleicht nimmt sie einen Satz heraus, den Lu gesagt hat.

Ich weiß nicht, sagt Lu. Na ja, okay. Das ist ohnehin dein Job, ich misch mich da nicht ein. Aber ich sag viel, das merkst du ja. Mach das vielleicht lieber doch nicht. Da trau ich mich ja gar nichts mehr sagen, wenn ich weiß, das könnt ein Buchtitel werden. So redet ja keiner, wie ein Buchtitel. Also keiner, den man ernst nehmen kann. Aber ich hab ja gesagt, ich misch mich nicht ein. Nur eins kannst du mir nicht antun, so einen Titel mit *des* oder *der*, du weißt schon.

Tulpe Valentin weiß. Lu möchte keinen Titel mit Genitiv.

Genau, solche Bücher les ich nämlich aus Prinzip nicht. Egal, was da drinsteht. Keine Chance, les ich nicht. Von den Kinderbüchern, die ich gelesen hab, waren immer die mit Genitiv im Titel am schlechtesten. Manche andere waren auch schlecht, aber einige waren gut. Die mit Genitiv waren immer schlecht. Irgendwann ist mir das aufgefallen, und da hab ich mir gesagt, nein, nie wieder, keine Chance, Zeitverschwendung. Ich kenn da nur eine Ausnahme, und das ist ein Gedicht, kein Buch. Von Hölderlin, den gibts doch, oder? Unser Deutschlehrer hats uns gegeben, so ein Gedicht mit Schwänen drinnen.

Tulpe Valentin tippt auf *Hälfte des Lebens.*

Genau, *Hälfte des Lebens.* Genau das ist es. Der Essel hat noch gesagt, da seid ihr ja noch weit entfernt davon. Blödes Gekicher von uns, das fällt mir grad wieder ein. So ein hysterisches Gekicher, weil der eine oder andere schon so ein Kitzeln in der Schulter gespürt haben wird, weil der Gevatter sich gedacht hat, er meldet sich schon mal vorsichtig an, mit so einem Fingertippen, mach dich bereit. Der Essel wollt sicher wieder nur was umlegen, auf unsere Situation. Nur für mehr als blödes Gekicher hat seine blöde Bemerkung nicht gereicht. Heute könnt mich das aufregen. Aber das Gedicht hat mir echt gefallen. Sagt auch was aus, dass ich ausgerechnet den Titel vergessen hab. Der ist auch das Schlechteste an dem Gedicht. Trotzdem geht er okay, mir würd auch kein besserer einfallen. *Halb vorbei*, so kannst du ja kein Gedicht nennen. Das kann man irgendwie nicht anders sagen. Bei allen anderen Titeln mit Genitiv sag ich dir sofort fünf Möglichkeiten, die besser klingen. Ich widersprech mir da selber, stimmts? Weil die Bücher ja trotzdem ein Schmarrn sind, weil sie schon den Titel haben, den sie verdienen. Passiert mir öfter, glaub ich. Aber nur weil es ein Widerspruch ist, ist es trotzdem nicht weniger wahr. Ich bleib dabei, tut mir leid. Aber *Hälfte des Lebens*, das ist okay. Eine Ausnahme. Die einzige. Überhaupt ist das bei Gedichten vielleicht was anderes. Vielleicht auch nicht, ich kenn mich da nicht aus. Aber bei Büchern, bei normalen Büchern, mein ich, da geht das nicht.

Dass etwas nicht geht, findet Lu auf der einen der drei Bänke im Pfauengarten, im Pfaugarten, recht oft, besonders in den ersten Tagen.

Das ist nicht, sagt Lu, live, oder? Das, was wir hier machen?

Tulpe Valentin versteht nicht sofort.

Na, ich meine, du gehst da noch mal drüber, oder?

Tulpe Valentin schreibt alles möglichst genau so auf, wie Lu es sagt.

Bist du, sagt Lu, verrückt? Das geht nicht.

Wieso nicht?

Es geht nicht.

Wieso?

Ich hab gedacht, du bist, sagt Lu, die Schriftstellerin. Du musst das doch wissen. Sonst könnt ja gleich ich zu jedem gehen und alles immer wieder erzählen. Oder ich könnts selber aufschreiben. Nur bin ich ja keine Schriftstellerin, und irgendeinen Unterschied muss es da ja geben. Das muss für dich doch wichtig sein. Wie soll ich sagen, also eine Existenzfrage. Meine Stimme ist im Buch auch weg. Und die Bewegungen. Und unsere ganze Situation. Du musst da ja irgendwie einen Ersatz finden. Also Beschreibungen oder so was. Und außerdem die Schimpfwörter. Ich bemüh mich eh, aber manchmal rutschen sie mir halt raus. Das ist dann deine Aufgabe, so kannst du mich ja nicht dastehen lassen. Und den anderen kannst du das auch nicht antun.

Tulpe Valentin bietet ihr an, die Schimpfwörter einfach wegzulassen.

Lu öffnet die Hand, schließt sie zur Faust, öffnet sie wieder, nur Daumen, Zeige- und Mittelfinger. Öfters prüft sie so Tulpe Valentins Aussagen auf ihre Konsistenz.

Weißt du, das ist wirklich, sagt Lu, deine Aufgabe, nicht meine. Aber weglassen? Ich weiß nicht. Vielleicht ist es dann nicht mehr echt.

Lu wollte es nicht live, das war nicht Tulpe Valentins Einspruch.

Nicht live, aber trotzdem echt. Himmel, Pfaufeder. Lass dir halt was einfallen. Ersetz die Schimpfwörter vielleicht durch ein anderes Wort. Durch ein schönes. *Gänseblümchen* zum Beispiel, das mag ich. Oder *Pfauengarten*, das würd passen. *Pfaugarten*, mein ich. Oder weißt du was, noch besser, schreib *Pfaufeder*. Das ist es. Tut mir leid, dass du da ein falsches Wort schreiben musst, aber das ist nicht mehr zu ändern, das ist beschlossene Sache.

Tulpe Valentin ist einverstanden, wie Lu voraussetzt. Sie ist sogar glücklich darüber. *Pfaufeder* klingt, findet sie, so schön ramponiert.

Ramponiert ist gut, sagt Lu, und: Du kennst echt Wörter.

8

Bei Regen sitzen sie im Frühstückssaal und schauen hinaus. Die Pfaue sind dann weg, als hinge ihre Existenz am Sonnenlicht wie die Glanzstreifen auf einer Gießkanne, die da steht, oder auf den Kuppen der eigenen Schuhe. Wie die hellgrünen Flecken im Gras unter den Platanen, wo der Schatten Löcher hat. Es ist dann eine andere Musik, Tropfenschlag statt Pfaugeschrei. Das Lied bleibt dasselbe.

Sie sitzen an einem der fünf eckigen Zweiertische. Die Tische sind ordentlich aufgereiht, der einzige Vierertisch ist rund und allein. Er hat kein Zweites in dieser Welt, in dieser Pension, und damit keine Zugehörigkeit zu Ordnung und Chaos. Dass er relativ sauber ist, ist alles, was sich über ihn sagen lässt.

Die Theke an der Stirnseite ist leer. Noch nie haben Lu und Tulpe Valentin gesehen, wie jemand das Buffet aufgedeckt oder weggeräumt hat. Immer ist alles entweder da oder weg. Eine Religion könnte entstehen und wieder verschwinden, mit dem winzigsten Bruch im Rhythmus des Tages.

Du gehst jeden Nachmittag, sagt Lu, hinauf?

Sie meint den kranken Nachbarn. Ja, Tulpe Valentin geht jeden Nachmittag hinauf.

Ob er nicht in einem Krankenhaus, sagt Lu, besser aufgehoben wäre?

Jeder, sagt Tulpe Valentin, der hier ist, ist hier richtig.

Ja, sagt Lu. Es ist hier der Platz für die Ramponierten.

9

Kurze Frage. Träumst du hier auch so arg? Sag nur ja oder nein. Und ich meine *hier*. Tät mir leid, wenn du sowieso arg träumst, aber ich meine ganz speziell *hier*.

Tulpe Valentins Träume sind hier tatsächlich anders. Auch wenn sie tagsüber schläft, auch wenn sie gar nicht schläft. Es sind verkleidete Träume. Sie kommen daher wie Wachzustände, und es gelingt Tulpe Valentin oft erst kurz vor dem Aufwachen, sie in ihrer Camouflage zu erkennen. An einem verkehrt aufgesetzten Kopf, an einer falschen Farbe oder an einer unmöglichen Bewegung. Manchmal auch erst im Nachhinein. Das haben Träume so an sich, nur dass diese irgendwie, so scheint es, erkannt werden *wollen*. Etwas an ihnen ist anders. Und mitunter ist sie nicht sicher, ob ein Gespräch hier im Garten tatsächlich stattgefunden hat. Es sind Träume in beide Richtungen.

Red nicht weiter, okay? Ich meine, erzähl mir jetzt bitte nicht deine Träume. Ich wollt nur wissen, ja oder nein. Weil ich nämlich hier die ärgsten Träume hab. Und ob das der Ort ist oder die Situation, ist mir egal. Es ist so, basta. Ich meine, ich werd hier sicher nicht über meine Träume reden, dass die auch noch in einem Buch stehen. Keine Chance. Da kommen dann die Psychologen und deuten herum. Die sind die Ärgsten, die Psychologen, wenn du mich fragst. Ärger als die Lehrer. Heute glaubt ja jeder, er ist ein Psychologe. Das macht das Leben auch nicht grad leichter. Aber die echten, also die, die das studiert haben, denen so langweilig war, dass ihnen so was Langweiliges schon spannend vorgekommen ist, die sind die Ärgsten. Weil es ihnen zwischendurch doch dämmert. Und dann wollen sie Rache. Sie wollen sich an denen rächen, die mit ihrer Zeit etwas Besseres anfangen können. Die ein Leben haben. Sie wollen deine Träume und daran herumdeuten. Sie wollen dir irgendwas einreden. Du sollst das Gefühl haben, dass du nicht normal bist. Dabei sagen sie dir dauernd, das ist schon okay, da kannst du ruhig drüber reden. Du brauchst dich nur öffnen. Da krieg ich Aggressionen. Richtige Gewaltfantasien. Der einzige Trost ist, dass die sich bald erledigt haben werden. Ich meine, die große Zeit von denen ist sowieso vorbei. Ich schwör dir, wenn in fünfzig Jahren einer dein Buch liest, der versteht gar nicht mehr, was das Mädel da von den Psychologen quasselt. Ich meine, der weiß natürlich schon, dass es mal Psychologen gegeben hat, so wie es ja auch den T-Rex gegeben hat oder die Inquisition, aber wirklich angehen wird ihn das nichts mehr. Wahrscheinlich hat jede Zeit ihren Terror, ich sollt da gar nicht so lang herumreden. Wenn mich die nur nicht so aufregen würden. Meine Eltern haben mich einmal zu so einem geschickt, ins Kriseninterventionszentrum. KIZ nennen die sich. Allein der Name ist schon unpackbar. Ich meine, für wen halten die sich, für die NASA? Hätten ja was Richtiges studieren können, vielleicht hätten sie es dann zur NASA geschafft. Aber dort geht das ja nicht, dass einer keine Ahnung hat von nichts und trotzdem groß herumdeutet. Im KIZ geht das super. Ich hab natürlich getobt, das sag ich dir. Zu Hause, mein ich, noch bevor ich dort war. Ich geh nicht, keine Chance. Ich hab den Tisch abgeräumt und dann noch die Stehlampe und zum Drüberstreuen die Bodenvase. Meine Eltern haben gesagt, dass ich ihnen manchmal so traurig vorkomm, so grundlos traurig, ich soll es halt probieren, wenigstens ein Mal. So ein Unsinn, das mit der Traurigkeit. Ich bin nicht traurig, hab ich gesagt, sondern wütend und sicher nicht grundlos. *Du erscheinst uns manchmal so grundlos traurig.* Was ist das denn für ein Unsinn? Das macht mich heute noch fertig, wenn ich nur dran denke. Dann und dann ist dein Termin, eine Stunde, haben sie gesagt, und da gehst du hin. Also bitte, Ohren auf Durchzug und warten, bis es vorbei ist. Der Psycho-Joe hat im Ernst geglaubt, er ist so was wie mein Lieblingsonkel. Einen Kopf hat er gehabt wie ein Kürbis mit irgendeinem genetischen Problem. Also mit Haaren drauf. Wie ein Halloweenkürbis mit Haaren drauf. Gegrinst hat er auch die ganze Zeit. Ich schwör dir, ich wollt zwischendurch echt aufstehen und nachschauen, ob der da eine Kerze drin hat. Ich kann ganz offen sein, hat er gesagt, nichts verlässt diesen Raum, hat er gesagt, alles ist okay. Da täuschst du dich aber gewaltig, wollt ich sagen, es ist nämlich gar nichts okay, wollt ich sagen, und ganz bestimmt verlässt gleich was den Raum, nämlich ich. Gesagt hab ich dann aber nichts. Weil ich zu feig war, auf einmal. Ich könnt heut noch aus der Haut fahren aus Ärger über mich selber. Ich weiß echt nicht, warum ich manchmal so feig bin auf einmal. Jedenfalls hat er mir so Fragen gestellt. Eigentlich eher Antworten zugeflüstert, so auf die Art, komm schon, du kannst es ruhig sagen, das ist okay, nichts verlässt diesen Raum. Na sicher. Ist schon klar, was er vermutet hat. Drogen oder so eine Vergewaltigungsgeschichte. Ich meine, musst du da wirklich jahrelang studieren, damit du auf so originelle Ideen kommst? Beide falsch noch dazu, nur nebenbei. Ich hätt einfach ja sagen sollen, ich bin voll auf Ecstasy, und dann vergewaltigen sie mich immer, aber ich weiß nicht, was ich machen soll, ich komm einfach nicht los davon, ich brauch das irgendwie. Das hätt der Psycho-Joe dann voll okay gefunden. Aber ich hab die besten Ideen immer erst, wenns schon zu spät ist. So hab ich halt gar nichts gesagt, immer nur nein. Der hat mir natürlich nicht geglaubt, weil er ja viel zu sehr davon überzeugt war, dass er den Überblick hat. Ich wieder die totalen Gewaltfantasien. Ich hab mir gedacht, wenn ich nur Loretta wär oder wenn ich wenigstens das Kickboxen nicht aufgegeben hätte. Ich hab schon überall das Blut gesehen und das Kürbisfleisch. Das hat er schon gemerkt, so viel muss ich ihm zugestehen. Aber glaubst du, der hätt mich deswegen in Ruhe gelassen? Keine Chance. Im Gegenteil, er hat geglaubt, jetzt kommt seine beste Idee. Du kommst nie drauf. Weißt du was, hat er gesagt, wir machen ein Tauschgeschäft. Ich erzähl dir einen Traum von mir, und du erzählst mir einen von dir. Ich fang an, hat er gesagt. Dann ist so ein Unsinn gekommen mit einem Kiesweg, der in den Wald führt, und er allein auf dem Weg und so weiter. Ich hoff echt für die Uni, dass sie ihm das nicht dort beigebracht haben. Jedenfalls hab ich gesagt, keine Chance. Ich meine, jeden Müll muss ich mir echt nicht anhören, nur weil ich das Kickboxen aufgegeben hab. Und weg war ich. Zu meinem Bruder. Da hat er seine Wohnung noch relativ neu gehabt. Er war neunzehn damals, ich vierzehn. Ich bin oft zu meinem Bruder in die Wohnung gegangen, nach der Schule, das war so ein Ort wie zum Durchatmen. Obwohl dort alles zu klein wirkt für meinen großen Bruder. Die Wohnung war wie ein Ort ohne Geschichte, und mein Bruder war dort ein Mensch mit tausend neuen Geschichten. Ich hab ihn gern gehabt, meinen Bruder.

Jetzt geh ich nur noch selten zu ihm, da ist jetzt dauernd seine neue Freundin. Also nicht wirklich neu. Seit einem halben Jahr hat er die, vielleicht ein bisschen länger, zu lang jedenfalls, mir kommts ewig vor. Die Wohnung ist jetzt ein Ort mit Geschichte, wie jede andere. Auch irgendwie viel zu eng. Und mein Bruder hat keine Geschichten mehr, nur noch seine Freundin. Sie studiert Psychologie, das kann ja nicht anders sein bei meinem Glück. Nennt sich Jane. Keine Ahnung, wie sie wirklich heißt, wahrscheinlich Johanna oder so. Jedenfalls ist sie so daneben, wie einer nur sein kann. Meine Eltern sind ganz verrückt nach ihr, so eine Schleimerin. Manchmal kommen sie zum Essen, mein Bruder und seine Psycho-Jane. Zuerst schleimt sie, und dann, wenn mir der Appetit schon vergangen ist, psychologisiert sie sich weg, dass einem das große Ohrensausen kommt. Schlecht sieht sie nicht aus, geb ich zu. Was mein Bruder von ihr will, ist eh klar, da braucht man kein großer Psychologe sein. Aber da gibts doch tausend andere. Ich bete, dass er aufwacht. Ich bete echt, ich schwörs dir.

10

So etwas wie einen Bruder. Wo die Zuneigung abnehmen kann und wieder anschwellen, wie die Dichte der Lebensgeister in den Jahreszeiten. Der größer und kleiner werden kann, abhängig von der Existenz einer zufälligen oder notwendigen Freundin. Auf der Ellipse seiner Umlaufbahn. Tulpe Valentin hat keinen Bruder, auch keine Schwester. Sie hatte eine Tochter mit schönen grauen Augen, die in einem gewissen Licht leicht ins Violett spielen. In diesen ihren Augen hat die Tochter heute keine Mutter mehr.

Lu tut das leid. Was sie sonst dazu sagen soll, weiß sie auch nicht. Was hast du denn, sagt Lu dann doch, angestellt?

Tulpe Valentin weiß, dass es nicht *eine* Sache war, die sie angestellt hat. Oder *eine* Sache, die sie falsch gemacht hat. Sie denkt an ein Flussdelta. An einen Fluss, der sich in zwei Arme teilt, und diese sich wieder in zwei und so weiter. Bis sie gar nicht mehr sagen kann, wer sie eigentlich ist und wer ihre Tochter. Ein Gewirr, aber eins mit Richtung. Kein Innehalten ist möglich, das Knäuel wächst und mit ihm die Verzweiflung, bis sie im Meer, in das sie gespült werden, nichts mehr miteinander zu tun haben. Dass sie beide Wasser sind, hat im Meer keine Bedeutung.

Sag mir bitte eins. Lu steht auf und geht zwei Schritte rückwärts, sie weicht zurück vor einem Gespenst. Das ist nicht so eine Ersatzgeschichte, das mit mir? So was kann ich nämlich echt nicht brauchen.

Tulpe Valentins Tochter ist einundfünfzig.

Das, sagt Lu, sagt gar nichts. Ihr Oberkörper ist leicht vorgeneigt. Sie hat die Fäuste nicht oben, aber der Kampfblick ist deutlich genug. Das Gespenst soll sich hüten. Sag mir, dass das keine Ersatzgeschichte ist.

Was soll Tulpe Valentin darauf sagen?

Auf so was hab ich nämlich echt keine Lust. Die Tochterrolle reicht mir zu Hause. So eine doppelte Tochter, und dann ist erst alles zu wenig, das brauch ich nicht, das kannst du ganz schnell wieder vergessen.

Eins vergisst Tulpe Valentin nie: Dass es keinen Ersatz geben kann. Lu kann so vieles sein. Ein glücklicher

Zufall, eine überraschende Wendung, ein letzter Einfall von dem, der ihre Geschichte schreibt, die eigentlich schon zu Ende sein sollte und jetzt noch einen Nachsatz bekommt, einen befreienden Schlussakkord. Oder alles zusammen. Tulpe Valentin wird darüber keine Klarheit mehr erlangen, es ist auch nicht wichtig. Ihr ist Lu ein Geschenk. Welche Rollen auch immer Lu noch ausfüllen wird, ihre Tochter ersetzt sie nicht. Im Gegenteil, sie sagt ihr gerade das. Kein anderer Mensch wird Tulpe Valentins Fehler wieder gutmachen.

Lu schlägt sich mit der flachen Hand ins Gesicht. So fest hat sie den Schlag nicht erwartet, sieht Tulpe Valentin daran, wie sie Hand und Kiefer hängen lässt. Trotzdem schlägt sie sich mit der anderen Hand ein zweites Mal, noch fester. Sie macht eine Kniebeuge, krault mit den Armen. Dann geht sie zum Vierertisch, legt sich mit dem Oberkörper auf die Tischplatte und schlägt ein auf das Gespenst, das jetzt ein anderes ist, kein harmloseres. Sie murmelt etwas Unverständliches. Erst mit der Erschöpfung kommt die Stimme wieder durch.

Wie hab ich das, sagt Lu, sagen können? Ich hör mich ja an wie die Psycho-Jane. Tut mir leid, sagt Lu. Sie liegt auf dem Tisch wie ein sturzbetrunkener Hochzeitsgast. Manchmal bin ich so in meinen Sachen. Ihre Haare fallen über die Tischkante. So in meinen Sachen, sagt Lu. Die machen mich so, wie ich überhaupt nicht sein will. Ich hasse das. Ich hasse mich selber dafür. Tut mir leid. Ich geh duschen.

Tulpe Valentin kann nicht aufspringen und sie zurückhalten. Sie kann sie nicht beruhigen, es liegt an ihrem Alter, an ihrer Gebrechlichkeit. Aber nicht allein. Es liegt an ihr. Sie kann nichts sagen, sie kann nur zusehen. Sie kennt das. Wann immer sie diesen Hitchcock-Film sieht, *Psycho*, möchte sie die Frau davon abhalten, duschen zu gehen. Sie hat keine Angst vor ihrer eigenen Lächerlichkeit, da nicht und nie, sie kennt die Schattengestalt mit dem Messer. Die Warnung gelingt trotzdem nie. Es liegt nicht daran, dass die Frau ihr gegenüber taub bleiben muss, nein, Tulpe Valentin ist gelähmt, sie ist stumm, jedes Mal. Das sagt die Kunst. So ist das Leben. Du bist die Schattengestalt mit dem Messer.

11

Das Szenelokal für ihr Treffen hatte die Tochter ausgesucht. Um kein Zugeständnis an die Mutter zu machen, die würde dort noch älter aussehen. Und weil sie wusste, dass es auf einer aufgespannten Leinwand eine Vorführung von *Nosferatu* geben würde. Das passte zu ihrer Stimmung, und sie würde damit Einiges sagen können, ohne selbst reden zu müssen.

Die Mutter mochte es nicht, alt zu sein, das stimmte. Aber sie mochte junge Leute. Sie empfand ihnen gegenüber neidlose Zuneigung, wenn sie Gelegenheit hatte, sie etwas länger zu beobachten, mit ihren bunten Getränken in ausgefallenen Gläsern, mit ihren um Abgeklärtheit bemühten Gesten. Sogar Liebe. Der Schmerz, der nicht ausbleiben konnte, rührte nicht daher, dass sie, als sie das Lokal betrat, ihre stark übergewichtige Tochter verloren an einem Tisch sitzen sah, zwischen all den schlanken jungen Männern in ihren engen schwarzen Rollkragenpullovern, zwischen den schönen jungen Frauen mit ihrem geglätteten Haar, den knappen Tops, die auch mit wuchtigen Springerstiefeln an den langen Beinen immer noch zart wirkten und, ja, selbstverständlich. Der Schmerz rührte daher, dass ihre Tochter sich gern und bewusst in eine ihr völlig fremde Umgebung begab, nur weil sie glaubte, nur weil sie hoffte, der Mutter damit noch vor dem ersten Wort einen ordentlichen Schlag zu verpassen.

Wie mitspielen, wenn es für sie kein Spiel war? Interessantes Lokal, sagte sie.

Ist nicht so deins, oder? sagte die Tochter.

Du hast es ausgewählt, also passt es mir.

Es gibt einen Film, sagte die Tochter.

Die Mutter kämpfte mit den Tränen. Aber was hatte sie erwartet? Doch nicht, dass die Tochter ihr vor lauter Begeisterung um den Hals fallen würde.

Die Tochter überlegte den nächsten Schlag.

Die Mutter bestellte zwei Martinis. Absichtlich. Ein Treffer, den man kommen sieht, tut weniger weh.

Ein Martini ist genug, sagte die Tochter zur Kellnerin. Ich nehme einen Orangensaft.

Na bitte. Eine rechte Gerade.

Oder war, sagte die Tochter, der zweite Martini für dich gedacht?

Der linke Haken kam überraschend, war aber auch zu überleben.

Die Tochter fächelte mit der Hand vor ihrem Gesicht herum.

Ist es dir zu verraucht? fragte die Mutter. Bemüht, weder süffisant noch bemutternd zu klingen. Den Ton in der Mitte zu treffen, den aufrichtigen.

Natürlich hatte die Tochter für Nuancen kein Ohr. Es war nicht ihre Schuld. Solche Unterschiede zu hören, braucht etwas Übung, ein Mindestmaß an Routine. Sie sind nicht mir nichts, dir nichts herauszufiltern aus einer Stimme, die man kaum je zu hören bekommt. Gerade dass man die Sprache versteht.

Es waren, was die Mutter nicht wusste, nur noch wenige Minuten bis zu Arthur.

Die Tochter willigte nie wieder in ein Treffen ein.

12

Rate, wo ich gestern war, während du oben beim kranken Nachbar gewesen bist. Also das gestern, das tut mir leid. Ich bin manchmal so in meinen Sachen. Das ist. Ich hasse das. Ich hab mir dann gedacht, du sitzt oben beim kranken Nachbar und denkst dir so. Das hab ich echt verhaut. Und der kranke Nachbar liegt da und ist sowieso schon krank, und dann merkt er noch wahrscheinlich, dass du. Also du sitzt, und er liegt, und ich geh ein. Ich hab mir gedacht, das ist jetzt echt meine Schuld, und ich muss den Gegenpart übernehmen, den Bewegungspart, nicht nur wegen euch, sondern auch wegen mir, ich hätts nicht ausgehalten. Und die Psycho-Jane hat sich auch nicht einfach so abduschen lassen von mir, da hats echt mehr gebraucht. Also, wo war ich? In der Bücherei. Mit dem Bus. Ist dir aufgefallen, dass hier ein Bus vorbeikommt? Vom Hafenbecken weg in die Stadt. *Hafenbecken* hat der Busfahrer gesagt. Auf dem Rückweg, wie ich gefragt hab, wo ich aussteigen muss, weil die Station hier ja nicht *Patrice* heißt oder *Zur Schönen Gegenwart*. Eine vor dem Hafenbecken, hat er gesagt. Grad dass er nicht gesagt hat: *vor den Docks*. Der ist total stolz auf seine Endstation.

Einen Anker hat er auch eintätowiert, am Unterarm. Wenn du mich fragst, darf so was nur am Meer Hafen heißen, an einem Fluss klingt das so möchtegern. Hab ich für mich behalten. Wenn du nichts hast als das Hin und Her vier Mal am Tag, brauchst du ja irgendeinen Anker, irgendeinen Stolz. Jedenfalls hab ich den Bus genommen, bis zum Hauptplatz, und von dort hab ich mich durchgefragt. Durchgefragt nur, weil mir zwei Leute den falschen Weg angesagt haben. Dabei ist die Bücherei gleich zwei Straßen hinter dem Platz. Unsere Schulbibliothek ist übrigens auch nicht viel kleiner. Aber ich sag dir was, die haben dort zwei Bücher von dir. Das eine, *Sommer der Unschuld*, hab ich gar nicht erst aus dem Regal genommen. Ich war ziemlich sauer, wenn ich ehrlich bin. Das hättest du mir gleich gestehen können. Ich bin gleich wieder gegangen. Aber dann, draußen, hab ich mir gedacht, jetzt bin ich extra hergefahren, und bis der Bus wieder zurückfährt und alles. Außerdem mein schlechtes Gewissen wegen. Also weil ich den Vormittag so verhaut hab. Und dann hat ja auch der Regen schlagartig aufgehört, wie ich beschlossen hab, ich muss raus, also noch im Pensionszimmer. Es ist ja auf einmal so hell geworden, als hätt jemand alle Lichter aufgedreht. Das war schon so was wie ein Zeichen. Also bin ich wieder rein in die Bücherei. Die Tante beim Entlehnschalter hat natürlich gleich blöd geschaut. Aber ich bin ja nicht wegen ihr gekommen, und sie kriegt ja auch nicht dafür bezahlt, dass sie nur für die Leute dasitzt, die ihr passen, sondern für alle, die was lesen wollen. Ich hab also das zweite Buch, das sie von dir haben, aus dem Regal genommen. *Als ich dich kannte*. Steiler Titel. Bis zu Seite siebenundfünfzig bin ich gekommen. Du bist ja eine echte Schriftstellerin.

Wie eine echte Schriftstellerin auf so einen Titel kommt, *Sommer der Unschuld*, das wird mir nie eingehen, so alt kann ich gar nicht werden. Aber *Als ich dich kannte*, das fährt ein, das gefällt mir. Jetzt kenn ich eine echte Schriftstellerin. Du verstehst das eh nicht falsch, oder? Ich meine, ich bin nicht hingefahren, weil ich dich überprüfen wollt. Kann mir ja egal sein, was du schreibst. Dass wir hier so reden, das passt mir eh. Aber neugierig war ich halt, geb ich zu. Ich habs nicht mitnehmen können, das Buch. Da musst du dich registrieren, und so Sachen mit Ausweis und Meldezettel und blöden Fragen, die kann ich mir echt nicht antun, in meiner Situation. Aber ich fahr noch mal hin und les es weiter. Einen Satz hab ich mir aufgeschrieben. *Wir lagen im Gras, und von unten betrachtet, im Glück betrachtet, sahen die Nadelnester in den Kiefern aus wie abertausende Seeigel, tiefschwarz, im Gegenlicht des blauen Nachmittagshimmels.* Ich meine, da ist ja kein Meer weit und breit, wo die sind, und dann ist es auf einmal voll da, und die sind unter Wasser, und was dann passiert, das fährt echt ein.

13

Ihr zweites Buch, *Sommer der Unschuld*. Sofort nach ihrer ersten Scheidung. Ein Mann tötet darin seine Tochter. Er wird nicht geschnappt. Also tötet er auch seine Frau. Er wird wieder nicht geschnappt. Er packt es nicht, würde Lu sagen, und tötet sich selbst. Tulpe Valentin packt es heute auch nicht. Sie packte es schon bald nach dem Erscheinen des Buches nicht, wie sie das hatte schreiben können, so einen Schmarrn.

14

So geht ein Pfau: wie auf Glatteis, im Hochsommer. Oder jeder Schritt so bedächtig ausgeführt, als müsste die Klaue an eine bestimmte Stelle gesetzt werden, wie jemand in den Fußstapfen eines anderen über ein Schneefeld geht. Als würde ein falscher Schritt das schöne Muster verderben. Jedenfalls droht immer ein nicht wieder gutzumachender Fehler. Ein, wie Lu sagen würde, Verhau.

Ich muss dir das, sagt Lu, echt sagen, tut mir leid. Wegen deiner Tochter. Also was ich mir dazu gedacht hab. Da musst du für einen Moment vergessen, dass du eine Schriftstellerin bist. Du bist ja auch ihre Mutter. Da hilft es dir ja nichts, wenn du schöne Worte findest, für eine sch–. Also das ändert ja nichts an der Situation. Und ihr hilft es auch nicht. Das ist ja alles so allgemein. Ich meine, wenn ich da weiter drüber nachdenk, ist das nicht einmal schön gesagt. Tut mir leid, aber das ist Pfaufeder gesagt. Welche echte Schriftstellerin kommt, wenn sie ihre Tochter verloren hat, mit so einem Flussdelta daher? Wen willst du denn damit beeindrucken?

Lu sagt das nicht zu dem Pfau vor ihr im Gras. Trotzdem klappt er sein Rad zusammen, er lässt den Fächer schwer und beleidigt hängen. Jeder Schritt ist bemüht um Würde, die Ängstlichkeit soll man nicht sehen.

Ich meine, es hat ja nicht einmal, sagt Lu, bei mir besonders lang gewirkt. Und ich bin sechzehn. Da wird deine Tochter erst recht nicht in Jubel ausbrechen. Oder glaubst du, die sitzt irgendwo und liest ein Buch von der Frau, von der sie glaubt, dass sie nicht mehr ihre Mutter ist, und macht einen Kniefall vor lauter Begeisterung? Zum Heulen wird ihr sein. Tut mir echt leid. Ich weiß, das klingt hart. Aber Entschuldigung, so ein Flussdeltavergleich, der bringt gar nichts. Deiner Tochter nichts, deinem Buch nichts und dir selber auch nicht.

Die Mauer des angrenzenden Hauses ist von braunscheckigem Grau im Schatten und fettig schmelzendes Vanilleeis im Licht. Die Sonne und eine löchrige Wolke machen daraus ein Spiel: Sie liebt mich, sie liebt mich nicht. Vielleicht auch eine Morsenachricht, aber dafür ist die Wolke zu ungenau. Sie liebt mich.

Hinter deiner Brille, sagt Lu, kann ich nie sagen, ob dir jetzt wirklich Tränen in den Augen stehen. Das will ich nämlich nicht. Das musst du dann sagen. Oder gib mir ein Zeichen. Tipp mich zwei Mal an oder so. Oder mach ein Time-Out-Zeichen. Ehrlichkeit hin oder her. Ich meine, man sagt ja immer, es ist gut zu weinen, ab und zu, und das wird schon stimmen, und wenns dir hilft, dann hast du sicher mein Okay. Aber ich will dich da nicht hineintreiben. Ich sag nur, was ich denk. Aber mir ist schon klar, dass du Manches davon echt nicht brauchen kannst. Nur, was brauchst du und was nicht? Gib mir halt einfach ein Zeichen, okay?

15

Tulpe Valentin kramt in ihrer Tasche. Dort herrscht eine Unordnung, wie Lu sie noch nie gesehen hat. Das sagt ihr Blick. Obwohl sie schon Einiges an Unordnung gesehen hat, das sagt ihr Blick auch. Und noch etwas: Tschuldige, geht mich nichts an. Tulpe Valentin will die Unordnung gar nicht verbergen. Was sie verbergen will, sind ihre zitternden Hände. Sie hat längst gefunden, was sie sucht, bekommt es aber nur knüllend zu fassen. Also schiebt sie die Unordnung vor. Dann holt sie die Serviette doch heraus und betupft sich die Augen. Auf der Serviette ist jetzt, verschwommen, aber immer noch deutlich, ein Name zu lesen: *Loretta.* Tulpe Valentin macht sich öfters Notizen, zwischendurch. Dann fragt sie Lu aber doch nicht danach, weil sie ihre Gedanken nicht lenken will. Sie will so wenig wie möglich eingreifen. Sie zerknüllt die Serviette.

Loretta ist, sagt Lu, meine beste Freundin. Abgehalfterter Adel, die Familie, da heißt man dann halt so. Ihr Bruder heißt Hubertus. Frag mich nicht, was man werden soll mit so einem Namen. Er ist aber okay, der Bruder, mein ich. Der Name eigentlich auch, find ich inzwischen. Sie ist Staatsmeisterin im Kickboxen, Loretta. Sie hat mich auch mitgeschleppt, in ihren Club, ein knappes Jahr bin ich dabeigeblieben. Hat Spaß gemacht. Ein paar Moves hab ich auch drauf. Aber das ist mein Problem, denk ich, dass ich bei nichts so richtig dabei bleib. Dass ich nichts so richtig kann. Ich meine, es muss ja nicht ein Leben lang sein, das wär mir auch zu langweilig. Aber ein bisschen länger. Dann würd vielleicht alles ein bisschen mehr zusammenhängen, aber bei mir ist es immer nur die erste Begeisterung. Und dann ein Krampf. Und dann lass ich es wieder. Loretta hat mir gesagt, das ist normal, diese Phase, dass die Begeisterung weg ist, aber da musst du durch, da musst du drüber, hat sie gesagt, dann wird es erst so richtig gut. Wenn du ihr in die Augen schaust, weißt du, dass sie Recht hat. Aber sie ist halt so, und ich bin nicht so. Sie ist auch grad auf so einem Trainigscamp, zwei Wochen Kickboxen total. Ich übrigens auch, offiziell. Also meine Eltern glauben, dass ich auf dem Camp bin. Du brauchst gar nicht so schauen. Eine kleine Notlüge für eine kurze Auszeit, das bringt niemand um. Ist außerdem genug Gefuchtel, was ich mir so denk, also unser Vormittagsprogramm. Kannst du jetzt bitte diesen Blick wieder absetzen? Ich bin ja hier nicht auf Sauftour oder so was. Und dass ich das Geld ein bisschen zweckentfremde, wird meine Eltern nicht in den Ruin treiben. Ich meine, okay, ganz rein ist mein Gewissen nicht, geb ich zu. Weil meine Eltern sich so gefreut haben, dass ich doch wieder weitermachen will mit dem Kickboxen. Das Kickboxen selber ist ihnen ja egal, aber dass ich überhaupt was weitermachen will. Aber so bin ich halt nicht. Wird nicht das letzte Mal sein, dass sie enttäuscht sind von mir. Aus. Loretta. Ich wär selber lieber wie sie. Gut in allem. Im Reiten, im Fechten. Das wollten ihre Eltern. Aber sie ist trotzdem gut darin. Sie sagt, es macht einfach mehr Spaß, wenn man gut ist. Auch eine Haltung, oder? Ich meine, da war sie zwölf, wie sie das gesagt hat, höchstens. Ein arges Kind. Und dann hat sie das mit dem Kickboxen durchgesetzt. Was hätten ihre Eltern schon groß machen können? Das, was sie wollten, hat sie ja schon gelernt. Und gut gelernt. Klavier spielt sie auch, Adel verpflichtet. Nicht großartig, aber auch nicht schlecht. Ich meine, wenn irgendwo eine Party ist, und die Stimmung ist irgendwie unten, weil keiner weiß, was er reden soll, und da steht ein Klavier, dann setzt sie sich hin, tam ta-tam, und ein paar Sekunden später singen schon alle *Imagine*. Das ist schon nicht schlecht, das hat was. Manche haben mitgesungen, weil sie das Lied super finden, weil sie Fans sind. Andere haben mitgesungen, weil sie sich gern drüber lustig machen, weil sie solche Leute wie John Lennon einfach nicht packen und weil es ihnen hilft, wenn sie laut mitsingen. Und ein paar haben mitgesungen, weil sie es halt einfach kennen, weil es ihnen irgendwie eingefahren ist, dass etwas, was sie kennen, was sie schon lange kennen, ihnen auf einmal Spaß macht. Dass es irgendwie parat war. Loretta hat es ihnen gezeigt. Sie hat das. Sie findet das zwischen den Leuten. Genau das Gegenteil von dem, was man so denkt vom Adel. Vielleicht weil das alles inzwischen so abgehalftert ist, weil die den Niedergang schon hinter sich haben, vielleicht haben die das irgendwie im Blut, so eine Art Wissen, nicht im Kopf, sondern im Blut, dass man nicht alles krampfhaft aufrechterhalten muss, dass es sowieso schon den Bach runter ist, und jetzt hat man Spaß. Aber auch nicht so krampfhaft. Wer halt will, kann mitmachen. Arg irgendwie, ein paar Takte am Klavier waren genug. Und sie hat nicht gesagt, kommt Leute, wir singen ein Lied. Natürlich nicht. Wir sind ja nicht in der Kirche oder beim Militär. Sie hat angefangen zu spielen, weil ihr fad war und weil sie das nicht will in ihrem Leben, dass ihr fad ist. Sie hat das getroffen, zwischen den Leuten. Wenn ich jetzt so drüber nachdenk, ist es eigentlich schade, dass du mich hier getroffen hast und nicht sie. Schade für dich, mein ich. Gut für mich, aber schade für dich. Das mit deiner Tochter, sie würde das lösen. Ganz ohne Anstrengung, ich bin mir sicher. Oder ohne Krampf jedenfalls. Sie hätt wahrscheinlich so ein Gefühl, dass etwas nicht passt. Also das ist ja noch leicht, das ist ja offensichtlich. Und dann würd sie denken, gar nicht mit dem Kopf vielleicht, aber mit dem Blut, dass das daneben ist, dass das Leben dafür nicht gemacht ist, dass etwas nicht passt, mein ich, und dann würd sie irgendwas machen oder sagen, und die Sache wär in Ordnung. Zumindest besser, sie würd in Ordnung kommen. Ich meine, ein Wunder kann sie auch nicht vollbringen, zaubern kann sie auch nicht, aber sie würd es irgendwie schaffen, dass es gut wär, dass du zumindest wissen würdest, auf einmal, wie es gut werden kann. Schade, wirklich. Mehr kann ich dir leider auch nicht sagen. Man kann sie nicht kopieren. Manche probieren das, manche wollen das, das ist aber armselig. Wenn Loretta so was macht, dann weiß ich immer, dass es das Richtige war. Alle wissen es. Aber halt erst hintennach. Wenn du mich fragen würdest, was würde Loretta machen in so einer Situation, ich könnt es dir echt nicht sagen. Ich kanns nicht, tut mir leid.

16

Ich habs mir überlegt, sagt Lu später einmal. Du hast mein Okay. Ich meine, glamourös ist was anderes, aber wenns wirklich so ist, also mir fällt das gar nicht auf, aber wenn ich das echt mach, dann hast du mein Okay.

Es geht um das Tut-mir-Leid. Wann immer Lu das sagt, bohrt sie in der Nase. Nur leicht, sie streichelt mehr ihr Nasenloch. Tulpe Valentin liebt sie dafür. Lu geht mit den drei Worten, mit denen so viele nichts sagen, ein ganz anderes Risiko ein.

Einmal hat sie Patrice gefragt, ob er nicht Lust hätte, die Geschichten, die er in seiner Pension so erlebt, niederzuschreiben. Sie erinnert sich an seinen Blick. Als hätte sie ihn gefragt, ob er nicht Lust auf ein Verbrechen habe. Ob er nicht vielleicht zum Mörder werden wolle, zum Meuchler.

Er habe, sagte er, viel erlebt, tatsächlich, er habe einige, wie man sagt, Originale kennengelernt und er erzähle auch gern von ihnen. Weil das Sprechen an die Situation gebunden sei, da sei man selbst immer mit dabei. Das Niederschreiben sei aber etwas anderes. Man müsse höllisch aufpassen, den Menschen nicht ihre Würde zu nehmen. Ein Mensch sei nämlich immer mehr als eine Geschichte. Viel mehr als nur eine Eigenart oder Macke.

Höllisch aufpassen, Tulpe Valentin. Wie Patrice das sagte, war es eine Bitte.

In ihren Büchern wollte Tulpe Valentin auch erfundene Figuren nie bloßstellen. Wahrscheinlich mit unterschiedlichem Erfolg. Mit Lu ist tatsächlich alles schwieriger. Und leichter. Immerhin kann man sie fragen.

Ich wär ja lieber, sagt Lu, eine bisschen großartiger. Aber so ramponiert wie ich bin, tut mir leid.

Dabei hält sie mit der Linken ihre Rechte am Handgelenk fest wie ein Kaninchen, das ausbüchsen will, am Genick.

17

Wenn du wieder mal was auf eine Serviette kritzelst, dann kannst du mich ruhig fragen, wollt ich nur sagen. Also die brauchst du dann nicht verstecken. Da brauchst du nicht warten, bis ich dir die Tränen in die Augen treib, dass du damit rausrücken kannst. Obwohl auf mich da Verlass ist, in puncto Tränen, mein ich. Weil ich ja viel zu wenig nachdenk, was ich sag. Ich meine, ich denk eh nach, aber dann hau ich irgendwie doch immer wieder daneben. Nicht absichtlich, wirklich nicht. Vielleicht, wenn du deine Servietten nicht mehr versteckst, hau ich dann auch weniger oft daneben. Wenn du einfach fragst. Worüber ich nicht red, hab ich dir ja gesagt. Ich mach mir da auch inzwischen weniger Sorgen. Soweit kenn ich dich schon, dass ich weiß, dass von dir keine Mörderfragen kommen. Gefällt mir an dir, dass du zum Beispiel die eine Frage noch nicht gestellt hast.

Tulpe Valentin kennt einige Fragen, die besser ungestellt bleiben.

Na, die Frage der Fragen, sagt Lu, für Leute in deinem Alter. Also nicht in deinem speziellen Alter, sondern allgemein, im alten Alter.

Auch da kommen mehrere in Frage für Tulpe Valentin. Die betreffen in der Regel sie selbst. Ob sie es rechtzeitig auf die Toilette schaffen wird beispielsweise. Ob sie dann hochkommen wird. Ob sie das Drehschloss aufbekommen wird. Klingt lustiger, als es ist. Tulpe Valentin erinnert sich an die Zeit der Selbstironie. Die machte vieles leichter. Sie ist noch nicht so lange vorbei, aber sie ist vorbei. Das selbstironische Alter ist dem alten Alter gewichen.

Siehst du, das, sagt Lu, gefällt mir auch an dir. Ich glaub dir nämlich, dass du es wirklich nicht weißt. Ich meine, du tust nicht nur so, oder?

Tulpe Valentin tut nicht nur so. Sie wäre aber dankbar für eine Antwort.

Auf die Frage?

Nicht auf die Frage der Fragen, aber auf die Frage, was denn die Frage ist.

Arg, sagt Lu, wie wir reden, oder? Gefällt mir. Gefällt mir wirklich. Also die Frage der Fragen ist natürlich, was man später einmal werden will. Aber verdirb es nicht. Frag mich jetzt nicht. Ich hasse diese Frage. Oder *hassen* ist vielleicht das falsche Wort. Die meisten in meinem Alter sagen ja, sie hassen diese Frage. Aber die spielen sich nur auf, mit Uh und Ach und Oh Gott. Und in Wahrheit können sie es gar nicht erwarten, dass sie drauflos antworten, mit ihren ärgsten und langweiligsten Plänen. Das ist ja auch lächerlich, hassen. Aber es ist trotzdem die Anti-Frage, die Un-Frage. Sie macht sofort ein Loch. Sie erzeugt dieses Gefühl, das in den Knien zieht, wie wenn man irgendwo ganz hoch oben steht und runterschaut. Als würde dir deine Existenz runtergezogen, und der Rest von dir oben ist nur dazu da, dass du das Ziehen spürst. Du hast kein Recht oben. Weil ja auch klar ist, dass der, der fragt, nicht glaubt, dass du schon was bist. Jemand. Dass er vielmehr glaubt, dass du noch niemand bist. Mach die Gegenprobe, antworte. Ganz einfach. Dann kommt sofort dieser Blick, ja ja, in deinem Alter und so weiter. Und obwohl deine Antwort sowieso keiner ernst nimmt, hat die Frage etwas Verhörmäßiges. Der Vater von meinem Ex, der war so. Die Mutter nicht. Die hat nur Angst gehabt, dass ich ihr Bubi verderben könnt. Eine andere Geschichte. Aber der Vater, der war so ein richtiger Verhör-Typ. So einer hat nämlich den Verdacht, dass du ein Niemand bleibst. Und du musst ihn dann vom Gegenteil überzeugen. Und er kommt sich entsetzlich gut vor dabei. Weil er sich selber zum Richter ernannt hat. Ohne jeden Selbstzweifel noch dazu, das pack ich nicht. Er schwimmt in einem Ozean aus Selbstgefälligkeit, er wird ganz geil vor lauter

Lebenserfahrung. Armselig ist das, wenn man glaubt, es ist irgendein Superverdienst, dass man schon länger da ist. Dass man die Routine kennt. Dabei will kein normaler Mensch Routine. Er wollt sie selber nicht. Dann hat er sie aber und bildet sich groß was drauf ein. Dabei haben die meisten so ein langweiliges Leben, dass sie sich besser. Also ich frag mich bei vielen, warum die sich nicht, ich meine, ich wünsch keinem den Tod, echt nicht, aber dann sollen sie mich in Ruhe lassen. Was ist denn bei den meisten die großartige Erfahrung? Dass sie ein paar Liter mehr in die Kloschüssel gepinkelt haben oder daneben. Gratuliere. Das krieg ich auch noch hin, da brauch ich nicht groß was werden. Die Damen und Herren Richter, dass ich nicht lache. Für den lieben Gott halten sich die. Würden sie nie zugeben, wenn du sie drauf ansprichst, ist aber so. Für den lieben Gott mit dem totalen Überblick. Wer braucht das schon? Wer will denn das? Ich meine, wer will schon den totalen Überblick? Das ist ja das Allerlangweiligste. Ich schwör dir, an dem Tag, an dem ich aufwach mit dem totalen Überblick, ich bring mich sofort um. Das ist für mich die Hölle. In der Schule haben wir so eine Geschichte gelesen, von Kafka, wo einer aufwacht und ein Käfer ist. Das ist eine Vision der Hölle, hat der Lehrer gesagt. Eine Vision der Hölle auf Erden, hat er gesagt. Ich meine, eine gute Geschichte, wie ich fertig war, hab ich sie gleich noch einmal gelesen. Wirklich gut. Und total echt. So wacht ja jeder manchmal auf. Das ist schon okay, dass das einer dann auch geschrieben hat. Aber es ist halt eine Geschichte, es ist halt Literatur. Wenn du ein Schriftsteller bist, kannst du ja schlecht schreiben, einer erwachte mit dem totalen Überblick und stürzte sich aus dem Fenster, Punkt.

Oder: Als einer mit dem totalen Überblick erwachte, jagte er sich eine Kugel in den Kopf. Das geht ja nicht, das ist ja keine Geschichte, das will ja keiner lesen. Da versteh ich den Kafka schon. Aber der Essel mit seiner Vision, der kann mich mal. Ich bleib dabei. Die Hölle ist nicht, wenn du ein Käfer bist und die Welt nicht mehr verstehst. Die Hölle ist, wenn du aufwachst mit dem totalen Überblick, wenn du auf einmal alles verstehst. Ich meine, ich will auch nicht verrückt werden, mit Psychiatrie und so. Das brauch ich echt nicht. Aber manchmal, wenn ich als Käfer aufwach und die Welt nicht mehr versteh, dann setzt so etwas ein, das ich nicht beschreiben kann, so etwas, das macht, dass der Tag weitergeht, und irgendwann bin ich dann wieder ich, und dann denk ich mir, das gibts doch nicht, dass man immer wieder man selber sein muss, dass man kein Käfer bleiben kann, nicht für immer, aber für ein bisschen länger halt. So wie bei der Bücherei. Also ich war ja wieder in der Bücherei und hab dein Buch weitergelesen. Mit dem Bus wieder bis zum Hauptplatz, und da ist ein Zebrastreifen hinüber zur anderen Straßenseite. Ein paar Häuser weiter ein Supermarkt, vor dem sind zwei Polizisten gestanden, die sind mir gleich aufgefallen. Die Polizei kann ich nämlich echt nicht brauchen in meiner Situation. Ich schau also nicht zu ihnen hin, man muss ja nicht extra auffallen, und da seh ich auf dem Zebrastreifen drei Tänzer. Zwei Männer, eine Frau. Der jüngere Mann wackelt mit der Hüfte. Immer einen Schritt zurück, zwei nach vorn. Der Ältere hat ihm den Arm um die Schulter gelegt und zappelt daneben her. Die Frau umkreist die beiden wie ein Mond. Sie ist leicht in der Hocke. So tanzen die über die Straße, total langsam, obwohl sie in voller Bewegung sind. Alle anderen rennen vorbei, alle haben irgendeinen Stress, Verkehr ist auch viel. Manche hupen schon. Keine Chance. Der Jüngere holt mit dem Bein weit nach hinten aus, so richtig halbkreisförmig, der Ältere ruckelt dahin, die Frau rundherum. Sie gibt ihnen den Beat, ganz sanft schaut sie drein. Irgendein Idiot hupt wieder. Ich denk mir, jetzt werden die Polizisten gleich eingreifen, weil die drei ja alles aufhalten. Tun sie aber nicht. Weil sie sicher schon längst bemerkt haben, was ich erst jetzt kapier. Dass der Jüngere nämlich behindert ist. Dass die anderen Mutter und Vater von dem behinderten Sohn sind und ihm über die Straße helfen. Es ist total offensichtlich, aber irgendwie bin ich nicht gleich drauf gekommen. Aber verstehst du, was ich mein? In dem Moment, wie ich mir selber gesagt hab, ah, der ist behindert, war alles klar, der ganze Zauber war weg. Weil ich verstanden hab. Ich meine, was bleibt? Ein bisschen Rührung und Mitleid natürlich, das eh keiner will. Aber das, was irgendwie so ganz anders war und schön, dass die drei da einen Tanz aufführen, quer über die Straße, bei vollem Verkehr, unter Gehupe, das war weg. Das Lied, das ich richtig gehört hab, war auch weg, mit Beat und allem. Da hab ich mich gefragt, ob das wirklich sein muss, ob man wirklich immer alles wegverstehen muss.

18

Wegen mir brauchst du das Zeug übrigens nicht jeden Tag umfüllen in die Eisteeflasche. Wollt ich nur sagen. Erstens bin ich nicht blöd. Oder wenn es schon mit dem Hirn nicht so gut ausschaut bei mir, hab ich trotzdem eine Nase. Die ist ja nicht leicht zu übersehen. Und zweitens, sagt Lu, bin ich sicher keine, die dir einen Vortrag hält. Also dass das nicht wirklich optimal ist, das wirst du ja schon gehört haben, da brauchst du ja mich nicht dazu.

19

Ich war wieder in der Bücherei. Mein Leseplatz dort ist immer derselbe, bei einem Fenster. Das sagt eh schon alles über mich, eigentlich. Da komm ich hierher, damit nicht alles immer dasselbe ist, und was mach ich? Jeden Vormittag quak ich dich nieder, quassel irgendwas von Routine, die keiner will, und komm mir gut vor dabei, und am Nachmittag sitz ich in der Bücherei immer vor demselben Fenster. Vor dir selber kannst du nicht wegfahren. Philosophiepreis krieg ich keinen für diese Erkenntnis, das weiß ich auch, aber arg ist es trotzdem. Die meiste Zeit über schau ich ja gar nicht hinaus aus dem Fenster, weil ich ja in dein Buch schau. Und die Aussicht, wenn ich doch mal hinausschau, ist auch nicht gerade berauschend. Man sieht über ein paar Dächer zu einem höheren Haus gegenüber. Es hat immer abwechselnd eine Reihe Fenster und eine Reihe Beton, ohne Zwischenräume. Also die Fensterreihen haben wirklich nur Fensterglas und Fensterstöcke, nichts dazwischen, und die Betonreihen haben wirklich nur Beton. Keine Belüftungsschlitze, keine Dachrinnen, keine Sprünge, nichts. Der Architekt hat sicher liniertes Papier verwendet. Eine Zeile Fenster, eine Zeile Beton, bis das Blatt voll war. Unten wahrscheinlich eine Tür.

Den unteren Teil sieht man nicht von meinem Leseplatz aus, aber das ist ja auch nicht grad revolutionär, eine Tür unten. In der Volksschule, also zumindest in der ersten Klasse, haben wir so geschrieben. In eine Zeile den neuen Buchstaben, immer wieder, dann eine Zeile leer. Und wieder eine Zeile Buchstaben und eine Zeile leer. Das kann schon passieren, dass da einer hängen bleibt, wie auf einem Drogentrip. Der Architekt muss da hängen geblieben sein in diesem Muster aus der ersten Klasse. Der Rauchfang ist so ein breiter Klotz, wie eine Überschrift in Blockbuchstaben: MEIN HAUS. Ganz unten dann die Musterzeile: Tür, Blümchen, Tür, Blümchen und so weiter. Würd mich echt interessieren, wie viele Türen er unten hingemacht hat. Das Einzige, was er sich getraut hat, ist, dass das oberste Stockwerk ein bisschen zurückversetzt ist. Die Oberen haben also eine Terrasse. In dem Teil, den man von meinem Platz aus sieht, gibt es drei Wohnungen. Das erkennt man an den Terrassenpflanzen, weil, welche Fenster in Wirklichkeit Türen sind, sieht man nicht. Vielleicht gibts gar keine, und die müssen durchs Fenster klettern. Auf dem einen Teil stehen jedenfalls zwei Palmen, sicher aus Plastik, obwohl man das auch nicht sieht, aus der Entfernung. Ich finde, Palmen sind die überbewertetsten Bäume überhaupt. Ich meine, ein haariger Stamm und oben ein paar zerrupfte Wedel, was soll denn daran schön sein? Die mittlere Terrasse ist leer, dort steht gar nichts. Auf der dritten sind Thujen. Thujen sind noch hässlicher als Palmen, find ich. Findet ja eigentlich jeder, keine Ahnung, warum die überall sein müssen. Ich glaub, das ist so eine Männersache. Die gehen im Baumarkt herum, und weil sie die Bohrmaschine schon haben und die Stichsäge und die Flex, kriegen sie bei der Heckenschere das große Kribbeln. So eine brauchen sie noch. Und weil sie ja den Kindern damit nicht die Haare schneiden können, stellen sie sich halt ein paar Thujen auf die Terrasse. Okay, ich meine, wenn jeder Mensch im Leben einen Vorrat an Dummheiten hat, der aufgebraucht werden muss, weil er sonst nicht als Mensch durchgeht, dann sind Thujen ja vergleichsweise harmlos. Man muss ja nicht hinschauen. Und wenn du doch hinschaust und siehst, wie die Thujen geschnitten sind, dann ist es ja wirklich ein Glück, dass der große Meister der Heckenschere sein neues Spielzeug nicht für die Frisur der Kinder verwendet hat. Wir müssen dem heiligen Patrice echt einen Altar errichten, aus Dankbarkeit. Dass er uns hier verschont mit Palmen und Thujen. Da nimmt man ja sogar das Pfaugeschrei gern in Kauf.

20

Ein Heiliger, Patrice, ein Engel. Die Pension *Zur Schönen Gegenwart* war ihr dritter Versuch. Ihr erster: Auf unbestimmte Zeit, hatte sie der jungen Frau an der Rezeption gesagt. Tulpe Valentin erkannte ihren Fehler sofort. Im schönen Kopf der Rezeptionistin formte sich ein kleiner Gedanke, den sie nicht sofort zu fassen bekam, zumal sie bereits mit Formularen hantierte. Aber der Gedanke wurde lästig, die junge Frau entschuldigte sich, verschwand durch eine Tür, deren Glaseinsatz von den erstarrten Wellen einer braunen Grindschicht überzogen war. Als sich die Tür wieder öffnete, erschien dort an Stelle der jungen Frau ein Herr mittleren Alters. Sein Gesicht war derartig aufgedunsen, dass die Nase kaum noch daraus hervorragte. Die Augen nur Schlitze zwischen prallen Hautfalten, die Pupillen versteckt in den Höhlen wie lauernde Muränen. Glauben Sie im Ernst, das können wir hier brauchen? Das sagte er nur mit der Art, wie er das eine Formular in sein Fach zurücklegte, das Buch zuklappte und einen rosa Zettel zerknüllte. In Worten: *Entschuldigen Sie meine Tochter, sie ist neu im Geschäft. Leider haben wir nichts mehr frei.* Neu im Geschäft, natürlich. Ihr ganzes Leben war sie in diesem Geschäft. Ihr Leben *war* das Geschäft. Mochte sie noch so sehr träumen. Überhaupt, *seine* Tochter! Auch wenn Tulpe Valentin die Letzte sein wollte, die Vaterschaft biologisch definierte. Das war eine Sache zwischen ihm und seiner Frau, deren Leben hinter der Tür mit dem Grindglas sie sich gar nicht weiter vorzustellen wagte.

Versuch Nummer zwei: Für drei Nächte. Sehr gerne, Madame. Bitte, Madame. Ihr Schlüssel, Madame. Sie würde gern verlängern, drei weitere Nächte. So? Gerne, Madame, vielen Dank. Es gefalle ihr hier, sie habe beschlossen, noch eine weitere Woche zu bleiben. Der Besitzer hatte drei Söhne, die aussahen wie einer, die redeten wie einer, der Unterschied nur einige Jahre, die keine Rolle spielten, sie waren alle nicht neu im Geschäft. Der Vater übrigens, biologisch gesehen, über jeden Zweifel erhaben. Man bedaure, Madame. Aber das Zimmer sei bereits vermietet. Man habe ja nicht wissen können. Also bitte, Madame, Ihren Schlüssel. Auf Wiedersehen.

Und dann Patrice. Er war der goldene Dritte. Er wäre

der goldene Fünfte gewesen oder der goldene Hundertste, er war die goldene Ausnahme.

21

Sag mal, hörst du mich eigentlich? Manchmal hast du nämlich so einen Blick, sogar hinter der Brille sieht man das, als könntest du mich nicht hören. Komisch eigentlich, dass man an den Augen sieht, wenn jemand einen nicht hört. Statt an den Ohren, mein ich. Wenn die Menschen einmal weiter entwickelt sein werden, dann wird man bestimmt an den Ohren sehen können, ob einer verstanden hat oder nicht. Akustisch, mein ich. Wenn einer etwas nicht hören kann, werden sich seine Ohrmuscheln nach vorne klappen oder sich verziehen oder beben, wie die Lippen beben, wenn man etwas sagen will, aber nicht kann. Aber wir, auf unserer Entwicklungsstufe, dass es da Missverständnisse gibt, ist halt nicht zu ändern. So wie ich grad geglaubt hab, du hörst mich nicht. Dabei ist deine Stimme ja ganz anders als bei den Schwerhörigen. Ich meine, du schreist nicht so. Der Blick hat mich nur an meinen Direktor in der Volksschule erinnert, der hat immer so dreingeschaut wie du eben. Und der hat nie was gehört, und geschrien hat er immer. Eigentlich, wenn ich jetzt so drüber nachdenk: Dem sein Mund hat genau die verzweifelten Bewegungen gemacht, die bei den weiter entwickelten Menschen irgendwann die Ohren machen werden. Er hat geschrien: Sitzt still! und: Folgt eurer Lehrerin! und: Ihr seid die Zukunft! Aber gemeint hat er nur: Ich hör nichts! und: Ich hör nichts! und: Pfaufeder, ich hör nichts! Ornig hat er geheißen.

In seinem Namen hat das H gefehlt, so hat er nie etwas wirklich hören können. Furchtbar eigentlich, wenn ich so drüber nachdenk. Es hört sich ja keiner so, wie einen die anderen hören. Das merkt man ja, wenn man aufgenommen wird und sich dann die Aufnahme anhört. Da schreckt sich ja jeder. Furchtbar, wie der Direktor Ornig wahrscheinlich geglaubt hat, dass er eindringlich und feierlich zu uns spricht, zur Zukunft, während er in Wirklichkeit immer nur geschrien hat, dass alles immer total lächerlich geklungen hat. Oder auch wieder gerecht. Vielleicht war er einfach ein Schreihals. Und er hat nur nichts gehört, weil er nie jemand hat hören wollen, weil ihn immer nur seine eigenen Befehle interessiert haben, und er hat gepfiffen auf die Pfaufeder Zukunft.

Tulpe Valentin ist unwohl. Weil sie die Gegenwart einer anderen Direktorin fühlt und weil sie Lu verloren hat, ihren Büchereibericht, an Patrice.

Das ist, sagt Lu, überhaupt kein Problem, das gefällt mir sogar. Also dass mein Gequassel dich auf andere Gedanken bringt. Dass mein Gequassel so was ist wie eine Rutschbahn in andere Gedanken. Ich bin sicher keine, die sagt, he, du bist abwesend. Ich bin ja keine Lehrerin. Wenn einer abwesend ist, heißt das ja nur, dass er irgendwo anders umso mehr anwesend ist. Das ist ja oft notwendig. Seine Anwesenheit wird dort halt dringender gebraucht, im Moment. Tut mir nur Leid, dass es keine angenehmen Gedanken sind, wie es scheint. Weißt du, was? Wir, sagt Lu, wir machen ein Theater, ein spontanes. Ich spotte über meinen Direktor, und du spottest über deine Direktorin. Los gehts.

Direktor Ornig *(schreit)*: Aha, Verehrteste!

Direktorin Worthner *(blickt sehr würdevoll)*: Ach, werter Herr Kollege.

Ornig: Sitzt still, sage ich immer den Kindern. Da sind wir ein feines Vorbild, nicht wahr, Verehrteste?

Worthner: Wenn nur das Personal –

Ornig: Sitzt still!

Worthner: Das Personal bereitet mir mitunter mehr Sorgen.

Ornig: Folgt eurer Lehrerin! Nicht wahr, Verehrteste, das ist es doch?

Worthner: Durchaus, Herr Kollege. Nur das Personal –

Ornig: Folgt eurer Lehrerin!

Worthner *(flüstert)*: Werdet nur nicht wie eure Lehrerin.

Ornig *(schreit noch lauter)*: Ganz recht, Verehrteste!

Worthner: Das möchte ich mitunter wirklich sagen.

Ornig: Da sind wir einer Meinung, nicht wahr, Verehrteste!

Worthner: In unserer Position.

Ornig: Das wäre doch was, mit uns beiden, Verehrteste!

Worthner: Ach, Herr Kollege, ich bin leider frigide.

Ornig: Ganz recht, Verehrteste! Auf gehts!

Worthner: Und was würden die Kinder sagen?

Ornig: Ihr seid die Zukunft!

22

Eigentlich wollt ich ja von deinem Buch sprechen, ich meine, vorhin, wie ich dann von meinem Fensterplatz erzählt hab und von der Terrasse. Vielleicht bin ich überhaupt nur drauf gekommen, weil sie in deinem Buch ja auch oft aus dem Fenster schauen. Vielleicht hab ich überhaupt nur deswegen selber aus dem Fenster geschaut. Wahrscheinlich ist dein Buch schuld an allem. Das Ding funktioniert übrigens auch, wenn du nicht dauernd hinstarrst. Das macht mich echt nervös.

Lu meint ihr Mobiltelefon. Es liegt als Aufnahmegerät in Tulpe Valentins Schoß, damit sie nicht mehr so Angst haben muss vor jeder Abzweigung. Lus Idee. Das Lu-TV-Vormittagsprogramm geht in eine neue Phase, hat Lu gesagt. Gequake wie eh und je, aber digital und ohne Ausreden.

Tulpe Valentin gelobt Besserung.

Danke, sagt Lu. Weil ich nämlich auch was gelobe, und zwar, dass ich sicher den Faden verlier, wenn du mich weiter nervös machst mit deinem Gestarre. Am Ende machst du das Handy auch noch nervös und es vergisst, dass es aufnehmen soll, dann haben wir genau das Gegenteil von dem, was wir wollten.

Tulpe Valentin gelobt abermals und feierlich.

Also, wo, sagt Lu, war ich? Dass dein Buch schuld ist an meinem Fensterschauen, genau. Die Fensterszenen find ich nämlich wirklich sehr schön. Wie sie zum Beispiel die Linde sehen im Wind, und die Frau sagt, wenn die Blätter ihre Zweige aufgeben, sind sie wie grüne Flugtiere ohne Ziel. Und dann, nach der Sexszene, fragt der Mann: Und jetzt? Und die Frau sagt: Jetzt wird das

Geäst zu Sprüngen und Haarrissen in der Zeit der Drachen. Das find ich echt gut. Ich geb zu, beim Lesen hab ich mir gedacht, aha, da macht sie auf poetisch, das muss ja nicht sein. Aber dann, wie der Mann gestorben ist im Feuer, und die Frau sich Vorwürfe macht, weil sie selber die Drachen gerufen hat, die ihn verbrannt haben, da fährt das schon ein. Weil ja dann die Bilder zurückkommen, weil das Schicksal von den Figuren schon irgendwie damit zu tun hat, wie sie alles sehen, also wie sie die Welt sehen. Und jetzt bin ich echt gespannt. Ich bin in der Mitte ungefähr, und der Mann ist tot, und jetzt bin ich echt gespannt, was dir da noch weiter eingefallen ist. Weil das Buch ja normalerweise hier zu Ende wär. Echt spannend, Kompliment, obwohl ja eigentlich nicht groß was passiert. Du könntest sicher auch mit Palmen und Thujen eine gute Szene machen. Eine, die das Leben von den Figuren total verändert.

Lu hat die Hände ineinander verschränkt, sie knetet, eine Überlegung. Beim ersten vorsichtigen Öffnen ist nichts entschieden, sie knetet weiter. Fester. Mit dem Fuß tritt sie gleichzeitig einen Zweifel auf der Hemmschwelle aus.

Ich muss dir, sagt Lu, was gestehen. Ich habs sogar selber probiert. Also ich hab mir überlegt, ob man nicht eine Geschichte machen könnt aus dem Terrassenstockwerk. Nur bin ich erstens keine Schriftstellerin und zweitens ist das dort wirklich ein Jammer. Obwohl ich vier Stunden am Fenster gesessen bin und immer wieder hinübergeschaut hab, ist kein einziger Mensch auf die Terrasse gekommen. Bei diesem Wetter. Man könnt glauben, da wohnt gar niemand. Die mittlere Wohnung ist sowieso leer, und der, der die Palmen aufgestellt hat,

hat sich über das Geländer gestürzt, weil er gemerkt hat, dass ein paar Plastikpalmen noch keine Karibik machen. Und der mit den Thujen, der geht den ganzen Tag nur im Baumarkt herum, und seine Frau liegt natürlich im Bett von einem anderen, und die Kinder sitzen allein daheim und dürfen nicht auf die Terrasse und wollen auch nicht, weil sie eigentlich nur nicht allein sein wollen und weil sie auf der Terrasse auch nicht weniger allein wären und weil das außerdem ein gruseliger Gedanke für sie ist, dass der Palmennachbar sich hinuntergestürzt hat. Und dann haben sie noch das Gruseln vor etwas anderem, das sie nicht sagen können, weil sie Kinder sind und weil Kinder für so was noch keine Worte haben und auch keine Vorstellung, aber sie spüren es trotzdem, weil es eine Wahrheit ist, in der Luft, die Wahrheit ist ein kalter Wind, und sie haben das Gruseln. Nämlich dass es nur eine Frage der Zeit ist, bis der Vater im Baumarkt die Kettensäge entdeckt, die er haben muss, obwohl er kein Holzfäller ist. Es wird ihm dann gerade passen, dass er die Geschichte mit seiner Frau herausfindet, also ihre Affäre, und er wird Amok laufen und ein Blutbad anrichten mit seiner tollen neuen Kettensäge, und hintennach wird er es nicht fassen können und sich selber umbringen wollen. Er wird über das Geländer hinunterschauen, er wird sich ein Beispiel nehmen wollen an seinem Plastikpalmennachbar, obwohl er den immer nur verachtet hat, nur wird er dann zu feig sein wie die meisten Amokläufer. Weil er in Wirklichkeit nur ein feiger Pfaufeder Terrorist ist. Die Polizei wird ihn holen kommen, die Zeitungen werden berichten, das Fernsehen wird berichten, die Nachbarn von unten werden in Interviews sagen, dass sie es nicht fassen können. Man wird einen Namen finden für das Haus, irgendeinen dummen Namen, am besten mit Genitiv, auf den der Architekt mit seiner Volksschülerfantasie im Traum nicht gekommen wär. Und doch hat er seinen Beitrag geleistet, der Architekt, weil er keine Liebe in das Haus gelegt hat. Weil er nicht daran gedacht hat, dass ein Haus für Menschen ist, weil er sich einfach nur gut vorgekommen ist mit seinen Fenster- und Betonzeilen, weil er wenn überhaupt nur daran gedacht hat, wie stolz seine Volksschullehrerin wär, im Nachhinein, dass sie einen Architekt wie ihn in der Klasse gehabt hat, so einen Revolutionär. Für Palmen und Thujen hat er nur Verachtung übrig. Dabei denkt er nicht daran, dass er das provoziert hat, die Palmen und die Thujen und das Blutbad. Eigentlich wird einem da richtig schlecht.

23

Du-u?

Ja?

Der kranke Nachbar stirbt, oder?

Ja, er stirbt.

Bald?

Bald. Aber noch nicht. Das ist nicht so leicht, verstehst du?

Ja. Nein. Und was hat er?

Er hat das Gefühl, dass er noch nicht gehen kann. Er hat noch etwas zu erledigen.

Ich meine, welche Krankheit?

Er ist alt.

Aber er hat noch nicht abgeschlossen?

Doch, er hat abgeschlossen. Und jetzt muss er wieder aufmachen. Er hat das Gefühl, er ist zu alt. Er hat den richtigen Moment verpasst.

Die meisten wären froh darüber.

Er ist sehr froh darüber. Und gleichzeitig nicht. So ist das, liebe Lu.

Sag jetzt nicht, dass ich das nicht versteh, in meinem Alter.

Er denkt, dass der richtige Moment ihn sucht. Er weiß, dass er ihn finden wird. Und er will sich dann nicht versteckt haben.

Und er wartet hier?

Er wartet hier.

Ich meine, ausgerechnet *hier*?

Das sollte *uns* nicht wundern.

Vielleicht kann ich helfen? Ich meine, nicht beim Findenlassen. Nicht beim Sterben, so was pack ich nicht. Aber beim Weiterleben.

Du hilfst schon. Ich erzähle ihm von dir.

Wie soll ihm das denn helfen?

Nichts hilft ihm mehr. Er ist dann nicht allein. Es ist viel leichter, sich finden zu lassen, wenn man nicht allein ist.

Er hat ja dich.

Ich zähle nicht.

Wieso nicht?

Weil es allzu klar ist, warum ich bei ihm bin. Mit mir ist es so, als wäre er allein. Aber so erzähle ich ihm von dir, und er weiß, es gibt ein anderes Leben, das weitergeht, unabhängig von ihm. Er weiß das natürlich sowieso, aber nur mit dem Kopf, das ist zu wenig. Man braucht ein Beispiel, man muss es richtig erleben. Wenn du stirbst, ist nichts langweiliger als Wissen. Und du starrst erst recht immer hin, auf den richtigen Moment. Es ist wie mit der Uhr im Bahnhofscafé, von der du erzählt hast. Verstehst du?

Er braucht Ablenkung, meinst du?

Ich bin nicht sicher, vielleicht das Gegenteil. Vielleicht will er die Aufmerksamkeit auf sich ziehen, und er borgt sich dafür fremde Farben, ein fremdes Feuer.

Lus Mundwinkel zuckt. Sie will sagen, werd mir jetzt nicht wieder poetisch. Aus irgendeinem Grund sagt sie es nicht.

24

Vom Sterben will ich eigentlich nicht reden und vom Tod. Der Tod ist total überbewertet, genauso wie die Ewigkeit. Ich meine, ich will mich hier echt nicht wegphilosophieren, aber das kann mir keiner erklären, wieso man so viele Gedanken auf etwas verschwenden soll, von dem das eine sowieso jeder kriegt und das andere sowieso niemand. Das bringt ja nichts. Wenn man sich schon Gedanken macht, dann ja wohl besser über das dazwischen. Also über das, was man vielleicht kriegt und vielleicht nicht, und wo das vielleicht davon abhängt, ob man sich Gedanken gemacht hat oder nicht. So seh ich das, prinzipiell. Nur manchmal, da verlässt mich mein eigenes Prinzip, geb ich zu. Also beim Tod. Da ist es nämlich so, dass ich mit vierzehn schon mit achtzehn sterben wollt, weil ich mir gedacht hab, dass es später sowieso nichts mehr bringt, das Leben. Und heute, also mit sechzehn, da denk ich mir, irgendwie würd ich gern ein bisschen länger leben, vielleicht bis einundzwanzig. Weil ich es mir schon nicht schlecht vorstell, das ein bisschen zu genießen, dass die Schule endlich vorbei ist, dass man in Ruhe gelassen wird. Du verstehst das Problem, oder? Dazu muss man ja kein großer Mathematiker sein. Also mit vierzehn wollt ich achtzehn und mit sechzehn will ich einundzwanzig – in zwei Jahren ist der Wunsch also um drei Jahre gewachsen. Jetzt mach ich mir natürlich Sorgen, was passiert, wenn das so weitergeht. Am Ende bin ich dann so eine, die ewig leben will. Und dass das dann ein Krampf ist, kann ich mir schon vorstellen, wenn der Gevatter sagt: *vamos!* Dann bin ich im Stande und liefer ein unwürdiges Spektakel, so gut kenn ich mich schon. Wie der Ruklitsch, unser Geschichtelehrer. Der war okay, keine Schatziwirtschaft bei ihm. Wenn du was gewusst hast, wars gut, wenn du nichts gewusst hast, wars nicht gut. So einfach. Müsste sich ja eigentlich durchsetzen, so ein einfaches System. Keine Chance, natürlich, aber das kennt man ja. Also der Ruklitsch. Nett, nur war er immer gleich beleidigt, wenn wir uns Zettel geschrieben haben oder mit dem Handy unter dem Tisch oder so was. Ich meine, nicht wütend oder sauer, das geht ja noch, sondern so richtig beleidigt. Das geht nicht, find ich. Das ist arm. Ich meine, das passt vielleicht zu so einer Princesa, okay, aber bei jemand, der ausschaut wie der Ruklitsch, da geht das wirklich nicht. Ein kleiner, dicker Geschichtelehrer, nein. Wenn er hinter seinem Tisch gestanden ist, so dass man die Beine nicht gesehen hat, hat er ausgeschaut wie ein Schneemann in Kleidern. Von den Kugeln her, mein ich, nicht von der Nase, die war nicht so lang. Zumindest ist sie nicht besonders aufgefallen, weil sein Bart, der war das Beste. So ein mächtiger Walrossschnauzer, wie die Männer auf alten Fotos. Halbglatze ist klar, gehört ja dazu. Die Haare für so einen Schnauzer, die müssen ja irgendwo herkommen. Kein Wunder bei einem Geschichtelehrer, dass der irgendwann in der Vergangenheit hängen bleibt. Ist aber zu einfach, als Gedanke, mein ich, als Erklärung. Ich meine, das haben die meisten gesagt, klar, Geschichtelehrer. Und damit war die Sache erledigt. Aber Loretta und Solveig und ich, wir sind dem nicht auf den Leim gegangen. Sein Bart hat ihn nämlich verraten. Der Bart hat sich bewegt, ständig. Also die einzelnen Haare haben sich ständig bewegt, als wär das eine Raupe in seinem Gesicht oder sonst was. Korallen vielleicht. Unsere Theorie war, es war keine Raupe, sondern ein Sinnesorgan. Der Ruklitsch ist nämlich von einem anderen Planeten gekommen, oder nicht eigentlich gekommen, sondern vergessen worden, oder auch nicht richtig vergessen, sondern zurückgelassen, nach einem Unfall, auf der Flucht. Flucht ist ja das Einzige, woran Aliens denken können, wenn sie zu uns kommen, das ist ja keine Frage. Wir denken ja selber an Flucht. Jedenfalls ist er durchs Dach gekracht, ins Kinderzimmer von so einer Princesa, und sein Glück war, dass er sich noch rechtzeitig hat verstecken können, weil die Princesa noch mit ihrer rosa Schlafmaske herumgefuchtelt hat, beleidigt wie nie. Er ist also weiter ins nächste Zimmer, das Schlafzimmer der Eltern. Dort hat er das Doppelkugelmodell gefunden, weil nämlich die Bettdecke dem Vater mit dem Kürbiskopf bei seinem Schnarchen immer vom Bauch rutscht. Und weil er sehr intelligent ist, der Ruklitsch, hat es nicht lang gedauert, bis er die Bibliothek gefunden hat, und da ist ihm die Idee gekommen, dass er sein Sinnesorgan super als Walrossschnauzer tarnen kann. Er kann sich nämlich verwandeln, wie er will, nur sein Schnauzerorgan muss bleiben, das braucht er. Ja, und dann hat er sich als Lehrer ausgegeben, nur dass er, weil er wahrscheinlich zu Hause auf seinem Planeten auch ein netter Typ war, halt ein netter Typ geblieben ist. Dass die Princesa der erste Mensch war, den er getroffen hat, war ja nicht seine Schuld. Da hat er halt gedacht, das ist normal, dass man immer gleich angerührt ist und total beleidigt. So richtig durchdacht war unsere Theorie nicht, geb ich zu. Hat aber Spaß gemacht. Und dann, einmal, im Fasching, hat der Ruklitsch Gangaufsicht. Er geht also so herum, die Arme hinten auf dem Rücken, wie ein Lehrer halt, und wir kommen ihm entgegen, und dann winkt er uns mit der rechten Hand. Er hat so eine Monsterklaue gehabt, so eine Gummihand, ganz rot, mit Adern und zwanzig Zentimeter langen Fingern. Wir haben gedacht, wir kriegen einen Herzinfarkt. Er hat sich diebisch gefreut wie ein kleines Kind. Und dann ist es umgekehrt gekommen. Ich meine, nicht dass wir uns gefreut haben, aber das mit dem Herzinfarkt.

Lu kippt nach vorn. Mit dem Kopf zwischen den Knien schaut sie unter die Bank, ob sie wirklich dort unten ist, ob sie wirklich so tief gesunken ist.

Das wollt ich ja eigentlich erzählen, das mit dem Herzinfarkt. Ich glaub, sagt Lu, ich geh ein. Da hat einer einen Herzinfarkt, und ich erzähl dir so einen Alienklamauk. Bravo, wirklich. Jedenfalls waren wir in der Klasse. Der Ruklitsch hat uns brav in den Schlaf geredet, dabei ist er immer zwischen den Reihen herumgegangen, wahrscheinlich damit er selber nicht einschläft. Jedenfalls war er in der ersten Reihe zwischen zwei Tischen, und auf einmal stützt er sich mit der linken Hand auf den Tisch und redet nicht weiter. Komisch, dass man bei manchen Leuten erst aufwacht, wenn sie *nicht* mehr reden. Jedenfalls waren wir wach. Herr Professor, ist alles in Ordnung? Herr Professor! Das hat die Blaschek Claudia gesagt. Die Oberstreberin von der Klasse, von der ganzen Schule, von der ganzen Stadt. Wenn die einmal tot ist, gibts nur eins, was man in ihren Grabstein meißeln kann: *Herr Professor, Herr Professor!* Jedenfalls nimmt der Ruklitsch die Hand vom Tisch und sagt: Alles in Ordnung. Sein Schnauzer geht wie ein ganzes Korallenriff. Er geht ein paar Schritte, dann fasst er sich mit der rechten Hand an den Hemdkragen. Bekommen Sie keine Luft, Herr Professor? Die Blaschek Claudia natürlich. Von hinten, weil er weitergegangen ist, so ungefähr in die Mitte. Alle schauen blöd. Das werd ich nie vergessen, wie wir alle blöd schauen. Dann wankt er zur einen Seite, zur anderen Seite, er sackt in die Knie, er hat die Augen so verdreht, er streckt die rechte Hand ganz nach oben und fällt hin, auf den Boden. Dann sind ein paar aufgesprungen, irgendwer hat seinen Puls gefühlt oder nach dem Puls gefühlt, der nicht mehr da war, einer hat ihm die Wange getätschelt, die Blaschek Claudia hat die Worte von ihrem Grabstein geschrien, da waren wir inzwischen alle auf den Beinen. Der eine hat gesagt, er fühlt keinen Puls. Ich frag mich bis heute, warum ich mich nicht dran erinnern kann, wer das war. Pfaufeder! Ich meine, das war letztes Jahr. Und ich seh die ganze Szene vor mir, aber ich seh nicht, wer das sagt, dass er keinen Puls fühlt. Wahrscheinlich weil genau in dem Moment jemand die Tür aufgerissen hat. Die Lehrerin von der Nachbarklasse, mit Loretta. Die Lehrerin ist auf den Ruklitsch zu, aber wie in Zeitlupe, sie hat mit den Händen herumgefuchtelt, als wär sie unter Wasser, als hätt das Korallenriff im Gesicht vom Ruklitsch die ganze Klasse unter Wasser getaucht, alle waren wir ungefähr so. Dann sind die Sanitäter gekommen. Tot, haben sie gesagt. So war das. Pfaufeder! Wir haben schulfrei bekommen und am Nachmittag einen Anruf, dass der nächste Tag auch schulfrei ist. Und noch ein paar Tage später einen Zettel mit nach Hause, wo die Direktorin ihr Bedauern ausdrückt und wo sie sagt, dass die Klasse sich vorbildlich verhalten hat, und wo sie sich bedanken möchte für die prompte Hilfeleistung und dass es leider das Schicksal so gewollt hat, dass es trotzdem zu spät war. Da wird mir heut noch schlecht. Prompte Hilfeleistung. Ich meine, Loretta ist sofort hinaus zur Nachbarklasse, das hat überhaupt keiner gemerkt, ich auch nicht, obwohl sie neben mir gesessen ist. Sie hat noch auf dem Weg die Rettung gerufen, vom Handy, sie hat den Typ von der Rettung noch drangehabt, wie sie der Lehrerin gedeutet hat, dass sie kommen soll, schnell. Loretta war die Einzige. Sie hat den Ruklitsch nicht retten können, aber sie hat die Klasse gerettet. Deshalb haben wir alle den Brief bekommen, obwohl nur sie ihn verdient hat. Die Blaschek Claudia war die Ärgste, die ist einen Monat lang in Schwarz gekommen. Aber wirklich besser war keiner von uns, ich auch nicht. Irgendwie haben sie das schon mitbekommen, ich meine, insgeheim haben sie es schon gewusst, die anderen Lehrer und die Direktorin, das mit Loretta. Sie haben uns nämlich so eine Psycho-Tante geschickt, ein paar Wochen später, die hat uns einen Vortrag gehalten, in der Klasse, vom Paradox der Masse und vom Verarbeiten von Extremerfahrungen, und dass das alles voll okay ist. Sicher, deshalb ist sie ja gekommen, weil alles voll okay war.

25

Der beste Lehrer, bis jetzt und wahrscheinlich bis immer, das war der Zappotek. Mathematik. Nicht dass Mathe mein Lieblingsfach wär, so weit ist es dann doch noch nicht mit mir. Aber er war der beste Lehrer. Erstens hat er die schwierigsten Sachen so erklärt, dass jeder sie verstanden hat. Sogar die Gudrun Götsch, und die ist nicht die Hellste, sag ich mal vorsichtig. Sie war für uns immer nur die Gudschi-Götschi, ich glaub, für sich selber auch. Sogar der Dusek René. Sein Vater arbeitet in der Brauerei, der hat ihn als Kind einmal mitgenommen in die Arbeit, zu einer Spezialführung, und da ist er ins Braubecken gefallen, der René. Das ist zumindest unsere Theorie, so wie der drauf ist. Dass wir ihn immer Dusel-René genannt haben, war natürlich aufgelegt. Aber wenn der Zappotek was erklärt hat, dann habens sogar die beiden verstanden. Er war ein Genie. Das klingt jetzt total daneben, aber er war echt ein Genie. Nimm seine Methode. Angefangen hat er damit, dass er was an die Tafel geschrieben hat und gesagt hat, wir haben hier dieses gar köstliche mathematische Problem. So hat er echt geredet, dieses *gar* köstliche Problem. Hat natürlich keiner verstanden. Probleme hat jeder, klar, aber mathematische? Unser Problem war nur die Mathematik selber, für manche ein größeres, für manche ein kleineres. Für keinen ein gar köstliches. Bis zum Zappotek. Dann hat er gesagt, dass wir das Problem jetzt gemeinsam lösen werden, und es ist losgegangen. Er hat eine Ja-Nein-Frage gestellt, die wirklich jeder beantworten kann. Dann noch eine. Dann die nächste. Und irgendwann, wenn uns schon ganz schwindlig war, vor lauter Ja oder Nein, vor lauter Verstehen, war das Problem gelöst. Und wenn es für jemand nicht gelöst war, weil er ein Ja oder ein Nein verschlafen hat, der Dusek René oder die Gudrun Götsch meistens, aber auch andere, ich selber auch manchmal, dann ist er zu deinem Tisch gekommen und hat sich vor den Tisch hingehockt und ist mit dir allein noch einmal alle Fragen durchgegangen, in deinem Tempo, und dann hast du verstanden, auch wenn du der René warst oder die Gudrun. Oder ich. Er hat sich hingehockt, verstehst du? Er hat sich nicht hingestellt, aufgestellt, so dass du das große Zappeln kriegst vor lauter Aufschauen zu ihm und wieder Runterschauen ins Heft und dann in der Mitte durch auf die Tafel. Er war auf deiner Augenhöhe, sogar leicht darunter. Nicht dass das von Anfang an ganz leicht war für uns. Sein Gesicht so knapp vor deinem, das musst du erst einmal aushalten. Wenn du sein Gesicht jemals gesehen hättest, wüsstest du, was ich meine. Da stirbst du nämlich vor Lachen, wenn du das zum ersten Mal siehst. Es ist eigentlich unbeschreiblich, aber ich hab immer an ein Lavendelbündel gedacht. Meine Mutter hat so eins im Vorratsschrank. Also stell dir ein Bündel Lavendel vor, ein dickes, pralles, ungefähr so dick wie ein Hals. Also der Lavendel ist getrocknet, in der Farbe von Stroh und mit einer Schnur fest zusammengebunden. Aber innen drinnen in dem Bündel ist eine Bombe, und die ist explodiert. Die Schnur hat gehalten, aber sonst steht alles quer durcheinander und weg, in Fetzen und Fäden und Fransen. Das ist das Gesicht vom Zappotek.

Ein arger Anblick, echt. Aber wenn du den ausgehalten hast, dann hat er das Problem mit dir gelöst. Oder besser, du hast es mit ihm gelöst. Ein Genie, ich bleib dabei. Und das Beste kommt erst: Er hat sich vor die Tafel gestellt, mit dem ganzen komplizierten Gekritzel drauf, das keinem mehr Angst gemacht hat, und hat seine letzte mathematische Ja-Nein-Frage gestellt: Alles klar? Aber echt als Frage, nicht einfach nur so, so wie viele die Frage stellen, obwohl sie nur eine Antwort akzeptieren und gleichzeitig wissen, dass die gelogen ist. Wir im Chor: Ja. Es waren dann immer noch fünfzehn Minuten bis zur Pause, oder wenigstens zehn. Und er hat gesagt, ich muss euch erzählen, wo ich am Wochenende fischen war. Seine Augen haben geleuchtet, lavendelfarben. Bis zum Klingeln hat er sich weggefreut über sein letztes Angelwochenende oder das kommende. Er hat jeden Angelplatz gekannt, nicht nur in der Umgebung, jeden im ganzen Land. Er hat gewusst, wo man welche Berechtigungskarte braucht, wo es eine Stückbegrenzung gibt oder ein Gewichtslimit, wo welche Fische sind natürlich und so weiter. Ich meine, keiner von uns interessiert sich fürs Fischen, aber seine Begeisterung ist übergesprungen auf uns. Loretta hat einmal gesagt, wenn wir ihm seine Begeisterung nicht abnehmen, dann explodiert er. Und nicht nur wir. Die anderen Lehrer auch, die sind auch nicht ausgekommen. Seine *24 Rezepte zur höheren Ehre der Bachforelle* waren berühmt im Konferenzzimmer. Uns hat er die Rezepte nicht verraten. In eurem Alter soll man essen, nicht kochen, hat er gesagt. Aber er hat uns verraten, wie er mit zwei Freunden in Südamerika war, zum Fischen natürlich. Sie haben alle drei Lotto gespielt und geschworen, dass sie, wenn einer von ihnen gewinnt, nach Südamerika fliegen, an diesen besonderen Platz, den ich vergessen hab, zu diesen besonderen Fischen, die ich auch vergessen hab. Und einer von den Freunden hat gewonnen, nicht den Hauptgewinn, aber doch eine schöne Summe, also so viel, dass ein Mathematiklehrer weiß, dass das mehr ist als ein Dreck. Seine Worte, nicht meine. Und der Freund hat sein Wort gehalten und sie sind geflogen. Das waren die schönsten Tage seines Lebens, hat er gesagt. Nur hat er es nicht so gesagt, wie die meisten es sagen, also so, dass es bedeutet, es hat einmal eine schöne Zeit gegeben, aber die ist jetzt vorbei, weil die Jugend von heute und die Politik und überhaupt die Zeit. Sondern bei ihm hat man gemerkt, dass das die schönsten Tage waren unter lauter schönen Tagen, dass es ihn gar nicht gewundert hätte, wenn irgendwann noch schönere Tage kommen würden. Als Mathematiklehrer rechnet man ja mit Wundern, hat er gesagt. Er war ein Jahr lang unser Lehrer, dann war er weg. Also im nächsten Schuljahr ist er nicht zurückgekommen. Wir sind zurückgekommen, in die Schule, aber er nicht. Er hat nicht gekündigt, und er ist nicht gekündigt worden, haben die anderen Lehrer erzählt. Es war eine ziemliche Aufregung deswegen. Er war einfach weg. Vielleicht weil das bei solchen Menschen irgendwie dazugehört, dass sie auftauchen und verschwinden. Ich hab schon jetzt so viel vergessen von dem, was er gesagt hat. Aber ihn selber werd ich nie vergessen, egal wie lang ich lebe. Da bin ich mir sicher. Sein explodiertes Lavendelgesicht. Sein Genie. Und seine drei Lebensregeln. Er hat sie uns einmal verraten. Nur für ihn selbst, hat er gesagt. Lebensregeln dürfen immer nur für einen selber sein, hat er gesagt, alles andere ist Despotie. Eins: Deine

Arbeit ist getan, wenn jeder verstanden hat. Zwei: Wenn deine Arbeit getan ist, ist sie getan. Drei: Liebe, Respekt, Rückgrat. Und noch was werd ich nicht vergessen. Wie nämlich im zweiten Halbjahr irgendwer die Gudschi-Götschi angesprochen hat, und sie hat gesagt, ich heiß Gudrun, okay? Ich bin dabeigestanden und hab groß geschaut, die anderen auch. Das hat der Zappotek bewirkt, sicher. Den René haben wir von uns aus nicht mehr Dusel-René genannt. Jeder hat das Jahr in Mathematik geschafft. Nur der Zappotek selber hat es vielleicht nicht geschafft. Das denk ich mir manchmal.

26

Sehr geehrte Eltern!

Ich freue mich, Ihnen mitteilen zu dürfen, dass infolge aufgetretener unleugbarer Probleme, die von der geschätzten Elternsprecherin, Frau Lara Postelmo, auch berechtigterweise als solche bezeichnet wurden, eine verdiente und erfahrene Kollegin, Frau Guni Schuld, für die Volksschule Blindengasse gewonnen werden konnte. Sie wird sich ab dem Ersten des kommenden Monats voll und ganz dem Unterricht widmen, zum Wohle Ihrer, ja, wie wir hoffen sagen zu dürfen, unserer Kinder.

Hochachtungsvoll, Dr. E. Worthner

27

Sags mir einfach, wenn ich dir zu viel von Lehrern quassel. Ich packs ja selber nicht. Wenn du sechzehn bist, spielen die halt eine ziemliche Rolle in deinem Leben. Nicht dass das irgendwer will, aber es ist halt so. Und manchmal frag ich mich, was ich einmal machen werd, wenn die Schulzeit vorbei ist. Ohne die Lehrer, mein ich. Fehlen im klassischen Sinn werden sie mir ja nicht. Aber von der Matura bis einundzwanzig, das ist eine lange Zeit. Und was ich echt nicht brauch, ist, dass ich die auch später nicht los werd, die Lehrer. So wie ein Freund von meinem Vater. Er ist mit den Händen in die Häckselmaschine geraten. Er sagt, der schlimmste Schmerz ist der in den Fingern, die er gar nicht mehr hat. Da kann dir auch das Gruseln kommen. Ich glaub, ich sollt besser schön langsam damit beginnen, dass ich die Lehrer aus meinem Kopf krieg. So als vorbeugende Maßnahme gegen Phantomschmerzen.

28

Unter einer der Platanen steht eine Bank. Lu und Tulpe Valentin sitzen dort nie. Es gibt den guten Schatten und den schlechten Schatten. Dort herrscht der schlechte, der ohne Wärmepunkte, der nur sich selbst kennt und duldet. Die Bretter der Sitzfläche müssen kalt sein, in ihrer ewigen Feuchtigkeit aufgedunsen, sie bieten einer alten Frau keinen Kontrast. Und in ihrer furchigen Farblosigkeit wahrscheinlich zu viel davon für ein junges Mädchen. Aber jetzt ist die Bank eine Bühne. Ein

Pfauenweibchen springt hinauf und verbeugt sich. Ein zweites springt dazu. Das Licht, die Sonne hat Scheinwerfer in die Baumkronen gehängt, trifft nur die Grasfläche, das leere Parterre, das reicht. Das erste Weibchen ruckelt mit dem Kopf, das zweite sucht mit den Klauen die ideale Position, die es nicht gibt. Mit Musik wäre ihr Wippen ein Tanz.

Die spotten über uns, sagt Lu. Die äffen uns nach. Die probieren aus, was das bringen soll, dass wir hier den halben Tag auf der Bank sitzen. Die wollen alles sein, nur nicht wir. Versteh ich. Einmal war da so ein Schularbeitsthema, welches Tier wärst du gern? Auf einer Liste mit den dümmsten Fragen wär die ziemlich weit oben, find ich. Das hab ich mich damals nicht getraut, also dass ich das hinschreib. Ist schon ein paar Jahre her. Wir hatten da noch eine andere Deutschlehrerin, die Thalhofer. Blöde Kuh. Die hat auch immer mit dem Kiefer so Bewegungen gemacht, als würd sie irgendwas wiederkäuen. Trotzdem eher unwahrscheinlich, dass sie selber einmal geschrieben hat, sie wär gern eine blöde Kuh. Das wär ja richtig sympathisch. Ich hab jedenfalls geschrieben, dass ich gar kein Tier gern wär, weil ich mich nämlich gern unterhalte und gern einkaufen geh und gern Musik hör. Fünf natürlich, Bingo! Tun das nicht die meisten gern? hat sie unter das Nichtgenügend geschrieben. Hier wäre es darum gegangen, sich in eine andere Existenzform hineinzudenken. Das hat sie auch noch hingeschrieben. Ich weiß, ich bin ziemlich nachtragend. Vor allem, weil ich sonst eigentlich ganz gute Noten hab. Daran muss ich noch arbeiten, dass ich nicht immer so nachtragend bin, das ist echt nicht besonders glamourös. Nur dass ich mir auf eine dumme Frage eine noch dümmere Antwort überleg, dafür bin ich mir dann doch zu schad. Ich hab dann irgendwann später einen Artikel gelesen, in einer Zeitschrift, dass man Politikern manchmal diese Frage stellt und dass die Politiker extra darauf gecoacht werden, weil es nämlich einen ziemlichen Sympathieverlust bringen kann, wenn sie das falsche Tier wählen, und in jedem Fall den totalen Sympathieverlust, wenn sie sagen, dass sie überhaupt kein Tier sein wollen. In der Mitte von dem Artikel hab ich schon Krämpfe gekriegt. So ein Psycho-Artikel. Ich hab mich gefragt, was armseliger ist: dass die Psycho-Tante so einen Artikel schreibt oder dass sie damit vielleicht sogar Recht hat? Politikerin könnt ich keine sein, so viel ist klar. Ich hätt schon den totalen Sympathieverlust, wenn ich zum ersten Mal den Mund aufmach. Das einzige Tier, das ich manchmal gern wär, ist eine Fledermaus. Weil die mit dem Kopf nach unten schlafen. Also, nicht dass ich auch gern so schlafen würd, aber manchmal hab ich echt das Bedürfnis, mich von der Decke hängen zu lassen, mit dem Kopf nach unten. Wenn mich was aufregt. Wenn ich zum Beispiel so einen Psycho-Artikel les. Ich glaube, das staucht einen nämlich, wenn man sich aufregt. Obwohl ja das Wort eigentlich das Gegenteil bedeutet, *aufregen*, mein ich. Das fällt mir grad auf. Also wie *hochrecken*. Vielleicht ist man ja zuerst gestaucht, also direkt beim Lesen, und dann regt man sich auf. Wie ein Gegengift. Das hab ich auch mal irgendwo gelesen, dass das Gegengift mit dem Gift direkt zu tun hat, ich meine, dass es sozusagen aus dem Gift kommt. Kann aber auch Blödsinn sein, was ich da red. Ich verwechsel nämlich oft Sachen. Aber das Stauchen, das kenn ich aus Erfahrung. Ich möcht mich dann echt von der Decke hängen lassen wie eine

Fledermaus, aber doch lieber als Mensch. Weil ich mich nämlich aufregen will, mit Fäusten und zusammengekniffenen Augen und so weiter. Das könnt ich ja nicht, als Fledermaus, mein ich. Natürlich ist das dann erst wieder ein Krampf, das ist mir schon klar, weil ich das Lockerlassen nicht drauf hab in solchen Situationen. Das sollt ich wirklich noch lernen, da hat der Kickboxtrainer sicher Recht gehabt. Nutz die Schwerkraft, hat er gesagt und mir auf die hochgezogenen Schultern geklopft. Die hat nämlich nur den falschen Namen, hat er gesagt, sie ist nämlich die Leichtkraft, in Wirklichkeit. Also, wenn du dich nicht dagegen stemmst. Wird schon stimmen, denk ich mir, wenn ich mir anschau, wie die Loretta durchs Leben geht. Das ist ja für sie auch nicht leichter als für andere, nur dass sie eben die Leichtkraft nutzt. Wie eine Fledermaus.

Lu wechselt ihre Sitzposition und lässt sich, die Rückenlehne in den Kniekehlen, mit dem Kopf nach unten von der Bank hängen. Das Manöver erfordert einige Anstrengung, und ihre nicht gerade geschickten Bewegungen zeigen, dass ihr Körper, auch wenn Lu die Flügel ausstreckt und lichtscheu in die Sonne blinzelt, noch nicht wirklich in dem Gedanken zu Hause ist.

Weißt du, sagt Lu, was ich mich gerade frag? Ob die Thalhofer vielleicht das gemeint hat, mit dem Hineinversetzen in eine andere Existenzform. Also gar nicht wirklich das Tier, sondern dass man draufkommt, auf so was wie die Leichtkraft. Würd mich aber sehr wundern, bei der blöden Kuh. Vielleicht wollt sie ja als Kind ein blindes Huhn sein, das auch einmal ein Korn findet, das schon eher. Dass man nicht alles so wörtlich nehmen darf, das wäre das Korn. Weil, wirklich besser gehts mir hier unten nicht, kann ich dir sagen. Ich spür richtig, wie rot mein Kopf ist. Nicht wirklich glamourös.

Tulpe Valentin will keine Fledermaus sein. Sie denkt sich die Schwellung ihrer Knöchel in die Schläfen, denkt Schwindel dazu und Blut aus den Augen. Dafür reicht eine einfache Vorstellung. Dass das so leicht geht, bei Schmerz, bei Wallungen oder Kälte. Und warum das so viel schwieriger sein muss, wenn man sich Liebe vorstellen will oder wenigstens Wärme, gestillten Durst.

Und außerdem gibt es da, sagt Lu, einen Unterschied. Es gibt die, die blind ein Korn finden oder sich wegphilosophieren über die Leichtkraft, und es gibt die, die einfach etwas machen. Zum Beispiel eine Pension eröffnen, wie Patrice. Mit so einem Namen kannst du zwar eh nur Pensionsbesitzer werden. Oder Jongleur, vielleicht. Wir können ihm jedenfalls echt dankbar sein, dass er die Pension hier aufgemacht hat. Und dein kranker Nachbar auch. Davon hat er was, weil das nicht nur Worte sind oder Vorstellungen. Ich meine, was sollt dem die Leichtkraft schon bringen oder dass er sich von der Decke hängen lässt wie eine Fledermaus. Stauchung hin oder her. Das würd ihm den Rest geben, kannst du mir glauben, ich weiß nämlich, wovon ich red, in meiner Position. Und außerdem wär da zwischen den Häusern nur noch so ein freier Platz, an dem man nur mit Gruseln vorbeigeht, in der Nacht. Du darfst mich nicht falsch verstehen, freie Plätze sind natürlich wichtig, total wichtig sogar. Ich bin nicht so eine, die sagt, man muss alles zubetonieren. Im Gegenteil. Aber es kommt halt auf das Wo an. Hier kann jeder auf so einen freien Platz verzichten. Ich bleib dabei, wir können ihm echt dankbar sein, dass er kein Jongleur geworden ist. Oder Fernsehkoch.

Oder Eventmanager. Eigentlich dann doch wieder viele Möglichkeiten für einen, der Patrice heißt. Mehr als ich mir gedacht hab, eben noch. Ein netter Typ, Patrice, wenn du mich fragst. Dem schuld ich echt viel. Schwul halt. Hundertprozentig. Du darfst mich nicht falsch verstehen, mir ist das gleich. Ein bisschen komisch halt. Ich meine, wenn man sich das so richtig vorstellt, er und so ein Schatzi von ihm, wenn die in Fahrt kommen. Du weißt schon, was ich mein. Aber bitte, seine Sache. Zu mir ist er immer nett. Hat keine blöden Fragen gestellt, nicht blöd geschaut. Wenn eine wie ich allein wo auftaucht, da hagelts ja leicht einmal blöde Fragen, blöde Blicke sowieso, die sind gratis dabei. Das macht mich fertig. Wenn es eine Vorschau geben würd, wie einen Wetterbericht, wie die Leute reagieren, wenn jemand für so eine Prognose was zahlen würd, da wär ich reich. Es hagelt blöde Fragen von Westen her, übermorgen, Sonntag, dann Standpaukengewitter im Osten, Sturmwarnung, dann Stimmungstief bis in die Morgenstunden. Das sag ich dir aus dem kleinen Finger voraus, da brauch ich nicht einmal in den Himmel schauen. Nur in Patrice, da hab ich mich doch getäuscht, der ist okay. Ich weiß auch nicht, warum ich das schon wieder sag. Einmal sollt reichen und Punkt. Es ist nur, wenn ich mir das vorstell, ich mit einem Mädel, bäh. Mein Ex, der wollt das immer, der hat immer versucht mich zu überreden. Ich und Solveig und er. Frag sie halt, wenn du so scharf auf sie bist, hab ich gesagt. Aber halt mich da raus. Die Loretta wär ihm noch lieber gewesen, bin ich mir sicher. Auf die stehen alle. Aber da hat ihm natürlich der Mumm gefehlt. Keine Chance, hab ich gesagt. Er würd doch nur zuschauen wollen, hat er gesagt. Ich wieder, keine Chance. So war das. So ist das. Ich meine, für so was bin ich nicht die Richtige, glaub ich. Obwohl. Wenn ich heut einen Freund hätt, einen süßen, aber keinen so picksüßen, einen herbsüßen, einen. Also einen, der auch den Mumm für Loretta hätt und trotzdem mich will. Wenn ich jedenfalls so einen hätt, und der fragt mich, ich würd drauf einsteigen, glaub ich, ich würds machen. Könnt ich mir vorstellen, ja.

Lu kreuzt die Fledermausflügel vor ihrem Gesicht. Mit den Unterschenkeln versucht sie etwas wegzustrampeln.

Du musst sagen, sagt Lu, wenn dir das zu arg wird. Ich glaub, mir wirds selber zu arg. Reden wir was anderes. Lassen wirs vielleicht überhaupt, für heute.

29

Gestern, das war wieder typisch für mich. Ich wollt in die Bücherei. Also, ich bin zur Bücherei gefahren, hab auch brav an der Tür gerüttelt und dann zum ersten Mal das Schild mit den Öffnungszeiten bemerkt. Da steht deutlich: *Montag bis Donnerstag*. Klar und deutlich, geb ich zu. Das Schild ist auch nicht klein oder versteckt, aber ich habs trotzdem geschafft, dass ich es x-mal nicht seh. Gratuliere. Kurz hab ich mich geärgert. Freitag geschlossen, die haben ja Öffnungszeiten wie eine Zahnarztpraxis. Trotzdem wars natürlich meine Schuld. Das muss erst erfunden werden, ein Schild, das ich nicht überseh. Also bin ich zum Hauptplatz. Dort ist so ein Café mit Terrasse. Ich hab mich draußen hingesetzt und eine Bananenmilch bestellt, und weißt du, was? Die haben tatsächlich die zweitbeste Bananenmilch, die ich kenn.

Hätt ich hier nicht vermutet. Ich hab mich schon auf das Schlimmste eingestellt, aber dann war sie wirklich lecker. Die beste Bananenmilch mach ich übrigens selber. Klingt nicht gerade bescheiden, ich weiß, aber meine Bananenmilch ist jenseits jeder Bescheidenheit. Das Rezept ist eigentlich streng geheim, aber ich verrats dir trotzdem. Also, du nimmst einen Viertelliter Milch, eine reife Banane, aber keine überreife, und dann die zwei Dinge, die den Unterschied machen: nämlich ein Ei und das Mark von einer Vanilleschote. Keinen Vanillezucker und erst recht nicht irgendeinen normalen Zucker. Das kommt alles in den Shaker. Noch nicht einschalten. Du brauchst nämlich vorher noch Schlagobers. Das machst du natürlich in einer Extraschüssel. Du schlägst das Obers, aber nicht zu sehr, es muss später weich vom Löffel gleiten. Jetzt schaltest du den Shaker ein und zählst bis vierzig. Schön langsam. Und durchzählen. Nicht vier Mal bis zehn. Beim dritten Mal fragst du dich nämlich, ob das jetzt schon das vierte Mal ist oder doch erst das zweite. Und dann bist du natürlich draußen, aus dem Zählen, dann kannst dus vergessen. Jetzt gießt du die Milch in ein Glas, das ist schon der erste Glücksmoment, weil sie richtig schaumig ist. Und zwar so, dass es bis einen Zentimeter unter dem Rand gefüllt ist, da kommt dann das Schlagobers drauf. Keine Schokosplitter oder Zimt oder so ein Unfug. Ein Strohhalm reicht, Löffel brauchst du keinen. Mit dem Strohhalm rührst du vorsichtig das Obers in die Milch. Das geht nur, wenn es nicht zu steif ist, sonst hast du lauter Flocken, das ist eklig. Wenn du es aber richtig erwischt hast, ist das der zweite Glücksmoment. Trotzdem hast du keine Vorstellung, was kommt. Meine Damen und Herren, schnallen

Sie sich an, stellen Sie das Rauchen ein und nehmen Sie einen Schluck. Ich schwör dir, du hebst ab. Das ist die reine Ekstase. Egal wie schlecht es dir geht, du wirst zumindest für diesen einen Moment festhalten an deinem Leben, du wirst denken, das Leben ist schön. Wenn du dich gerade weniger unter Kontrolle hast, wirst du es sogar laut sagen. Ist mir öfter als ein Mal passiert. Loretta steht auch total drauf. Solveig nicht, geb ich zu. Die sagt, ja bitte, aber ohne Ei und natürlich ohne Schlagobers und wenns geht mit laktosefreier Milch, fettarmer Milch, Nullmilch. Vanille muss auch nicht sein. Bei Solveig ist es am besten, du stellst ihr ein Glas Wasser hin mit einer Banane. Das Wasser trinkt sie dann, die Banane lässt sie liegen. Aber nicht Loretta. Wenn sie einen Wettkampf hat und sie kanns irgendwie einrichten, dann kommt sie vorher bei mir auf eine Bananenmilch vorbei. Ihr mach ich die doppelte Portion. Sie sagt selber, dass das eigentlich verboten sein müsste, weil die anderen nämlich null Chance haben nach so einem doppelten Shake. Sie sagt, sie geht dann voll ab, keine Chance. Loretta. Jedenfalls bin ich dort in dem Café auf der Terrasse gesessen, bei dieser zweitbesten Bananenmilch der Welt, und hab mir gedacht, wie schicksalhaft alles ist. Ich meine, es ist ja so, dass ich die nie getrunken hätt, hätt ich nicht das Schild so oft übersehen und hätten die von der Bücherei nicht Öffnungszeiten wie eine Zahnarztpraxis. Und dass die Bananenmilch so gut war, hat mich gleichzeitig gerettet und fertig gemacht. Wenn sie nämlich nicht so gut gewesen wär, wär ich ja nicht auf den Gedanken gekommen, und gleichzeitig hab ich den Gedanken nur überstanden, weil sie eben so gut war. Den Gedanken von der Schicksalhaftigkeit, mein ich. Das ist ja wirklich arg, oder? Wie alles einen Sinn hat. Ich meine, du kannst überhaupt nichts tun, was nicht irgendeinen Sinn hat. Das hält man ja eigentlich nicht aus. Ich bin dagesessen und hab mich gar nicht mehr getraut, mich umzuschauen, vor lauter Angst, dass alles, was ich seh, wieder irgendeinen Sinn haben muss, dass jeder Mensch, den ich seh, irgendeine Rolle spielen muss in meinem Leben. Wenn du dir das ernsthaft durchdenkst, kannst du ja niemand mehr anschauen. Das kannst du ja niemand antun, Fremden schon gar nicht, dass du sie in dein Leben hineinziehst, nur weil sie gerade da sind und du sie anschaust. Und was glaubst du, was dann passiert ist? Du kommst nie drauf. Also, zwei Leute sind gekommen, eine Frau und ein Mann. Sie um die fünfzig, er vielleicht ein paar Jahre jünger. Sie hat einen grauen Rock getragen und eine graue Strickweste über einer weißen Bluse. Bei diesem Wetter. Ihre Haare waren auch grau, wie ihr Gesicht. Die Mundwinkel nach unten wie gezeichnet. Seine Mundwinkel genauso. Sein Anzug war einmal schwarz, aber inzwischen so ein schmierig abgebügeltes Grau, außerdem zu klein. Sie sind sehr schnell auf der Terrasse herumgegangen und haben auf jeden besetzten Tisch ein kleines Buch und einen Zettel gelegt. So Taubstumme, die Geld sammeln, hab ich gedacht. Jedenfalls legt die Frau mir auch so was hin. Auf dem Zettel ist gestanden: *Dieses Buch wird dein Leben retten. Erkenne auch du in Satan den wahren Erlöser. Besuch uns unter,* dann irgendeine Internetadresse. *Bestimme selbst die Höhe deiner Spende.* Das Büchlein war schwarz mit silbernem Aufdruck: *Du bist gerettet. Die Wahrheit über 13 Lügen*. Ich hab nur kurz hineingeblättert. An zwei Überschriften kann ich mich erinnern: *Seine wahre Gnade*. Und: *Das*

Blutopfer und seine Feinde. Da hab ichs sofort zugemacht und wieder auf den Tisch gelegt. Die beiden haben ihr Zeug wieder eingesammelt. Am letzten Tisch sind zwei Männer gesessen. Wie die beiden in Grau zu ihnen gekommen sind, hat der eine seine Geldbörse ausgepackt, der andere ist aufgestanden. Dann hat der, der gesessen ist, seine Börse aufgeklappt, die war in Wirklichkeit ein Ausweis. Sie kommen jetzt bitte mit, hat er gesagt. Der andere hat beide an der Schulter gepackt. Die Frau hat irgendwas gemurmelt und dazwischen immer wieder laut aufgelacht. Der Mann hat nur gesagt, Sie machen einen großen Fehler, kehren Sie um! Dann sind sie zu viert davon. Sofort ist die Kellnerin auf die Terrasse gekommen, wie auf eine Bühne. Entschuldigen Sie bitte die Belästigung, hat sie gesagt. Die kommen schon seit einer Woche hierher. Wir haben natürlich sofort die Polizei verständigt, und jetzt ist endlich Ruhe. Entschuldigen Sie bitte nochmals. Ihre Getränke übernimmt das Haus. Sie hat sich leicht verbeugt. Ein paar haben tatsächlich geklatscht, arg, oder? Du kannst ruhig was dazu sagen, oder passiert dir das jeden Tag, dass ein paar Satanisten vor deinen Augen hops gehen? Scheint so. Mir halt nicht. Tut mir leid, dass ich so ein fades Leben hab.

30

Lu nimmt einen Stein vom Boden und wirft ihn nach einem Pfau. Der Stein ist ein Steinchen, kleiner als ein Fingernagel. Der Pfau bemerkt ihn nicht, auch Tulpe Valentin konnte die Flugbahn nicht verfolgen, sie weiß nicht, wo das Steinchen, das als Stein gemeint war, gelandet ist. Lus Ausholbewegung war dem kleinen Ding gänzlich unangemessen, und obwohl Tulpe Valentin es zwischen Lus Fingern gesehen hat, wirkt die Szene auf sie, als wäre sie von einer Kamera aufgenommen worden, deren Auflösung nicht ausreichte für das winzige Geschoss. Eine unverständliche Geste.

Ich bin natürlich, sagt Lu, zurück, hierher. Und da ist mir zum ersten Mal aufgefallen, dass der Name von der Pension hier kein Zufall ist. War dir bestimmt sofort klar, oder? Bei mir dauert so was immer ein bisschen länger. *Zur Schönen Gegenwart.* Also, was ich dir bis jetzt erzählt hab, so Dinge, die ich mir denk, oder auch Dinge, die passiert sind, die haben irgendwie kein Nacheinander, obwohl sie es ja mal gehabt haben müssen. Ich hätt dir ja auch meine Lebensgeschichte erzählen können. Das wär natürlich todlangweilig, aber das ist nicht der einzige Grund, warum ich sie nicht erzähl. Es liegt mehr an der Atmosphäre hier. Das klingt jetzt total daneben, aber hier hat alles so eine gedrängte Gegenwart, ich weiß auch nicht, wie ich es sagen soll. Ich komm mir vor wie meine Großmutter, oh Gott. Ich meine, nichts gegen meine Großmutter, die war schon okay. Vor eineinhalb Jahren ist sie gestorben. Ich will überhaupt nichts gegen sie sagen, aber mit sechzehn will man halt noch nicht so sein wie die eigene Großmutter. Das ist, glaub ich, auch irgendwie klar. Jedenfalls hat meine Großmutter gern Filme nacherzählt, die sie gesehen hat. Nur hat sie für neunzig Minuten Film gut vier Stunden gebraucht, und dann war es auch keine wirkliche Nacherzählung, weil sie ständig den Faden verloren hat und weil im Film für sie alle Dinge irgendwie gleichzeitig passiert sind. Also, sie hat den Film im Kopf gehabt, aber nicht die Abfolge. Der Film war für sie einfach da, und sie hat einmal ein Stück von dieser Szene erzählt und dann eins von einer anderen. Außerdem ihr Problem mit Namen. Sie hat ja schon in ihrer eigenen Familie den ärgsten Salat aufgeführt mit den Namen, bei einem Film hat sie da natürlich null Chance gehabt. Wenn in dem Film drei Männer vorgekommen sind, sagen wir Frank und George und Bobby, und es war natürlich ein Liebesfilm, also Spionage und Liebe, und Frank war verliebt in Mary, dann hat sich das bei ihr ungefähr so angehört: Also der Frank, der war schon als Bub verliebt in die Mary, und wie er aus dem Krieg zurückkommt, da gesteht er ihr seine Liebe. Sie hat ein weißes Taschentuch gehabt, und er hat ihre Hand genommen und ihr mit dem Taschentuch in ihrer Hand die Träne von der Wange gewischt. Vor dem Geschäft, das war ein Juwelierladen, ist sie immer wieder stehen geblieben vor dem Schaufenster, der Ring mit dem roten Stein hat ihr so gut gefallen. Dann war sie halt im Bett mit dem George. Das hat man nicht gesehen, aber das war klar. Auch dass die Pamela ganz verliebt war. Und dann bekommt der Bobby ein Telegramm, dass er nach Europa muss, nach Krakau, und die Mary heult natürlich Rotz und Wasser. Er war immerhin ihre große Liebe. Und dass der Frank natürlich festgenommen wird, sobald er aus dem Flieger steigt, das hat sie natürlich gewusst. Wie er es ihr gesagt hat, hat sie gesagt, komm gut nach Hause, George. So hat sie auf dem Heimweg von der Schule immer gesagt, wie sie noch Kinder waren. Das war meine Großmutter, zwei Minuten im O-Ton. Das musst du dir vier Stunden lang vorstellen. Mit ein bisschen Glück hab ich den Film selber gesehen. Dann weiß ich, Mary hat nicht drei Männer, sondern nur Frank. Und der kommt nicht aus dem Krieg zurück, sondern von einem Spionageeinsatz. Das Schaufenster gehört zu einem Antiquariat, in dem Frank geheime Informationen austauscht. Der Juwelierladen ist erst viel später zu sehen und von innen, dort kauft Frank den Ring, den er Mary schenkt, am Ende. Bobby ist der Partner von Frank, der ihn aus dem Gefängnis befreien wird. Das ist übrigens in Moskau. Eine kleine Szene spielt auch in Warschau, eine Rückblende, dort hat die Mutter von Mary den Krieg überlebt. Aber für meine Großmutter ist alles Krakau, wahrscheinlich weil sie dort einmal war, mit ihrem Pensionistenverein. Bleibt noch George. Das ist der jüngere Bruder von Mary, sie waren nie miteinander im Bett, auch nicht unsichtbar. Er warnt sie vor einer Verbindung mit Frank. Und Pamela kommt im Film gar nicht vor, die ist eine Figur aus einer Fernsehserie, die meine Großmutter nach dem Film gesehen hat. Wenn ein Schauspieler dabei war, den sie gekannt hat, oder meistens war das eine Schauspielerin, dann hat sie auch noch den richtigen Namen genommen, abwechselnd mit dem Namen von der Figur und mit allen anderen. Oder den Namen, den sie für den richtigen gehalten hat. Sie sagt, die Munreh hat das gesagt und die Munreh hat das gemacht, und ich merk Wochen oder Monate später, wenn sie die Munreh wieder einmal erwähnt, dass sie Marilyn Monroe meint. War mir natürlich egal. Ich war gern bei ihr, und sie hat gern erzählt. Das hat gereicht. Aber jetzt kommts mir manchmal vor, als wär ich in einem Film, den meine Großmutter nacherzählt. Verstehst du? Auf der anderen Seite, geb ich zu, haben die Filme so natürlich was gekriegt, eine ganz andere Qualität. Ich meine, meistens waren das ja keine künstlerischen Höhepunkte. Das hätt sich so ein Regisseur nie im Leben getraut, so einen Film zu machen, wie meine Großmutter ihn erzählt hat. Und kein Filmstudio. Nimm zum Beispiel *Titanic* in der Version meiner Großmutter. Erstens hat sie natürlich auch an einem ganzen Nachmittag nur einzelne Szenen geschafft. Bunt durcheinander. Wie das Schiff auseinandergebrochen ist, das ist wirklich in der Mitte auseinandergebrochen, das hab ich gar nicht gewusst. Mit so einem Satz hat sie begonnen. Das Beste an ihrer Version waren aber die Figuren. Also Rose hat mindestens fünf Namen gehabt. Und die beiden Männer, der Verlobte und der Liebhaber, da hat sie die Namen gleich aufgegeben. Sie hat aber den Verlobten und den Liebhaber dauernd durcheinandergebracht. Und am Ende sind so der Liebhaber und der Verlobte gestorben und gleichzeitig haben der Verlobte und der Liebhaber überlebt. Also der Essel würd sagen, das ist radikal, das wär für ihn eine Vision, vielleicht eine Vision von der unmöglichen Liebe. Das hat was. Trotzdem macht dich so was fertig, also im Leben, wenn du selber drin bist, so wie ich mich fühl. Wenn alles so ist und gleichzeitig anders und du weißt nicht. Du weißt nicht, wann und wie. Und wer eigentlich.

31

Es gibt ja die Wirklichkeit und die Nicht-Wirklichkeit. Also wenn ich meine Eltern anruf, dann tu ich so, als wär ich auf dem Kickboxcamp. Eine einfache Lüge, damit sie sich keine Sorgen machen. Das Kickboxcamp ist die Nicht-Wirklichkeit, aber dass sie sich keine Sorgen machen brauchen, das ist die Wirklichkeit. Das ist ja noch einfach, weils nicht um mich geht, sondern um meine Eltern. Aber wie ist das bei mir selber? Solche Sachen frag ich mich, wenn ich nicht gleich einschlafen kann. Und da ist mir gestern mein Friseur eingefallen. Er nennt sich Jean. Natürlich heißt er in Wirklichkeit Hans oder so, aber er sagt ja auch: *Kommst du mit zum Lavabo*?, wenn er das Waschbecken meint. Du müsstest ihn hören, wenn er das sagt. Wie er das sagt, da pinkelst du dich an. Aber das ist schon okay für mich, so ist er halt. Nennt er sich halt Jean. Nur, wie er das sagt. Ich meine, er zieht den Namen so in die Länge, er braucht eine halbe Minute für seinen Namen. Das ist eigentlich doch zu arg. Noch dazu, wo er einer ist, der, wenn er was erzählt, immer seinen Namen verwendet. Also wenn er ein Gespräch wiedergibt, dann sagt er: Ich hab zufällig einen alten Freund getroffen, und der sagt, ja, mein lieber Jean, wir haben uns ja ewig nicht gesehen, was treibst du denn so, du musst mir das wirklich erzählen, aber ganz genau, Jean, hörst du, ich will alles wissen, alles, Jean. Für so einen Satz braucht er eine Ewigkeit, weil er seinen Namen so in die Länge zieht, dass ich mir vorkomm wie so eine Uhr auf einem Dalí-Bild. Dann denk ich mir wieder, es ist schon okay, er glaubt halt, er ist in Paris, und weil alle Leute, die zu ihm kommen, keine Franzosen sind, was bleibt ihm da anderes übrig? Er muss halt seine Fantasie immerfort füttern, die ist wie ein Vogel, der sofort wegfliegt, wenn man ihm nicht irgendwelche Körner hinwirft. Der braucht die totale Gegenwart, sonst fällt ihm ja alles auseinander. Verstehst du? Solche Sachen denk ich mir hier. Und dann frag ich mich auch, ob die vielleicht damit zusammenhängt, also meine unendliche Unglücksgeschichte vom Friseur. Es ist nämlich so: Wenn ich mir denk, ich müsste mal wieder zu Jean, dann red ich darüber mit Solveig und Loretta, die denken dann auch, sie müssten mal wieder zum Friseur, und dann reden wir wochenlang, welcher Schnitt super wär, welche Farbe, was wir ändern könnten und so weiter. Das geht wochenlang. Dann kommt Loretta mit dem ärgsten Schnitt, dass es dich umhaut. Sie sagt, sie hats nicht ausgehalten, sie ist gestern zu Hause gesessen und hat gewusst, dass sie stirbt, wenn sie nicht sofort geht. Die Solveig verlässt dann der Mut. Also geht sie und lässt sich die Spitzen schneiden. Und ich? Ich krieg die ärgsten Fantasien, und die Solveig sagt, genau das machst du, genau das passt dir, und die Loretta sagt, genau. Und es ist, sagen wir, Mittwoch, und ich krieg den Termin erst für Samstag und ich kann gar nicht mehr richtig schlafen. Und dann sitz ich endlich bei Jean, am Lavabo und dann vor dem Spiegel und wieder am Lavabo und vor dem Spiegel, und der Jean schnipselt sich weg und quasselt sich weg, und ich seh, ich bin eh keine Dalí-Uhr, sondern ganz still und ich bin im Glück. Und ich denk, ich zuck vor Glück. Immer wieder denk ich das. Obwohl ich es inzwischen schon weiß. Dass es nämlich nicht das Glück ist, das mich zucken lässt, sondern das Unglück. Also, ich sitz im Glück, das ja, aber das Zucken, das kommt vom Unglück, das noch nicht da ist, aber unterwegs. Es sind die Vorboten oder, wie sagt man, die Späher, die kommen schon einmal schauen, ob ich auch da bin, ob es mich noch gibt. Die suchen schon einmal meine weicheren Stellen, das macht das Zucken, damit das Unglück, wenn es dann kommt, drei Tage später, mich auch voll trifft, damit es mich so richtig trifft. Und das ist das Arge, es trifft mich immer. Und immer voll. Und immer dann, wenn ich es überhaupt nicht brauch, wenn ich mir denk, fang jetzt nicht an zu heulen, nicht jetzt, nicht hier. Zum Beispiel die Sache mit Moritz. Der steht auch in der Früh an der Bushaltestelle, dort wo ein paar von uns zusammenstehen, damit wir noch ein bisschen quaken, bevor die Schule losgeht. Er geht in eine andere Schule, aber er steht auch da mit ein paar von seinen Leuten. Die reden dann immer groß, was sie nicht alles gemacht haben am Vorabend und dass es dringend an der Zeit wär, wieder einmal zu schwänzen, weil das ja keiner aushält, jeden Tag Schule. Und dann hat er mich endlich gefragt, ob ich nicht Lust hätt, mit ihm gemeinsam zu schwänzen. Ich hab echt schon gedacht, der fragt mich nie. Ich meine, ich hätt keine Angst, ihn zu fragen oder einen Typ anzureden, echt nicht. Aber das mach ich nicht. So arm geb ich mich nicht. Keine Chance. Jedenfalls hat er gefragt. Ich hab natürlich so getan, als müsst ich mir das erst überlegen, ich weiß nicht, hab ich gesagt, ich hab erst letzte Woche drei Tage geschwänzt, natürlich gelogen, aber okay, ich komm mit. Wir sind also los in ein Café. Und ich hab schon so Sachen gedacht, wie dass er schöne Hände hat und schöne Wimpern. Ich meine, nicht so Mädchenwimpern, sondern schöne Männerwimpern. Und es hat mir gefallen, dass er nicht nur so redet, sondern das auch echt macht, Schule schwänzen und so, und mit mir. Und auf einmal kriegt er diesen Blick und ein Flattern im ganzen Gesicht, dass er ausgesehen hat wie eine Eule im Mondlicht, dass ich gedacht hab, sein Kopf würd ihm davonfliegen, wenn er nicht angewachsen wär. Was ist denn jetzt los? hab ich gefragt. Und er hat gesagt, psst, und den Finger auf den Mund gelegt, wie eine Mutter, wenn der Krampus kommt oder damit der Osterhase nicht weghoppelt. Dann hat er mit dem Kopf hinübergedeutet zu einem anderen Tisch. Ich habs zuerst gar nicht bemerkt, sein Deuten, bei dem Geflatter in seinem Gesicht, und dann hat er gesagt, das ist sein Lehrer, ganz leise, und er muss los, hat er gesagt, so wie ein Kind sagt, es muss aufs Klo, wenn es schon zu spät ist. Er ist also auf, hat den Kopf eingezogen, so arg, dass ich gedacht hab, der steckt den Kopf jeden Moment unter sein T-Shirt, und weg war er. Und da bin ich dann gesessen. Mit zwei Tassen Kaffee. Allein. Hätt ich nicht den Moritz umbringen wollen, ich hätt den Lehrer umgebracht. Und dann hab ich das Zucken gespürt und hab mir gedacht, nein, das brauch ich jetzt echt nicht, nicht jetzt, nicht hier. Aber ich kanns dann nicht mehr kontrollieren, das weiß ich schon, das hab ich auch im Café gewusst. Ich hab auch nicht mehr aufstehen können und schnell hinausgehen. Also bin ich sitzen geblieben und hab losgeheult. Das ist so armselig, ich hätt mich umbringen können. Aber was hättest du dir gedacht? Ich meine, ich war ein paar Tage vorher beim Friseur, ich hätt mir gedacht. Ich meine, wenn die Loretta mit einem Typ dagesessen wär, frisch vom Friseur, der hätt gar keine Augen gehabt für seinen Lehrer oder, wenn doch, dann hätt er dem Lehrer zugenickt, zugelächelt, ganz selbstverständlich, so als hätt er halt eine Freistunde. Jedenfalls hätt er sich nicht von einem Lehrer um einen Vormittag mit Loretta bringen lassen, nicht von einem ganzen Lehrertrupp, nicht einmal von Godzilla. Und ich? Ich weiß nicht, wie lang ich geheult hab, lang jedenfalls. Ich meine, ich frag mich, ist es wirklich zu viel verlangt, dass ich zum Friseur geh und dass das bleibt, das Glück, und dass, wenn so ein Typ mich anschaut, dass es den einfach umhaut. Warum muss ausgerechnet ich solche Federn haben, das frag ich mich wirklich. Und weißt du, was das Schlimmste ist? Dass es beim nächsten Mal wieder so wird, dass ich das jetzt schon weiß. Dass wir wieder wochenlang reden werden, dass ich wieder die Nächte vor dem Termin wachliegen werd und dass dann bei Jean wieder das Zucken kommt. Ich werd wieder denken, ich bin im Glück, und es wird wieder das Unglück sein. Ich glaub inzwischen echt, dass ich deswegen bei Jean bleib. Also, dass ich nicht den Friseur wechsle, obwohl der eigentlich echt zu arg ist. Weil wir nämlich irgendwie was gemeinsam haben. Weil ich mir gut vorstellen kann, wie er am Abend nach Hause geht und erkennt, dass er nicht in Paris ist. Und wie er zu Hause sitzt und heult und sich fragt, warum er nicht in Paris sein kann. Und dann, am nächsten Tag, geht es wieder los, Jean hin, Lavabo her, und zwischendurch spürt er das Zucken, er weiß schon, was es bedeutet, er weiß schon, was am Abend los sein wird, und trotzdem gibt er nicht auf, trotzdem macht er weiter.

32

Die Anziehungskraft leerer Zimmer. Sie aufzufüllen mit Menschen und Gesprächen und Liebe. Wenn keiner da ist.

Das ist dein Problem, sagte einmal ihre Tochter. Die bewohnten Zimmer, die belebten Zimmer, dort, wo es Menschen gäbe und Gespräche, vielleicht Liebe sogar, die sind nichts für dich. Auch wenn du jahrelang so tust, jahrzehntelang. Du kommst gar nicht auf die Idee anzuklopfen. Du klopfst an die Türen der leeren Zimmer. Den Kopf hast du voll davon und auch das enge Herz.

Tulpe Valentin steht in der offenen Tür. Sie kann nicht eintreten. Sie nimmt einen Schluck aus ihrer Eisteeflasche. Sie muss hinunter in ihr Zimmer. Sie muss sich hinlegen. Patrice findet sie später auf der Treppe.

33

Mein Lieblingsplatz war besetzt, ein Skandal. Eine Mutter ist dort gesessen mit ihrem Kind. Das heißt, das Kind ist gesessen, ein Bub, vier oder fünf, jedenfalls hat er noch nicht lesen können. Sie ist hinter ihm gestanden, hat immer wieder ein Buch aus dem Regal genommen, es anschließend wieder zurückgestellt und es dann gegen ein anderes ausgetauscht. Gesundheitsratgeber, Elternratgeber, Ratlosenratgeber. *Ist mein Hund ein Kind?* Das war sogar ihr zu viel, das Buch hat sie schneller zurückgestellt als die anderen. Sicher hat sie keinen Hund. Für jeden brauchbaren Rat ist sie ja dankbar. Ich bin da stehen geblieben, dein Buch schon in der Hand, weil ich mir gedacht hab, die wird ja bald was Passendes gefunden haben, und dann ist mein Stammplatz wieder frei. Ich hab sogar selber ein bisschen in dem Regal herumgeschaut, vielleicht kann ich der Mutter ja suchen helfen, hab ich mir gedacht, *Alle Antworten auf alle Fragen*. War aber entlehnt. Lies mir das vor, Mama, hat der Bub immer wieder gesagt. Und sie hat sich ihr aufgeklapptes Buch an den Busen gedrückt oder seitlich an den Oberschenkel und vorgelesen. Zuerst über eine Baustelle. Sie hat den kurzen Text vorgelesen, dann hat sie gesagt, da siehst du, was alles passieren muss, damit ein Haus gebaut werden kann. Die Natur muss da leider weichen. Die Bäume müssen gefällt werden, die Erde wird aufgegraben, damit wir Menschen unsere Häuser daraufstellen können. Mit solchen Maschinen, sie zeigt mit dem Finger hin, wird auch der Regenwald gerodet. Unsere Lunge. So sind wir Menschen. Der Bub hat umgeblättert. Hätt ich auch. Dann hat sie ein paar Ratgeber ausgetauscht, und der Bub hat wieder gesagt, lies mir das vor. Jetzt war die Müllabfuhr dran. Die bringt unseren Müll weg, hat sie kommentiert. Nur ist der natürlich nicht weg, nur weil wir ihn nicht mehr sehen. Der kommt auf die Deponie oder in die Müllverbrennungsanlage. Und so kommt das Gift in unser Essen oder in unsere Luft. Oder wir werfen den Müll vor Afrika ins Meer. Dann kommt das ganz giftige Gift ins Essen der ganz armen Menschen dort, die leider sowieso viel zu wenig zu essen haben. Er hat wieder umgeblättert. Ich hab gedacht, ich geh ein. *Ist meine Mutter ein Vollkoffer?* So einen Ratgeber müsst es hier geben. War aber auch entlehnt. Ich hab dem Bub über die Schulter geschaut, er war gerade beim Hafen. Das halt ich nicht aus, hab ich gedacht, was die Vollkoffermutter zum Hafen zu sagen hat. Da bin ich gegangen. Ich glaub, das wars auf ewig mit meinem Stammplatz. Ich bin so weit weg wie möglich, ums Eck. Die Bücherei hat, glaub ich, eine L-Form. Der Leseplatz dort war auch am Fenster. Ich setz mich also hin, schlag dein Buch auf und lese. Die ersten Zeilen sicher siebenundzwanzig Mal. Versteh nichts, wegen der Vollkoffermutter. Wie nennt man das eigentlich, wenn man liest und gleichzeitig nicht liest? Ich meine, man kann ja nicht ernsthaft dasselbe Wort für zwei entgegengesetzte Dinge verwenden. So als wärs egal, ob man versteht oder nicht. Vielleicht nolesen oder entlesen oder alesen. Also, ich sitz da und alese dein Buch. Klingt auch blöd, natürlich, passt aber. Und dann hab ichs getan, ein Fehler vielleicht, nämlich aus dem Fenster geschaut. Gegenüber liegt ein Wohnhaus, das ist so normal, dass du es gar nicht bemerkst. So als wärs gar nicht da. Ist mir auch erst viel später aufgefallen. Was dir nämlich sofort auffällt, sind die Dächer dazwischen, also zwischen Bücherei und Wohnhaus. Die Dächer sind niedriger als mein Fensterplatz. Es schaut aus wie ein Dächermuseum. Weil die erstens alle alt sind und zweitens alle verschieden. Da ist ein schwarzes Flachdach mit so Matten, gehört wahrscheinlich zu einer Werkstatt. Und ein Blechdach, auch flach, aber nicht ganz, mit Rostflecken oder Schmutz. Dann gibts ein Bilderbuchdach, daneben, leicht unterhalb, ein Glasdach. Das ist spitz, wie von einem Gewächshaus. Aber entweder ist das gar kein richtiges Glas, sondern Plexiglas oder Polyester, oder es ist so alt, dass es mit der Zeit grünlich geworden ist. Jedenfalls sieht man nicht durch. Und dann kommt ein rotes Ziegeldach. Es schaut aus wie das Bilderbuchdach, nur dass erstens ein Dachziegel fehlt, so als würd es sagen, ein Bilderbuchdach gibts nur im Bilderbuch, und dass es zweitens nur halb ist. Also, es geht hinauf zur Kante, aber auf der anderen Seite nicht wieder runter. Weil nämlich das Haus dort auch aus ist. Nur ist das ja kein schickes, modernes Haus, zu dem das passen würd, sondern ein hässliches, altes. Eins, das schon hässlich war, wies noch neu war. Es schaut aus wie ein Zubau, als hätt man es früher einmal angebaut. Und pass auf, jetzt wirds gruslig. Die Stirnseite, also die einzige Seite, die ich von meinem neuen Fensterplatz aus sehen kann, ist eine schmutzigweiße Mauer, ohne Fenster, aber mit einer Tür oben im Giebel. Eine Holztür. Eine typische Wohnzimmertür. Das Holz ist natürlich total, wie sagt man, also total am Arsch jedenfalls. Entschuldige bitte, aber da fällt mir jetzt echt nichts anderes ein. Das kannst du auch stehen lassen, kann sich wenigstens jeder was vorstellen. Also, der Lack ist ab und das Holz ist so faserig, rau. Das sieht man sogar aus dieser Entfernung. Dagegen sieht unsere Bank ja aus wie so eine japanische Kiste. In Grün halt. Die Tür war sicher auch einmal grün, davon ist keine Spur mehr, aber das sieht man trotzdem irgendwie. Das wirklich Arge ist aber, dass die Tür ein paar Meter über dem Boden ist. Also wenn da einer rausgeht, dann war er einmal. Da kommen mir dann natürlich so Gedanken. Wie, dass jedes Haus so eine Tür haben sollt, für den Fall, dass es dir irgendwann reicht. Dass du dann einen einfachen Ausgang hast. Zum Beispiel der Bub. Das wird ja nicht lange dauern, bis seine Vollkoffermutter ihn total fertig gemacht haben wird. Bis so eine Tür sein letzter Ausweg ist. Da philosophierst du dich dann weg. Nur dass das ja gar nicht so ist. Das ist ja kein Bild, das ist ja kein Symbol oder so was. Die ist ja wirklich da, die Tür. Also wenn du hundert Leute fragst, was das ist, dann sagen dir hundert Leute, ganz klar, das ist eine Tür. Und jetzt schau dir das an. Ein Glück, dass ich gestern vergessen hab, dir mein Handy zu geben. Ich hab nämlich mit der Handykamera ein Beweisfoto gemacht, damit du nicht glaubst, ich erzähl dir Geschichten. Nur ist die Auflösung von der Kamera so schlecht, und das

Licht ist auch ganz falsch. Gib mal her. Schau dir das an. Die Tür schaut ja aus wie ein Fenster, noch dazu wie ein modernes, wie ein getöntes. Und das Dach, das schaut ja nicht aus wie ein Ziegeldach. Das schaut ja aus, als wärs eine orange Glasscheibe, liniert. Das alte schmutzige Haus mit der unmöglichen schäbigen Tür schaut aus, als wärs ganz neu und schick und hip und so, dass jeder Style-Typ es haben will. Und mein Beweisfoto ist ein Anti-Beweisfoto, es spricht gegen mich. Und das ist erst einmal das Foto. Wenn du einen Effekt drüber legst, zum Beispiel Sepia, schau mal. Das packst du nicht, oder? Sag jetzt nicht, das ist ja ein Effekt, das ist ja kein Wunder. Das sind ja alles Effekte. Zum Beispiel das Glasdach, das ist im Alter grün geworden. Und die Tür hat im Alter ihr Grün verloren. Auf die Farben ist ja überhaupt kein Verlass. Also ich pack das echt nicht. Setz jemand an einen Tisch, drauf liegt ein Buch, das er unbedingt lesen will, deswegen ist er überhaupt hergekommen. Oder ein Kuchen, den er unbedingt essen will. Dann stell ihm ein Foto dazu von einer unmöglichen Tür. Aber ein gutes. Oder noch besser, das echte Haus mit der unmöglichen Tür. Glaubst du, der versteht das Buch? Oder dem schmeckt der Kuchen? Keine Chance, das schwör ich dir. Arg, wie der Mensch funktioniert. Oder eben nicht funktioniert. Der Psycho-Jane würd gleich ganz schwindlig werden vor lauter Unsinn, der ihr dazu einfallen würd. Aber arg ist es trotzdem. Ich hab mir gedacht, da spiel ich nicht mit, den Gefallen tu ich der Psycho-Jane nicht. Und hab also dein Buch weitergelesen, sieben Seiten, mit Umblättern an den richtigen Stellen und allem. Aber keine Chance. Ich hab nicht ein Wort verstanden. Und ich schwör dir, das liegt nicht an deinem Buch. Das liegt an der schäbigen Tür, die keinen Sinn hat und die, wenn man sie fotografiert, ausschaut wie ein modernes Fenster.

34

Ich wollt ja eigentlich nicht drüber reden. Eigentlich wollt ich ja über dein Buch reden, aber da ist mir dann ja die Tür dazwischengekommen. Also erzähl ichs dir trotzdem, die Sache mit meinem Ex. Ich hab Schluss gemacht. Also, es hat so ausgesehen, als ob es von mir ausgegangen wär, das Ende. Von unseren gemeinsamen Freunden haben dann fast alle zu ihm gehalten, deswegen. Es stimmt ja auch, auf eine Art. Und andererseits stimmts auch nicht, überhaupt nicht. Er hat mir zum Geburtstag ein T-Shirt geschenkt, mit einem Foto von seiner Katze drauf. Kannst du das glauben? Ich meine, ich hab seine Katze eh süß gefunden. Hab ich ihm auch gesagt. Aber dass er so durchdreht? Seine Katze heißt Candy. Unter dem Foto war ein Aufdruck: CANDY FOR MY SUGAR. Ich hab echt gedacht, ich geh ein. Dann hab ich mir gesagt, ist ja nur ein Geschenk, ist ja nicht so wichtig. Drei Wochen hab ich noch gebraucht, bis ich ihm gesagt hab, dass es aus ist. Aber in Wirklichkeit wars mit dem T-Shirt vorbei. Verstehst du das? Ich meine, niemand hat mich verstanden. Meine Mutter hats total süß gefunden, das T-Shirt. Das ist aber wirklich ein süßer Junge, hat sie gesagt. Und das ist genau das Problem. Ich meine, hält er mich für seine kleine Schwester oder für seine Erbtante? So jemand schenkt man so ein T-Shirt, seiner Schwester oder seiner Erbtante. Ist doch wahr. Noch dazu war es mein sechzehnter Geburtstag. Ich meine, wie oft im Leben wird man schon sechzehn? Da kann man, glaub ich, von seinem Freund schon ein bisschen Glamour erwarten. Dabei sind mir Geschenke überhaupt nicht wichtig. Wenn er mir gar nichts geschenkt hätt, ich schwör dir, es wär mir egal gewesen. Ein Parfum, das ich nicht mag, oder eine Kette, die mir nicht gefällt, das wär alles kein Problem gewesen. Aber so ein Schwestern- oder Tanten-T-Shirt, das alles niederzuckert, nein. Der hat da, glaub ich, was verwechselt, sechzehn mit sechzig vielleicht. Neun Monate waren wir zusammen, das war mir Ewigkeit genug. Wie ichs ihm dann gesagt hab, hat er voll den Sentimentalen gekriegt. Das auch noch. Er hat wollen, dass ich mit ihm dorthin fahre, wo wir uns zum ersten Mal geküsst haben. Ich hab ihm gesagt, mach dich jetzt bitte nicht lächerlich, aber er hat drauf bestanden. Er hat gesagt, er akzeptierts anders einfach nicht. Wenn ich ihm dort in die Augen schau und ihm sag, dass es aus ist, hat er gesagt, dann akzeptiert ers. Dann hab ich was gesagt, drauf hat wieder er was gesagt, ich erspar dir unser Hin und Her. Also sind wir halt gefahren. Unser erster Kuss war bei einem Einkaufszentrum, auf dem Vorplatz. Das klingt jetzt nicht wahnsinnig romantisch, aber damals hats trotzdem gepasst. Ich hab ihn sogar schon ziemlich dringend küssen wollen, geb ich zu, ich wär gestorben, wenn wir auf einen Regenbogen gewartet hätten oder auch nur auf Kerzenlicht. Die hatten da Bäume aufgestellt, also in riesigen Töpfen ganze Bäume, das war mir romantisch genug damals. Wie wir aber an dem Abend, also am Schlussabend, dort angekommen sind, mit der S-Bahn, da waren die Bäume weg. Mir ist es trotzdem ordentlich eingefahren, oder vielleicht gerade deswegen. Die schönen Momente sind irgendwie alle zusammengelaufen, dort auf dem Vorplatz. Es hat viele Momente gegeben, die gepasst haben. Geb ich zu. Und ein paar sehr schöne Momente auch. Aber du kannst ja nicht hergehen und ausrechnen, ob es mehr gute oder schlechte Stunden gegeben hat, und wenn es mehr gute waren, dann passt es, dann musst du weitermachen. Ich meine, eine Liebesbeziehung ist ja keine Buchhaltungsnummer, oder? Jedenfalls hab ich mich hingestellt, dort auf dem Vorplatz, ich hab ihm in die Augen geschaut und gesagt, es ist aus. Basta. War nicht leicht, geb ich zu. Ich hab gedacht, ich packs nicht, ich hab gedacht, ich platz jeden Moment los. Aber ich hab mir fest vorgenommen durchzuhalten, schon während der S-Bahn-Fahrt hab ichs mir stumm vorgesagt und innerlich den Blick geübt und alles, weil ich mir nämlich gedacht hab, jetzt erst recht. Weil ich das nämlich nicht ausstehen kann, wenn mir einer beweisen will, dass ich herzlos bin. Da war er ja nicht der Erste, das kenn ich schon. Das war ja der Grund, das war ja sein Ziel, mir das zu beweisen, dass ich nämlich herzlos bin. Wie jemand, der eine Katze ertränkt oder so was. Das hat er ja gemeint: Wenn du das schaffst, dass du mit mir Schluss machst, an dem Platz, wo wir uns zum ersten Mal geküsst haben, dann bist du echt herzlos. Dann bist dus nicht wert. Bitte. So was brauch ich nicht, echt nicht, keine Chance. Ich bin nämlich nicht herzlos, das lass ich mir nicht einreden. Ich bin nicht kalt. Nur weil ich Angst hab, dass ich erstick unter dem ganzen Zuckerguss. Ich wollt ihn echt nicht verletzen, es ist nicht so, dass mir das Spaß macht. Aber ich glaube, mit sechzehn darf man schon denken, dass einer nicht der Mann fürs Leben ist.

Vielleicht ist es ja sogar erlaubt, gar keinen fürs Leben zu wollen, mit sechzehn. Wenigstens nicht so einen. Wie der drauf war. Da will er mir einen Dreier einreden, mit der Solveig, oder so eine Voyeur-Nummer, da tut er so verwegen, und in Wirklichkeit ist er so ein Zuckerbubi. Fürs Leben braucht das echt niemand. Da kann meine Mutter sagen, was sie will, das nehm ich nicht auf meine Kappe. Das mit der Herzlosigkeit. Dass er mich ertränken wollt in Langeweile, das hätte ja auch jemand sehen können. In Miezekatzenlangeweile. Ich bin dagestanden und hab mir gedacht, wenn es jetzt auch noch regnen würd, so richtig in Strömen, das würd grad noch passen. Aber es hat nicht geregnet. Überhaupt passt das Wetter oft nicht dazu, im richtigen Leben. Aber den Kinopart hat sowieso er übernommen, wie er weggegangen ist. Mit den Händen in den Hosentaschen und hochgezogenen Schultern. Ich bin geblieben. Was hätt ich auch groß machen sollen, ohne Herz? Gibst du mir einen Schluck von deinem Zeug?

Tulpe Valentin drückt die Flasche mit beiden Händen an sich, wie ein Kind, das sein Spielzeug nicht teilen will.

Lu streckt die Hände vor und dreht die Handflächen nach oben. Wie ein Priester. Sie legt den Kopf schief, ihre Geste sagt: Na?

Tulpe Valentin gibt ihr die Flasche.

Lu nimmt einen Schluck. Sie zieht die Schultern hoch und krümmt den Rücken. Nimmt noch einen Schluck, schüttelt leicht den Kopf. Die Geste sagt: Jeden Tag könnt ich das nicht. Sie gibt Tulpe Valentin wortlos die Flasche zurück.

Ich hab mich ins Kino gesetzt, das es dort gibt, in den Vorraum. Dann haben sie das Kino auch zugesperrt.

Da gibt es noch eine Disko, aber das hab ich nicht gebraucht, dass mich da noch einer anquatscht. Also hab ich die S-Bahn genommen. Keine Ahnung, was ich gedacht hab die ganze Zeit. Muss was Aufregendes gewesen sein, weil ich erst richtig zu mir gekommen bin, wie die Tonbandstimme gesagt hat, Endstation. Ich hab mich umgeschaut, da war ich noch nie. Irgendwo in der Pampa. Ich habs natürlich geschafft, die falsche Richtung zu nehmen. Wenn mir einer sagt, ich hab kein Herz, dem erzähl ich was. Aber wenn jemand sagt, ich bin kopfmäßig nicht immer ganz auf der Höhe, dem könnt ich nicht böse sein. Manchmal bin ich echt nicht ganz da. Ich steig also aus, nur um zu schauen, wann die S-Bahn zurück in die Stadt fährt, länger als eine halbe Stunde kanns ja nicht sein. Und da seh ich die Anzeige über dem Bahnsteig: *Betriebsschluss.* Wenn du mich fragst, was ist der schlimmste Ort?, dann sag ich, ein Provinzbahnhof in der Nacht. Schlimmer als ein Friedhof. Ich meine, ein Friedhof, der hat einen Sinn, der ist nicht so verlassen. Weil die Toten da ja hingehören, das ist ihr Platz. Nicht unbedingt der, den sie sich ihr Leben lang gewünscht haben, aber doch ihr Platz. Aber ein Provinzbahnhof nach Betriebsschluss, wo nicht einmal die Sandler schlafen, der hat echt keine Berechtigung. Er bekommt sie am nächsten Tag zurück, aber von sich aus hat er sie nicht. Und wenn du an einem Ort bist, der von sich aus keine Berechtigung hat, dann bist du echt verloren. Sieht man ja an mir, fällt mir grad auf. Einmal reg ich mich auf, dass alles einen Sinn haben muss, dann passts mir nicht, dass etwas keinen Sinn hat. Verloren halt. Jedenfalls ist ein Typ von der Bahn gekommen und hat mich gefragt, ob ich hier übernachten will. Im Prinzip, ja, hab ich gesagt.

Nur gibts auch ein Zimmer mit Doppelbank? Als ob es meine Schuld wär, dass aus dem Kaff keine Züge zurück in die Stadt fahren. Er hat aber schnell klargestellt, dass er keine Lust hatte auf Blödeleien, also bin ich aufgestanden und raus auf den Vorplatz. Der war bestenfalls eine Spur weniger traurig. Ein paar Fahrräder sind herumgestanden, die haben hier auch Betriebsschluss. Zwei Bänke waren auch da. Auf eine hab ich mich gesetzt und gewartet. Frag mich nicht, auf was oder auf wen. Auf Godot vielleicht. Von allen todlangweiligen Theaterstücken, die ich gesehen hab, war das mit Abstand das todlangweiligste. Unser Lehrer hat sich gar nicht eingekriegt vor Begeisterung. Weil es so modern ist, hat er gesagt. Es zeigt so gut den heutigen Menschen. Dem sein Leben möcht ich nicht haben. Ich bin also auf der Bank gesessen und hab mir gedacht, da sitz ich also, noch moderner als die in dem Stück, ich sollt echt Eintritt verlangen. Und dann hab ich Schiss gekriegt, auf einmal, und sogar ziemlich. Ich hab mir überlegt, ob ich meinen Vater anrufen soll, dass er mich abholen kommt. Dann hab ich mir gedacht, nein, doch nicht. Dann wieder, ja, doch. Dann noch mal, nein, doch nicht. Ich erspar dir jetzt die volle Version meiner Entscheidungsfindung. Am Ende hab ich ihn jedenfalls angerufen. Die Sache mit meinem Kopf hab ich von meinem Vater, glaub ich. Aus unserem Telefonat könnte man mit ein bisschen Talent auch ein supermodernes Theaterstück machen. Vielleicht hast du ja Lust, später einmal. Ich geb dir die Rohfassung:

Ich: Hallo, Papa, kannst du mich abholen?

Er: Luziana?

Ich: Nein. Der Heilige Geist.

Er: Luziana?

Ich: Dir kann man echt nichts vormachen.

Er: Was ist denn?

Ich: Kannst du mich abholen?

Er: Warum bist du noch nicht zu Hause?

Ich: Die S-Bahn fährt nicht mehr.

Er: Was heißt das, die S-Bahn fährt nicht mehr?

Ich: Sie steht. Sozusagen.

Er: Was heißt das, sie steht?

Ich nehm an, du kannst langsam verstehen, mit was für einer Problematik wir es zu tun haben.

Ich: Sie hat Betriebsschluss. Sie fährt erst morgen wieder.

Er: Morgen?

Ich: Wenn alles gut geht.

Er: Ja bist du verrückt? Willst du vielleicht bis morgen warten?

Ich: Nein. Ich wollt dich fragen, ob du mich abholen kannst?

Er: Natürlich hol ich dich ab.

Du siehst, du hättest schon eine ganze Szene, allein mit der Antwort auf eine erste Frage. Aber keine Angst, es gibt einen zweiten Akt. Weil ich nämlich die Tochter meines Vaters bin.

Ich also: Danke.

Ich leg auf. Nicht schlecht, oder? Mein Vater hats aber auch drauf, es dauert sicher zehn Minuten, bis mein Handy klingelt.

Ich: Ja?

Er: Wo bist du denn?

Ich: In der Pampa.

Er: Gut. Dann fahr ich in die Pampa und treff dich dort.

ICH: Okay.

ER: Wo-bist-du-Lu-zi-ana?

ICH: Bei der Endstation.

ER: Wie heißt die Endstation?

Ich dreh mich um, such ein Schild irgendwo, find es und sag ihm den Namen von dem Kaff.

ER: Das ist ja am Ende der Welt.

ICH: Jetzt wissen wir, warum die S-Bahn nicht weiterfährt.

ER: Sehr witzig, Princesa. Ich beeil mich.

Ich geb zu, Nobelpreis geht sich da keiner aus, mit dem zweiten Akt. Da müsstest du dir noch was einfallen lassen. Das klingt so nach billigem Witz. Nur dass es für mich kein Witz war, wegen dem Schiss, den ich gekriegt hab. Bei so einer Endstation bist du ganz schön verloren, ob du jetzt ein moderner Mensch bist, ein modernes Bewusstsein, wie der Essel sagen würd, oder nicht. Wenigstens hat das moderne Bewusstsein ein Handy, hab ich mir gedacht. Ich hab also noch mal meinen Vater angerufen.

ER: Ja, Luziana?

ICH: Wo bist du?

ER: Im Auto.

ICH: Wirklich?

ER: Ja.

Mit der Ironie hat ers nicht so, mein Vater.

ICH: Ich meine, bist du bald da?

ER: Ist alles in Ordnung?

ICH: Ja.

ER: Ist alles in Ordnung, Princesa?

ICH: Nein.

ER: Was ist denn los?

Ich: Ich hab Schiss.

Er: Warum? Ist was nicht in Ordnung? Sind da Leute?

Ich: Nein.

Er: Gut.

Ich: Das ist überhaupt nicht gut. Ich hab Schiss allein.

Er: Ich bin gleich da.

Ich: Wann?

Er: Vielleicht zwanzig Minuten.

Ich: Gehts nicht schneller?

Er: Ach, leck mich doch am Arsch.

Ich: Wie bitte?

Er: Entschuldige. Da hat mich grad einer angehupt.

Ich beginne zu heulen.

Er: Bist du noch da, Princesa?

Ich: Ja.

Er: Nicht weinen, Princesa. Ich beeil mich. Hörst du? Wenn Leute kommen, also Leute, die dir komisch vorkommen, ruf mich an. Man ist sicherer, wenn die Leute sehen, dass man ein Telefon hat. Okay?

Ich: Okay.

Ich leg auf und heule so richtig. Ich hab das meinen Vater noch nie sagen hören, leck mich am Arsch. Ich wollt zu meinem Ex nach Hause und ihn umbringen. Dafür, dass ich jetzt hier war. Dafür, dass er meinen Vater dazu gebracht hat, das zu sagen. Ich hab so richtig Gewaltfantasien gekriegt. Da hab ich noch nicht gewusst, was mich erwartet. In fünf Minuten. Am nächsten Morgen. Tut mir leid, ich brauch noch einen Schluck von deinem Zeug.

Lu hält sich die Flasche auf Augenhöhe vors Gesicht. Schon fast leer, sagt sie nicht. Nimmt einen Schluck.

Jedenfalls sitz ich so da, noch verheult, mit meinen Gewaltfantasien, fünf Minuten, da kommen zwei Typen aus dem Lokal gegenüber. So ein Provinzgasthaus wird das gewesen sein, ist mir vorher gar nicht aufgefallen. Jedenfalls kommen die Typen laut da heraus. Solche Typen können ja immer nur laut herumgehen, da sind ja die Stimmbänder und die Beine irgendwie miteinander verbunden. Die wanken kurz herum und dann haben sie mich schon gesehen, oh lala, und so weiter. So allein, Baby, und so weiter. Na, wir heitern dich auf. Ich denk mir noch, wenn ich denen jetzt sag, sie sollen mich in Ruhe lassen, hilft das auch nichts. Ich sags trotzdem. Natürlich hats nichts geholfen. Sie setzen sich links und rechts von mir auf die Bank, sie sagen mir ihre Namen, weil sie ja Gentlemen sind, wie sie sagen. Und wie heißt du, Baby, und so weiter. Ich frag sie, ob sie was zum Schreiben haben. Ich denk mir, ich stech sie ab, mit dem Kugelschreiber, ich bin wieder so richtig in meinen Gewaltfantasien. Der eine sagt, leider. Da kommt mir eine andere Idee. Ich sag, vielleicht hab ich selber was. Ich such also einen Stift aus meiner Tasche und einen Kassenzettel. Ich schreib: *Ich bin Staatsmeisterin im Kickboxen. Wenn du nicht willst, dass es dir geht wie deinem Freund, verzieh dich. Bussi!* Der rechts von mir hat schon dic Hand auf meinem Schenkel, der links grinst blöd. Ich geb dem Linken den Zettel. Lesen ist nicht seine Stärke, das Licht ist auch schwach, dann hat ers aber doch verstanden. Er grinst extra blöd. Ich zähl innerlich bis drei, er sagt noch, und *wie* – da ramm ich dem rechts von mir mit voller Wucht den Ellbogen ins Gesicht, so fest ich kann. Das Blut spritzt sofort auf den Vorplatz. Er hat jetzt die Hand nicht mehr auf meinem Schenkel, sondern mit der anderen im Gesicht. Er schreit voll auf, aber nach innen, also beim Einatmen. Er will aufstehen, aber es haut ihn auf die Bank zurück. Das Blut spritzt immer noch. Meine ganze Kraft ist weg. Ich denk mir, jetzt bin ich geliefert. Aber der andere sagt, sag mal, du spinnst doch, Pussy. Er steht auf, schultert seinen Freund, und die beiden verschwinden. Du spinnst doch, ruft er noch einmal. Sie gehen in Richtung Lokal, dann verschwinden sie dort hinter der Ecke. Ich krieg das Zittern und heule so richtig. Beruhig dich, sag ich mir selber. Ich geh auf dem Vorplatz auf und ab und tu so, als würd ich telefonieren. Natürlich red ich lauter Schwachsinn. Da bleibt hinter mir ein Auto stehen. Ich hör, wie es stehen bleibt. Ich denk mir, und jetzt? Noch einmal bring ich die Ellbogennummer nicht. Ich will zu meinem Ex nach Hause, die Ellbogennummer ganz allein für ihn. Ihr Wagen, Princesa. Es ist mein Vater. Auf der Fahrt reden wir fast nichts. Ich sag nur, es ist dumm gelaufen. Die beiden Typen erspar ich ihm. Er ist froh, dass nichts weiter passiert ist. Ich auch. Ich hab das große Zittern. Er merkt es schon, aber er denkt wahrscheinlich, es wird was Emotionales sein, und fragt nicht weiter nach. Stimmt ja auch irgendwie. Eine Herzenssache, wird er gedacht haben. Lieber nichts überstürzen. Ich weiß schon, da kann ich beim ersten falschen Wort ziemlich explodieren. Jedenfalls reden wir nicht. Tut mir leid, da kann ich dir nicht weiterhelfen, mit deinem Nobelpreis. Das sind einfach nur mein Vater und ich. Ich merk grad, ich krieg heute noch das große Zittern, wenn ich nur dran denke. Im Kickboxclub, da hats auch Selbstverteidigungseinheiten gegeben. Der Trainer hat uns immer wieder ein paar Regeln vorgebetet. Nur eine Handvoll. Weil sich ja auch die Leute verteidigen können sollen, die, sagen wir mal, nicht so viel Platz haben im Speicher. Eine Regel war: Die beste Verteidigung ist der Sprint. Eine andere: Ein Treffer ist kein Treffer. Und das haben wir geübt, wirklich bis zum Umfallen. Du schaust also, ob du sofort wegrennen kannst. Wenn ja, rennst du. Wenn nein, schlägst du zu, dann so oft wie möglich nach und dann rennst du. Versteht jeder. Und was hab ich gemacht? Ich hab einen Zettel geschrieben. Dann einen Treffer mit dem Ellbogen und dann bin ich sitzen geblieben. Ich krieg wirklich das Zittern, wenn ich dran denk, wie paniert ich bin, wie ich mich überhaupt nicht auf mich verlassen kann. Aber ich schweif ab. Und soll ich dir sagen, warum ich abschweif? Weil mir nämlich das Zittern lieber ist als der totale Zuckaus. Den krieg ich nämlich heute noch, wenn ich an den nächsten Morgen denk. Heut erst so richtig. Damals war ja alles so dicht zusammen. Eine richtige Reaktion war ja da gar nicht möglich. Das waren ja nur Reflexe, so Zuckungen, der echte Zuckaus ist dann erst später gekommen. Du musst mir echt ausnahmsweise den letzten Schluck abtreten. Also, in der Früh, wenn ich nicht auf muss, da hör ich eigentlich nichts. Wenn da eine Baustelle ist, unter meinem Fenster, mir egal. Wenn die nach Öl bohren, bitte, viel Glück. Wünsch ich ihnen im Schlaf. Wenn die Welt untergeht, mir auch recht. Spar ich mir das Zähneputzen. Nur ausgerechnet an diesem Morgen hab ich mein Handy piepsen gehört. Nicht einmal laut. Das SMS-Signal. Ich hab mir noch gedacht, das hat Zeit bis nach dem Frühstück. Aus irgendeinem Pfaufeder Grund hab ich trotzdem nach dem Handy getastet, halbblind. *Wenn du das liest, bin ich bald tot. Ich habe dich geliebt. Leb wohl.* Ich bin sofort aufgesprungen und im Zimmer auf und ab gerannt. In Panik hab ich lauter Tasten gedrückt, aber ich hab die Nachricht nicht vom Display weggekriegt. Wie ichs dann doch geschafft hab, meinen Ex anzurufen, hat er natürlich nicht abgehoben. Also die Rettung. Der Tante von der Rettung hab ich in der Panik meine Adresse gegeben statt seiner. Ich ruf also noch einmal an. Da beginnt die mit mir zu diskutieren, ob ich mir vielleicht einen Spaß mach oder so was. Das wird dann nämlich teuer. Ich habs nicht gepackt. Ob ihr das vielleicht bei ihrem Job bei der Rettung schon mal passiert ist, dass einer die Panik hat, hab ich gefragt. Beruhigen Sie sich, hat sie gesagt. Als hätt ich den Psychiater angerufen, wegen mir, und nicht die Rettung wegen meinem Ex. Jedenfalls hat sies am Ende irgendwie akzeptiert. Weil sie ihren großzügigen Tag gehabt hat, hat sie mir noch verraten, in welches Krankenhaus sie ihn höchstwahrscheinlich bringen werden. Wenn alles so ist, wie Sie sagen, hat sie gesagt. Ich hab aufgelegt. Dann ist mir eingefallen, was, wenn er gar nicht zu Hause ist? Er muss zu Hause sein, hab ich mir vorgesagt. Seine Eltern sind sicher in ihrem Wochenendhaus, und mein Ex ist in der Wohnung. Er schläft nicht gern im Wochenendhaus. Er schläft meistens in der Stadtwohnung und fährt erst dann zu ihnen hinaus. Vor dem Krankenhaus hat mich der Vater schon abgepasst. Die müssen hergeflogen sein. Er war jedenfalls außer sich. Verständlich. Aber dass er mich voll angeht. Du verschwindest besser ganz schnell, hat er zu mir gesagt. Du herzloses Stück … Nach Stück schreibst du am besten drei Punkte. Was für ein Stück er mich genannt hat, sag ich nicht. So viel Achtung hab ich noch vor mir selber. Das hat ihm sicher seine Frau gesagt, das mit dem Stück. Das passt mehr zu ihr, dass sie durchdreht vor Angst. Um seinen Vater gehts ja außerdem gar nicht. Der hat halt auch die Panik gehabt und den Zuckaus, wahrscheinlich. Dass er sich von so einem nüchternen Verhör-Typ in eine Furie verwandelt hat, dass er vor lauter Angst gleich zu seiner Frau geworden ist. Der hat sich ja nicht mehr rausgesehen. Wünscht man auch keinem. Nur das mit dem Herzlos, das hab ich später noch öfter gehört, auch von so genannten Freunden. Schöne Ostern, hat er mir noch nachgerufen, es waren gerade Osterferien. Auf der faktischen Seite war alles halb so schlimm. Er hat sich betrunken und die Handgelenke aufgeschnitten. Aber nicht so, dass viel passiert wär. Auch wenn die Tante von der Rettung noch eine Stunde mit mir weiter diskutiert hätte. Aber um die faktische Seite gehts ja nicht. Den restlichen Tag hab ich geheult. Dass er überlebt hat, hab ich erst am nächsten Tag erfahren. Trotzdem hab ich weiter geheult. Dann ist die Schule schon bald wieder losgegangen, und da hab ichs abgekriegt. Bis ich nach ein paar Tagen dann wirklich den Zuckaus gekriegt hab. Ich meine, der ist ja ein Geiselnehmer, mein Ex, der ist ja ein Terrorist. Der hätt ja in eine Anstalt gehört. Vielleicht wär dann. Ach, Pfaufeder. Und mich haben die wegen nichts zur Krisenintervention geschickt, früher. Ich meine, da gibt es ja wohl in der Welt eine Riesenverwechslung. Zu mir, verstehst du, zu mir hat die Psycho-Jane von meinem Bruder gesagt, wir können ja mal über meine Beziehungsfähigkeit reflektieren, wenn mir danach ist. Nach der Sache mit meinem Ex. Das waren ihre Originalworte. *Beziehungsfähigkeit* und *reflektieren*. Dabei hat sie so seicht meine Hand gehalten. Ich hab gewusst, wenn ich nicht sofort geh, dann reflektier ich ihr eine links und rechts in ihre blöde Visage. Ich hab echt gehen müssen. Ich hätt für nichts garantieren können. Kann ich heute noch nicht. Ich glaub, wir wechseln besser das Thema. Der Geiselnehmer ist der Gute, und ich soll in die Reflexion. Der Terrorist kriegt das ganze Pfaufeder Verständnis, und ich bin die Herzlose, die Beziehungsunfähige. Bravo. Applaus, wirklich. Habe die Ehre. Neues Thema. Das ist ja eine Riesenverwechslung. Und dann soll ich normal bleiben. Nein, sei mir nicht böse, für heute ist es genug. Geh du deinem kranken Nachbar den Hintern putzen oder was, ich kann heut nicht mehr. Ich muss echt raus.

35

Gestern, das war echt das falsche Thema, das hätten wir nicht anschneiden sollen. Das hat den ganzen Tag ruiniert. Kein Wunder, dass er so weitergegangen ist. In der Bücherei. Dein Buch war nämlich weg. Ich bin natürlich sofort hin zu der Tante: Mein Buch ist weg! Ein bisschen zu laut, geb ich zu. In einer Bücherei klingt ja alles gleich wie Geschrei. Deshalb braucht sie sich aber nicht gleich einen Bart wachsen lassen, denk ich mir noch. Erst an der Stimme hab ichs dann erkannt, dass es gar nicht die Tante war, sondern ein Typ. Also, das war so. Wie ich zum Schalter bin, war sie mit dem Rücken zu mir, also er, natürlich, war mit dem Rücken zu mir, aber ich denke, es ist sie. Die Frisur ist auch von hinten ganz gleich. Knapp schulterlange Haare, ganz glatt, schwarz mit Grau. Sie dreht sich um und schaut groß. Ein sauber getrimmter Schnauzbart. Sagt, na dann, junge Dame, wollen wir halt mal nachschauen, im Computer. Da wars mir dann klar, dass er gar nicht die Tante ist. Vielleicht haben die da Frisurvorschriften. Beim Friseur sagen sie dann, einmal Büchereischnitt, bitte. Der Jean würde da nicht mitspielen, das schwör ich dir. Dass eine Frau und ein Mann von hinten gleich aussehen, dass überhaupt zwei Menschen auf der Welt gleich aussehen, das gibts nicht für ihn, das siehst du ihm an, dafür hat ihm der liebe Gott nicht die Schere in die Hand gelegt, mit so einem Inspirationsfunken an der Spitze. Der Jean glaubt an das Individuum und an seinen Auftrag. Die Büchereileitung glaubt offenbar an den Büchereihaarschnitt. Oder sie sind Geschwister, und die Mutter hat, wie sie noch Kinder waren, einfach keinen anderen Haarschnitt draufgehabt, und weil ihre Kindheit glücklich war, gibts keinen Grund, da was zu ändern. Also, heute gehts ihnen vielleicht nicht mehr so gut und deshalb klammern sie sich an den unglücklichen Haarschnitt ihrer glücklichen Kindheit. Oder sie sind keine Geschwister, es ist einfach nur ein Zufall und hat überhaupt nichts zu bedeuten. Vielleicht hat ja überhaupt nichts auf der Welt irgendwas zu bedeuten, so wie dass mein Buch, also dein Buch entlehnt ist, dass ich es jetzt nicht zu Ende lesen kann. Vielleicht ist ja alles auf der Welt einfach nur irgendwie, nichts und niemand spielt eine Rolle. Mir ist echt zum Heulen. Und dann hab ich mir natürlich gedacht, dass ich selber schuld bin. Ich hätt ja auch lesen können, statt die ganze Zeit aus dem Fenster schauen. Das kann man ja auch. Dafür muss man ja nicht. Ich bin echt sauer. Dort war ichs auch schon, sauer. Was braucht eine Bücherei Fenster, frag ich mich. Wollen die, dass die Leute lesen, oder wollen sie, dass man aus dem Fenster schaut? Dann brauchen wir keine Bücherei, bitte. Ein Fenster hat ja wohl jeder. Schriftstellerinnen brauchen wir dann auch keine mehr, stell dich besser drauf ein.

Deine Gattung ist am Aussterben. Nur mehr Glaser. Und dann sagt mir der Typ mitten in meine sauren Gedanken hinein, dass er mich gerne *vormerken* kann. Ich soll ihm nur meinen *Entlehnausweis* geben. Dann hab ich aufgestampft. Das mach ich in solchen Situationen, ich kanns nicht kontrollieren, Geduld ist nicht meine Stärke. Also nicht richtig aufgestampft, so mit dem Knie hoch, es war mehr ein Zucken. Aber doch ziemlich laut, geb ich zu. Einen Dusel hab ich ja auch gehabt. Er sagt, na na, junge Dame, und setzt zu einem Vortrag an. So was brauch ich nicht, schon gar nicht von jemand mit so einer Frisur. Ich hab ihn reden lassen und bin einfach gegangen. Mir war echt. Ach, Pfaufeder, das hilft auch nichts, wenn ich das immer wieder sag. Es ist wegen etwas anderem, in Wirklichkeit. Ich weiß es nämlich.

Tulpe Valentin ist nicht überrascht. Sie wusste, der Tag würde kommen, an dem Lu die Tür öffnen würde und in ein leeres Zimmer schauen, auf ein gemachtes Bett, auf ein unschuldiges Häkeldeckchen, das nichts weiß von Krankheit und Sterben, nicht mehr als eine Geschichte, mit der es nichts zu tun hat. Auf eine Nachttischlampe, deren fehlende Glühbirne niemand vermisst. Lu in dieser Tür, auf die eine oder andere Weise. Offen war nur, ob Tulpe Valentin dann noch leben würde. Bis sie kürzlich spürte, etwas bereitet sich vor in Lu, das Klicken der Klinke.

Der kranke Nachbar, sagt Lu.

Ja, sagt Tulpe Valentin.

Es gibt ihn nicht, sagt Lu.

Ja, sagt Tulpe Valentin.

Du bist das, sagt Lu. Du stirbst.

Ja, sagt Tulpe Valentin.

Was anderes, sagt Lu, fällt dir nicht ein als ja? Was Besseres fällt dir nicht ein, sagt Lu, als ja?

Es ist, sagt Tulpe Valentin, die Wahrheit.

Es ist die Wahrheit? Das traust du, sagt Lu, dich sagen? Bis jetzt war ich dir die ja nicht wert, die Wahrheit.

Ja, sagt Tulpe Valentin.

Ja, sagt Lu. Super. Sie wischt sich mit dem Handrücken über die Augen. Du lässt mich quasseln und quasseln, tagelang, obwohl ich dir das erzählt hab, mit Mignon. Für was für eine Frechheit ich das halte. Hab ich dir ja erzählt. Dass alle weiterquaken, obwohl Mignon tot ist. So lässt du mich dastehen.

Ich, sagt Tulpe Valentin, bin nicht Mignon. Ich bin nicht tot.

Noch nicht, sagt Lu.

Genau, sagt Tulpe Valentin. Noch nicht.

Aber, sagt Lu.

Das spielt keine Rolle, sagt Tulpe Valentin. Wir sterben alle einmal.

Was soll denn, sagt Lu, das bitte heißen? Willst du dich jetzt vielleicht wegphilosophieren? Natürlich sterben wir alle. Aber doch nicht.

Die Gespräche mit dir, sagt Tulpe Valentin, waren ein Geschenk für mich. Alles, was du sagst, liebe Lu, ist ein Geschenk für mich. Nicht nur wegen dem Buch. Aber auch. Auch wegen dem Buch. Es hält mich am Leben.

Lu kommt mit dem Wischen schwer nach.

Ich habe nie den geringsten Zweifel gehabt, dass ich das Buch noch zu Ende bringen kann. Die letzten Tage, sagt Tulpe Valentin, machen einen großen Unterschied.

Lu steht auf und geht einmal im Kreis. Dann noch einmal. Sie setzt sich wieder hin. Ich weiß es schon, sagt

Lu, seit ich vom Büchereifenster aus die unmögliche Tür gesehen hab. Also nicht richtig. Aber ich hab gemerkt, da ist was. Und dann gestern, wie dein Buch weg war, da hab ichs verstanden. Und jetzt?

Was jetzt? sagt Tulpe Valentin.

Ja, sagt Lu, was machen wir denn jetzt? Pfaufeder!

Wir haben noch drei Tage, sagt Tulpe Valentin.

Wieso drei Tage? Ich meine, sagt Lu, wie kannst du das so genau?

In drei Tagen, sagt Tulpe Valentin, ist dein Camp zu Ende. Du fährst nach Hause.

Ja, sicher, sagt Lu. Ganz bestimmt. Keine Chance.

36

Tulpe Valentin, die nicht mehr hinaufgeht ins leere Zimmer, antwortet nicht auf das Klopfen. Ob Patrice etwas mitbekommen hat, ob er weiß, dass sie nicht mehr hinaufgeht, ob es etwas damit zu tun hat, dass er sie auf der Treppe gefunden hat, weiß sie nicht. Fragt sie sich wortlos, nur in Ansätzen von Gedanken. Ob er vielleicht immer klopft, auch wenn er weiß, dass sie oben ist, und dann sowieso eintritt, die beiden Papiertaschen abstellt, die sie dann vorfindet, jeden zweiten Tag, mit seinen Besorgungen. Kekse, Schokolade, geschnittenes Vollkornbrot. Mandarinen und Bananen, die sie immer wegwirft. Mehrere Flaschen Whisky, *Johnnie Walker Red Label*, eine bereits umgefüllt. Auch auf das zweite Klopfen antwortet sie nicht. Ob sie vielleicht die Tageszeiten durcheinander gebracht hat, nicht zum ersten Mal, und es vielleicht Morgen ist und die Pflegerin vor der Tür steht, die Patrice kommen lässt, täglich, der heilige Patrice, sie soll zur Hölle. Ob sie das jetzt vielleicht doch laut gesagt hat. Lu steht in der Tür. Tulpe Valentin muss mit Patrice reden. Diese fliegenden Teppiche überall, von denen sie Halluzinationen bekommt. Das geht nicht, dass ihr Bett auf einem fliegenden Teppich steht. Patrice hat doch sonst auch für alles eine Lösung. Die Pflegerin, die tut, als wäre sie Lu, steht immer noch da, unbeweglich. Sie soll zur Hölle! Pfaufeder!

37

Handy, sagt Lu. Drei Minuten. Beim Telefonieren hält sie immer Abstand zu Tulpe Valentin, dreht Runden im Garten oder absolviert ein, zwei Kilometer im Hin und Her unter den Platanen. Diesmal nicht. Sie stellt sich neben Tulpe Valentin. Im Sitzen kann sie offenbar nur sprechen, wenn sie kein Telefon am Ohr hat. Sie erzählt ihrer Mutter von den großen Fortschritten, die sie im Kickboxen macht. Die Lügen purzeln so wild aus ihr heraus, dass ihre Stimme sich überschlägt. Tulpe Valentin zweifelt nicht daran, dass Lus Worte am anderen Ende der Leitung nach Begeisterung klingen. Zumal Lu die Einzige ist, außer dem Wettkampfteam, die vom Trainer zur Teilnahme am Abschlussturnier eingeladen wurde. Drei weitere Tage. Vorrunde, Endrunde, Siegerehrung. Loretta ist so stolz auf sie. Ach, bitte. Drei Tage. Ihre Mutter ist die Beste. Lu meldet sich wieder. Bussi.

So, guten Morgen, sagt Lu. Zufrieden? Niemand macht sich Sorgen, und Baby bin ich ja auch keins. Zwei plus drei macht schon mal fünf. Und dann schauen wir weiter.

Tulpe Valentin fürchtet, dass sich das mit dem Sterben auch in fünf Tagen nicht ausgehen könnte, sagt es aber nicht. Solange Lu bei ihr ist, fürchtet sie, sagt es aber erst recht nicht. Sie wird sich Mühe geben.

Lu hat die Hände zwischen die Beine gesteckt, die Handflächen nach außen, zu den Knien. Sie ist blendend gelaunt. Da geht kurz ein Zittern durch sie, wie der Zerrstreifen im Bild eines alten Fernsehers. Es ist der Gedanke, dass Tulpe Valentin die drei zusätzlichen Tage so verstehen könnte, wie sie sie verstanden hat. Aber heute nicht. Der Gedanke ist durch, das Bild wieder klar. Heute ist ein schöner Tag. Fünf Tage, sagt Lu, und dann schauen wir weiter. Ein Nachsatz, sicherheitshalber. Ich wollt eigentlich, sagt Lu, gestern schon anrufen, deshalb bin ich zu dir ins Zimmer, wegen dem Handy. Aber weil du ja. Na ja. Tut mir leid, das.

Tulpe Valentin lächelt sofort. Sie hält sich die Hände vor die Brillengläser. Eine alte Schachtel, die sich schämt. Lächelt wieder. Sie will nicht, dass der Zerrstreifen noch einmal durch Lu zittert.

Eine glänzende Idee von mir, der Anruf, sagt Lu. Eine Hochglanzidee sozusagen. Die Rettung des Tages, ich bin gleich in Hochglanzlaune. Dabei hat der Tag nicht grad viel versprechend angefangen. Du hast nämlich echt Glück, dass ich überhaupt noch lebe. Wenn das ein Glück ist, für dich. Das nehm ich einfach mal so an, bescheiden wie ich bin. *Lu, die Bescheidene.* Das wär doch ein Buchtitel. Nur Spaß natürlich, das kriegst du mit, oder? Da müsst ich schon ein bisschen mehr so sein wie Loretta, da bräucht ich echt ein bisschen mehr Adel, wenn schon nicht im Blut, dann wenigstens im Auftreten. Tut mir also leid, du musst einen anderen

Titel finden. Ich hätt auch schon kurz eine Idee gehabt, *Leutscheu und ramponiert*. Ist mir heute eingefallen, in der Früh. Weil ich nämlich die Augen aufgemacht hab, und jemand ist an meinem Fenster vorbeigegangen, ein Mann in Blau. Mir fährt der Schreck durch, oben rein, unten raus, oder umgekehrt oder beides, ich glaub jedenfalls, ich krieg einen Herzinfarkt.

Ein Gedanke in Tulpe Valentin: Dass der Zerrstreifen von vorhin auch ein Nachzügler dieses Schrecks hätte sein können. Dass er vielleicht gar nichts zu tun hatte mit den gezählten Tagen. *Tulpe Valentin, die Bescheidene*, natürlich nur Spaß. Das soll Lu keinesfalls mindern. Es soll ihr nur ihre eigenen Ängste nicht absprechen.

Komisch übrigens, dass man noch Kraft oder Zeit oder Material, sagt Lu, für Gedanken hat, kurz vor dem Herzinfarkt. Ich hab mir nämlich gedacht, geht da jetzt ernsthaft einer draußen vorbei, im ersten Stock? Vielleicht sogar Kraft oder Zeit oder Material für Worte. Ich kann nämlich nicht ausschließen, dass ich das sogar laut gesagt hab, zu mir selber. Jedenfalls geht mein Puls auf zweihundert. Ich sag mir, das war ein Traum, das hast du jetzt davon, dass du nie über deine Träume redest. Das ist die Rache der Psychologie, dass du nämlich langsam, aber sicher den Verstand verlierst. Und wie ich gerade ein bisschen erleichtert bin, weil ich merk, dass ich zwar verrückt werd, aber noch leb, wenigstens, kommt der Typ nochmal am Fenster vorbei, von der anderen Seite. Ganz locker, als wär das für ihn das Normalste, dass man in der Luft spazieren geht. Jetzt kommt gleich ein Hund vorbeigeflogen, denk ich mir, oder ein UFO.

Lu berichtet von Handgriffen und Vorsichtsmaßnahmen und Ängsten, sie fürchtete ein Malheur im Bett. Das sagt sie aber nur ihr, Tulpe Valentin, das darf nicht genau so ins Buch kommen. Wenn einer von Tulpe Valentins Lesern einmal aufwacht, im ersten Stock oder im hundertsten, und draußen geht jemand vorbei, dann wird er schon wissen, dass Lu nicht gerade den glamourösesten Auftritt, sagt Lu, hingelegt hat.

Ich hab mir jedenfalls gedacht, sagt Lu, entweder ich geh jetzt ein, im Bett, oder ich steh auf und schau nach. Eingehen kann ich ja dann immer noch, je nachdem, was ich seh. Es war dann doch nur das Gerüst, das ist dir sicher schon aufgefallen. Patrice lässt die Fassade richten, hat er mir beim Frühstück erzählt. Wenn man nur weiter lebt, findet sich immer für alles eine Erklärung. Ich bin kein Käfer geblieben, ich hab wieder alles Unerklärliche wegverstanden. Diesmal war ich aber erleichtert, geb ich zu. Jedenfalls ist mir dann dieser Titel eingefallen, *Leutscheu und ramponiert*. Nicht schlecht, oder? So eine Mischung aus fertig und geheimnisvoll. Ich war ziemlich begeistert von mir. Das Problem ist nur, dass ich nicht wirklich leutscheu bin. Das war nur ein Schreck, weil das ja ein Wunder wär, wenn da einer wirklich in der Luft vorbeigehen würd. Vielleicht bin ich ja wunderscheu. Das sagt aber nicht viel über mich, das ist ja wahrscheinlich jeder. Jedenfalls wars das mit meiner Titelidee, weil der Titel schon für uns beide passen sollt, denk ich mal. Der Ball ist also wieder bei dir, tut mir leid.

38

Wovon ich aber eigentlich reden wollt, bevor mir mein Fast-Herzinfarkt dazwischengekommen ist, war gestern. Weil ich ja nicht mehr in die Bücherei brauch, jetzt, ohne dein Buch. Und zu regnen hats auch begonnen. Da wär ich sowieso nicht gefahren. Denk dir nur, dass ich aus Zucker bin, dass ich eine Schönwetterbüchereigeherin bin, das werd ich schon aushalten. Mir vergehts halt einfach, wenns regnet. Ich hab manchmal das Gefühl, dass die Dinge, die ich mir vornehm, nicht in mir sind, also im Kopf oder im Herz oder sonst wo, sondern über mir, irgendwie, so eine Art feines Gewebe. Das glitzert dann in der Sonne, und das macht die Vorfreude, das macht, dass ich etwas gern machen würd. Und leicht ist es auch. Aber wenn sich die Sonne dann verzieht, ist das Glitzern dahin. Und wenns dann auch noch zu regnen beginnt, dann fühlt es sich an, als würd das Zeug nass und schwer an mir kleben, so wie wenn du im Park zu nah an einem Baum vorbeigehst und in ein Spinnennetz rennst. Bäh. Ich bin echt froh, dass es heut wieder sonnig ist. Keine Ahnung, warum ich so drauf bin. Ich könnt mir ja einfach das Spinnennetz aus dem Gesicht wischen und weitermachen. Aber ich denk mir nur, bravo, und das soll dein großartiges Vorhaben gewesen sein? Mir ist es dann echt verleidet. Dabei, lesen würd ich ja gern, gerade wenns regnet. Aber extra wohin fahren dafür, keine Chance. Noch dazu, wenn dein Buch sowieso entlehnt ist. So sonnig hätts gar nicht sein können. Die Leute, die dein Buch lesen, werden denken, ich hab sie nicht alle. Ich quak da was vom Regen, als wär das Wetter der Grund, warum ich dein entlehntes Buch nicht weiterlesen kann. Jedenfalls bin ich hier geblieben. Im Zimmer hätt ich trotzdem den Koller gekriegt. Also bin ich runter in die Lounge. Wenn man das so nennen kann. Kann man übrigens nicht, find ich. Ich habs für mich gestern trotzdem Lounge genannt, so als Anti-Koller-Strategie. Und ein Sofa hat er ja wenigstens unten stehen, Patrice. Da sitz ich also, breit und blöd, komm mir glamourös vor, in der Lounge, und zum ersten Mal fällt mir das Foto auf, das Patrice hinter der Rezeption hängen hat. Dir ist es sicher schon aufgefallen, das Hochzeitsfoto. Ich denk mir also, er hat ja gerade auch nicht wirklich was zu tun, und ich frag ihm ein paar Löcher in den Bauch. Ich hab mir natürlich gedacht, das sind die Hochzeitsgäste. Sind sie ja auch, aber nur die Familie. Die *engere* Familie, hat er gesagt. Wenn die ihn hier alle zusammen besuchen würden, müssten zwei Drittel im Garten campieren. So eine Schmalspurpension reicht da nicht aus. Wir würden dann hier unter der Bank schlafen, weil nicht einmal mehr Platz wär für ein weiteres Zelt. Heilige Pfaufeder! Ich hab dem Patrice gleich gesagt, das machen wir nicht. Bei aller Liebe, aber so ramponiert, wie wir sind, geht das nicht, unter der Bank. Außerdem sind wir ziemlich leutscheu, hab ich gesagt. Hast du gewusst, dass er eine um zehn Jahre ältere Schwester hat? Zusätzlich zu den anderen drei Geschwistern? Und dass er nicht einmal der Jüngste ist? Sein Bruder ist nämlich noch zwei Jahre jünger als er. Allein die vorderen Reihen mit den Kindern könnten locker als Klassenfoto durchgehen. Na ja, nicht ganz, aber viele sinds trotzdem. Also die ältere Schwester ist die Braut. Dann gibts natürlich noch den Bräutigam und seine Eltern. Und ihre Eltern. Und Großeltern gleich vier Mal. Und Onkel und Tanten, Cousins und

Cousinen, was du willst, ohne Ende. Geschwister vom Bräutigam auch noch. Merkt sich ja keiner. Meine Großmutter, die wär noch zehn Jahre früher gestorben, vor lauter Stress mit den Namen. Jedenfalls, was ich eigentlich sagen wollt, mir ist aufgefallen, dass ich von allem so wenig hab, nur das Minimum sozusagen. Also, meine Großmutter ist ja vor eineinhalb Jahren gestorben, mein Großvater schon lang. Den anderen Großvater hab ich nie kennengelernt, er ist inzwischen auch tot. Irgendwo in Spanien hab ich noch die andere Großmutter, die seh ich aber nie. Tanten hab ich zwar zwei, eine von meiner Mutter und eine von meinem Vater, aber Onkel hab ich gar keinen. Die eine hatte zwar mal einen, einen Mann, mein ich, aber der hat sich vertschüsst. Und die andere ist allein, die tut sich das gleich gar nicht an. Vielleicht hat sies ja eher mit Frauen. Bitte, wär mir auch recht, dann hätt ich wenigstens eine dritte Tante. Aber fürs Erste bleibts bei zwei. Cousins und Cousinen kannst du dir ja ausrechnen. Sogar der Schulfreund von meinem Vater, der mit den Händen in die Häckselmaschine geraten ist, könnt sich meine Cousins und Cousinen an den Fingern ausrechnen. Na ja, mein Bruder könnt mich noch zur Tante machen. Aber bitte nicht mit der Psycho-Jane, das kann er mir nicht antun. Das kann er seinen ungeborenen Kindern nicht antun. Und der Welt auch nicht. Keine Ahnung, wie da seine Pläne ausschauen. Irgendwie kann ich mit ihm nicht mehr reden wie früher. Sie hat ihn angesteckt, mit der Psycho-Grippe. Weißt du, an wen mich die erinnert? An Rogue, von den X-Men. Du weißt schon, die den anderen die Lebenskräfte herauszieht, wenn sie jemand berührt. Nur dass es für Rogue eine Bürde ist und für die Psycho-Jane ein Vergnügen.

Die kommt sich noch gut vor dabei. Und das nimmt ihr jede Klasse. Das nimmt der Geschichte das Drama. Sie ist einfach ein trivialer Parasit. Du hast keine Ahnung, wovon ich rede. Stimmts?

39

Tulpe Valentin ist. Sie hat den Satz drei Mal in den Computer getippt und drei Mal wieder gelöscht. Bilder versucht. Eine grün lackierte Sitzbank, die in der Dämmerung grau wird und dann in die Nacht verschwindet. Ihr Metall keine Garantie für den Morgen, ihr Holz keine fürs Leben. Ein Pfau, der mit dem Symbol der Auferstehung, das träge Vorstellungen ihm zuschreiben, nichts anzufangen weiß und langsam verrottet, in seiner letzten Mulde. Eine Tür ohne Boden. Trotzdem. Sie wird den Satz ein viertes Mal tippen müssen. Tulpe Valentin ist müde, müde. Sie weiß nicht, wie lange sie Lu noch.

Nicht deine Liga, sagt Lu. Nicht deine Zeit. Die X-Men sagen dir nichts, stimmts?

Tulpe Valentin bringt keinen Ton hervor. Stimmt.

Aber ich glaube, die Leute, die dein Buch lesen, sagt Lu, die werden das verstehen, dass wir nicht beide von denselben Dingen sprechen können. Ich meine, bei unserem Altersunterschied. Glaubst du nicht auch? Ich meine, es tut mir leid, aber ich kann nur von dem sprechen, was ich kenn. Sonst hätts ja auch keinen Sinn. Ich denke, da gibst du mir dein Okay, wenn du drüber nachdenkst. Natürlich kommts auch drauf an, was du willst. Was du dir erwartest. Ich meine, wenns dir um die Zukunft geht, wenn du heimlich von der Ewigkeit träumst, kann ich mir ja vorstellen, dass manche Schriftsteller das machen, dass sie von der Ewigkeit träumen, von der Unsterblichkeit, dass sie so eine Art Shakespeare sein wollen. Da kann ich dir dann leider nicht helfen, dafür bin ich nicht die Richtige. Da müsstest du dir eine Hellseherin suchen, die immer schon weiß, was die Leute interessieren wird, in hundert Jahren, in zweihundert und so weiter bis in alle Ewigkeit. Das bin ich nicht. Ich meine, keine Ahnung, ob die Leute in zwanzig Jahren noch wissen, wer die X-Men sind. In fünfzig Jahren, in hundert. Also wenn du die Ewigkeit willst, dann hoff ich für dich, dass eins von deinen anderen Büchern das Zeug dazu hat. Weil dieses mit mir, da seh ich schwarz. So oder so. Weil wenn die X-Men dann keiner mehr kennt, dann wird das auch niemand interessieren, was so ein Mädel über die quasselt. Und wenn die X-Men das Zeug für die Ewigkeit haben, dann wird sich auch jeder auskennen, dann braucht meinen Senf erst recht keiner. Aber ich kann ja deswegen nicht nur die allerallgemeinsten Dinge reden, oder? Das wär ja total sinnlos. Also ich erklär dir das mit Rogue. Die ist. Sag mal, schläfst du? Hallo? Pfaufeder! Patrice!

40

Nach ihrem, wie Lu sagt, Vormittagsprogramm ist Tulpe Valentin immer, wie Lu sagen würde, fertig. Eine starke und gleichsam zugige Gegenwart. Am Nachmittag schläft sie in ihrem Zimmer. Seit sie nicht mehr hinauf muss, ins leere Zimmer, wo ihre Anwesenheit allein nie gereicht hat, wo sie oft genug auch eingeschlafen ist, im

Sitzen. Sie hätte sich diese Dummheit, die ihre Muskeln verknotete, nicht mehr oft leisten können. Vielleicht nicht mehr ein einziges Mal.

Am Abend tippt sie, was Lu gesagt hat, in den Computer. Den hat sie von Patrice. Er hat ihn aus dem Keller. Lus Mobiltelefon, das sie als Diktiergerät benutzt, liegt meistens in Tulpe Valentins Schoß. Selten liegt es in Lus Schoß. Sie nimmt es dann im Aufstehen automatisch und steckt es ein. Und es kommt vor, dass Tulpe Valentin vergisst, sie danach zu fragen. Das macht kaum einen Unterschied. Sie hat Lus Ton so deutlich im Ohr, dass, was Lu gesagt hat, wie von selbst kommt. Oder was sie gesagt haben könnte. Schon in den ersten Tagen war das so, vor Lus Handy-Idee. Oder sie nutzt die diktatfreie Zeit für Überlegungen, wie sie das alles ordnen könnte, ohne dabei aufzuräumen. Für Versuche, Lus Forderungen Genüge zu tun. Ihre Stimme in den Text zu retten. Diese Rettungsversuche oft auch, während Lu spricht. Das hört sie dann gar nicht. Erst die Aufnahme sagt ihr dann, was Lu gesagt hat. Oder eben Lus Ton in ihrem Ohr. Ihre Musik. Auch in der Nacht. Wenn sie wach liegt, ab drei Uhr früh. Dieses Zuhören kostet viel Kraft. Lu soll das nicht merken. Obwohl sie nie beleidigt ist. Obwohl Lu sich leicht aufregt, regt sie sich nie darüber auf, wenn ihre Gedanken in Tulpe Valentin andere Gedanken wecken, die sie forttragen. Nicht einmal, wenn sie einfach einschläft, vor lauter Dasein.

41

Ich schlag vor, wir machen einfach weiter mit Rogue. Aber eins sag ich dir noch: Wenn du müde bist oder müde wirst oder nicht mehr kannst oder einfach genug hast, sags mir. Gib mir ein Zeichen. Einen Herzinfarkt kann ich nämlich nicht brauchen. Ich weiß schon, dass ich mal gesagt hab, ich will nicht älter werden als achtzehn. Aber erstens hab ich mir das anders überlegt, und das hab ich auch klar gesagt, und zweitens, von einem Herzinfarkt mit sechzehn war wirklich nie die Rede. Nicht einmal der Gedanke. Glamourös hin oder her. Also bitte. Rogue. Eine wunderbare Figur. Obwohl sie keine wirkliche Hauptrolle spielt und obwohl sie ziemlich blass ausschaut, neben den ganzen Superkräften, die die anderen Figuren haben, ist sie trotzdem so was wie das Zentrum. Sie ist das Problem. Sie ist das Drama. Sie ist das Dilemma. Sie ist geschlagen mit einer Kraft, die sie nicht will. Weil, ich meine, nimm Wolverine. Der würd ja auch lieber ein normales Leben führen, aber seine Kräfte retten ihm mehr als einmal die Haut und sie retten vielen anderen ihre Haut. Sie haben ihr Gutes. Und sie kommen einfach super. Aber Rogue? Ich meine, sie ist echt heiß, aber wenn einer sie küssen will, dann sieht man ja, was passiert. Wie bei der Psycho-Jane und meinem Bruder. Nur dass es bei der nur eine Pose ist, ohne Drama, ohne Dilemma. Deshalb hab ich mir auch keine weiße Strähne färben lassen, obwohl die echt scharf ausschaut, bei Rogue. Weil das ja dann auch nur eine Pose wär. Und weil ich nicht so sein will wie die Psycho-Jane, die dich fertig macht mit einer Pose und sich auch noch gut vorkommt dabei. Du liegst da, halbtot, und die sagt, das ist schon okay. Das packt ja keiner. Und außerdem ärger ich mich. Über mich selber. Weil ich nicht versteh, wie ich bei der Psycho-Jane an Rogue denken kann. Die ist für mich echt der Hammer, Rogue. Und auf der anderen Seite die Psycho-Jane. Die hat einfach keine Klasse. Und wie komm ich da überhaupt drauf?

42

Lu schnippt zwei Mal mit den Fingern. Welche Bewegung Patrice macht, wenn er Dinge aus dem Keller zaubert, weiß Tulpe Valentin nicht. Nur dass sie dann da sind. Aus dem Keller vielleicht auch das Hochzeitsfoto. Es ist ihr, bis Lu es erwähnt hat, nie aufgefallen.

Ich habs, sagt Lu. Das Foto von Patrice. Also nicht das Foto, natürlich, aber wie ich drauf gekommen bin, auf Rogue und die Psycho-Jane. Dass nämlich Patrice von allem so viel hat und ich so wenig. Verwandte, mein ich, Familienleute. Und weißt du was? Das ist nicht nur bei mir so, sondern bei vielen, die ich kenn. Bei fast allen. Vielleicht ist das ja so eine Generationensache, keine Ahnung, ich hab mir darüber noch nie wirklich Gedanken gemacht. Bei Loretta ist es nicht ganz so. Die sagt aber immer, ihre bucklige Verwandtschaft ist ein inzestuöser Haufen. Das meint sie aber nur halbernst, glaub ich. Ich will damit gar nicht sagen, dass große Familien besser sind als kleine. Nach den Kommentaren von Patrice könnt er auf die Hälfte gut und gern verzichten. Aber immerhin hat er das Foto hängen. Das heißt ja auch was. Irgendwie normaler kommts mir halt vor. Halt mich jetzt bitte nicht für altmodisch, nur. Ach, ich weiß auch nicht. Wie ich das Foto gesehen hab und wie Patrice über die Leute geredet hat, wie er erzählt hat, da hab ich mir gedacht, so ist das irgendwie normal. Die Familie ist die Familie, und die Freunde sind die Freunde. Eigentlich ja logisch. Nur bei mir, und nicht nur bei mir, bei vielen, die ich kenn, da vermischt sich das so. Da werden irgendwie die Freunde zur Familie. Schon okay, hat auch was Gutes. Aber die Freunde, die ändern sich halt, und damit ändert sich dann auch die Familie, nur dass die Familie ja das sein sollte, das bleibt. Also wachsen, natürlich, aber nicht andauernd sich ändern. Oh Gott, ich hör mich an wie meine Großmutter, ich glaubs nicht. Also, ich red hier nicht weiter. Ich wollts nur sagen, weils mir aufgefallen ist. Und weißt du, was ich mir dann überlegt hab, im Bett? Ich weiß grad gar nicht, ob ichs überhaupt sagen soll. Also, halt dich fest, ich sags dir.

Lu muss sich, so sieht es aus, selbst festhalten, mit beiden Händen am vorderen Brett der Sitzfläche, wie ein Skispringer auf seiner Startbank.

Also, wenn ich nicht mit achtzehn sterb oder mit einundzwanzig, wenn ichs, sagt Lu, verbock, aus irgendeinem Grund, zum Beispiel, weil ich doch einen find, einen Typ, der süß ist und gleichzeitig, also. Irgendwie bring ichs nicht über die Lippen. Gehts noch bei dir? Ich muss da, glaub ich, weiter ausholen.

Lu ballt die linke Hand zur Faust und befingert mit der rechten die Stellen zwischen den Knöcheln. Ein letzter Check.

Das müsste natürlich, sagt Lu, der Richtige sein, also kein Zuckerbubi, da krieg ich nämlich einen allergischen Schock, wenn ich nur dran denk. Natürlich, auf einen Macho kann ich auch verzichten, das ist klar. Die braucht sowieso niemand auf der Welt. So einen, der dir den Arm um die Schulter legt, wenn er mit dir durch die Stadt geht, mit einem Gang, als hätt er einen Vierzig-Tage-Ritt hinter sich, und der auf die Straße spuckt. Nein, danke. Keine Chance. Aber halt einen, der weiß, was er will, und der nicht gleich Angst hat, dass er sich verkühlt, wenn er einmal seine Hauspatschen nicht findet. Keinen, der vor dir auf den Knien rutscht, verstehst du? Für mich wär nur einer was, bei dem ich, wenn ich ihn anschau, selber in die Knie gehen will. Nicht weil ich es will, sondern weil ich muss. Wolverine zum Beispiel. Bei dem denk ich immer, wenn der auftauchen würd, wenn der vor mir stehen würd, ich würd, ich weiß nicht. Mir wird echt ganz anders, wenn ich nur dran denk. Ich meine nicht den Schauspieler, oder nur ein bisschen. Diese übertriebene Schwärmerei für Schauspieler oder Sänger oder sonst wie berühmte Leute ist ja armselig. Aber ich meine den Typ, die Figur. Also wenn ich aus irgendeinem Grund doch länger leben sollt und ich würd einen Typ finden wie Wolverine, dann hätt ich gern eine große Familie. Mindestens vier Kinder, eher fünf, ungerade Zahlen find ich irgendwie besser. Und dann hab ich da so ein bisschen herumüberlegt und mir das ausgemalt. Am Abend, im Bett. Ich hab mir immer wieder selber sagen müssen, bitte, dreh jetzt nicht durch. Fünf Kinder mit Wolverine. Und dann hab ich mir die X-Men-Filme so durchgedacht und an Wolverine und seinen Blick. Und obwohl er nicht der Erste ist, den sich die meisten als Vater von fünf Kindern vorstellen, er hat so was im Blick. Er ist der Erste, den ich mir vorstell. Den ich mir wünsch. Und ich glaube, dass, wenn die Filme nicht aus wären, dass er das dann wollen würd.

Ich meine, natürlich kannst du das in einem Film nicht machen. Du kannst ja keinen Film machen, in dem einer einfach glücklich ist, mit seiner Frau und seinen fünf Kindern. Aber in echt ist es seine Sehnsucht. Oh Gott, jetzt sag ich schon Wörter wie *Sehnsucht*. Aber es kommt noch dicker. Ich würd nämlich gern mit ihnen auf ein Foto. Und mit meinen Enkeln und Urenkeln. Und bei dem Foto würd ich mich dann immer dran erinnern, wie ich ihnen ein Lied vorgesummt hab, zum Einschlafen. Meinen Kindern und dann meinen Enkeln und dann meinen Urenkeln. *Moonlight Shadow* könnt ich mir vorstellen. So ein Uralt-Song, gefällt mir total. Ist zwar nicht wirklich ein Schlaflied, aber warum sollts nicht was Heiteres sein dürfen? Von der Melodie her, mein ich. Der Text ist ja total traurig. Aber erstens würd ichs ja nur summen und zweitens gefällt mir das, also dass es heiter klingt, aber in Wirklichkeit total traurig ist. Das gefällt mir, wenn etwas nicht total zusammenpasst, es ist dann irgendwie mehr. Also achtzehn, einundzwanzig oder gleich hundert. Dazwischen mach ichs nicht. So ein Foto wie das von Patrice. Wo ich auf die Hälfte gut und gern verzichten könnt, aber die andere Hälfte, die wärs irgendwie. Wegen der anderen Hälfte. Das war irgendwie eine glückliche Vorstellung. Ich sitz friedlich in der Lounge und denk nichts Schlechtes, und auf einmal hat mich der Regen, und ich muss hundert Jahre alt werden und fünf Kinder kriegen mit Wolverine und eine Riesenfamilie auf ein Foto bringen, die gar keinen Platz hätt in einer normalen Pension. Oh Gott. Jetzt reichts aber wirklich. Ich sag nichts mehr. Ohne Anwalt sag ich dazu echt kein Wort mehr.

43

Es war auf der Mädchenschule, als sie die Liebe kennenlernte und das Verlangen. Da war sie sechzehn, Tulpe Valentin. Das Verlangen, von Männern berührt und genommen zu werden, das anfangs bei ihren Kameradinnen Kichern auslöste und Blicke, die sagten, sie sei eine Verwegene. Verhohlene Bewunderung lag in diesen Blicken. Mit den Jahren wurden die Blicke offener, die Bewunderung machte sich davon. Als sie dann in einem Alter waren, da sie allesamt von Männern berührt und genommen wurden, da konnten sie nicht verstehen, was daran so großartig sein sollte, was das mit Liebe zu tun hatte und wie einen danach verlangen konnte, das Trostpflaster zu sein, die Wiedergutmachung für irgendwelche Leiden des vergangenen Krieges. Sie hatten selbst Albträume genug. Als sie dann Volksschullehrerin war, bezahlte sie die ersten Andeutungen mit offener Verurteilung. Sie lernte schnell, gegenüber ihren Kolleginnen und Frauen im Allgemeinen den Mund zu halten. Die Männer waren nach wie vor anders. Sie vertrugen ein offenes Wort, heißes Fleisch. Mit Ausnahme ihres Ehemanns. Als sie Anfang der siebziger Jahre mit vierunddreißig ihr erstes Buch veröffentlichte, also in einem Alter, in welchem ihr Held Schubert schon unter der Erde war, die Schaufel für ihren Helden Mozart bereits angesetzt, verlangte er die Scheidung. Sie willigte ein. Keine Wut, keine Trauer, keine Fragen.

Nichts verband diese Forderung mit denen ihres Körpers, ihrer Träume, ihres ganzen Daseins in der Mädchenschule 1954. Das Schuljahr lief auf sein Ende zu und verlangsamte in der letzten Woche den Schritt, wie alles, was man ein wenig zu früh hinter sich glaubt. Die Direktorin, eine strenge Frau mit einer entscheidenden Schwäche für die Künste (die sie für harmlos hielt), hatte einen Herrn eingeladen, der mit seinem Wanderkino durch die Lande zog und die gezeigten Stummfilme selbst am Klavier begleitete. Was man später eine Projektwoche nennen würde, war damals eher eine militärische Disziplinübung. Auch war der Stummfilm nicht gerade der letzte Schrei, und die Mädchen richteten sich auf vier sterbenslangweilige Tage ein, die aber bald vergessen sein würden im Lärmen der Ferien.

Der junge Mann im schwarzen Frack, der den Film begleitete, sah aus, als wäre er aus einer anderen Zeit gekommen. Jedoch nicht aus der Zukunft, und nur für diese hatten die Mädchen, auch Tulpe Valentin, Sinn. Nach der Vorführung allerdings bat ihn die Direktorin um ein paar wenige Worte zu dem, was kommen würde, und er sprach davon, wie er einzelne Szenen mit ihnen durchgehen, dabei aber die Klavierbegleitung jedes Mal ändern werde, wie sie sehen würden, welche Unterschiede sich daraus ergäben, ja, wie sie meinen würden, gänzlich verschiedene Filme zu sehen, wie sie selbst eine eigene Begleitung erarbeiten würden, auf anderen Instrumenten, wie sie selbst Szenen nachspielen würden und wie sie und wie sie. Bis Tulpe Valentin nicht mehr verstand, was er sagte, weil er mit jedem Wort weiter aus der Vergangenheit hervortrat, aus seiner lächerlichen Verkleidung. Weil er zur Zukunft wurde, und die wollte Tulpe Valentin, wie sie nichts in ihrem Leben jemals gewollt hatte. Als er am vierten Tag seinen Abschied nahm, war sie seit zwei Tagen seine heimliche Geliebte, sein, wie er sagte, Schicksal. Das war Arthur, er war zweiundzwanzig. Er blieb noch für eine Woche in der Stadt, und es dauerte fünf Tage, bis ihre Mutter durch einen dummen Zufall oder auf den Wink eines bösen Gottes hin entdeckte, dass sie kein einziges Mal in dem Freibad gewesen war, von wo sie abends so glücklich, so leicht, so erhitzt nach Hause gekommen war. Der Vater, der seine Tochter, wie die Mutter oft behauptete, abgöttisch liebte, diese Liebe aber so gut zu verbergen verstand, dass man hätte meinen können, sie existiere gar nicht, hielt einfache Lösungen immer schon für die besten. Zwei Monate Hausarrest. Ihr gelang ein Telefonat, und der magische Apparat versprach Arthurs Berührungen und Stimme und Küsse und Stöhnen, sobald er wieder in der Stadt wäre. Da war er wirklich ganz Zukunft.

Ein Buch sagte ihr zu dieser Zeit, die Zukunft sei reine Illusion. Tulpe Valentin wurde so wütend, dass sie es zuerst zerriss und dann in den Müll warf. Die Zukunft war eine körperliche Wucht. Sie traf sie in ihrem Zimmer, im Bett, in der Badewanne, auf der Terrasse. Tagsüber, nachts. Später, nach Schulbeginn, auch im Klassenzimmer, auf der Toilette, im Bus nach Hause. Es war kein Entkommen, und sie wünschte keins. Doch bald, lange bevor Arthur nicht und nicht zurückkam, musste sie einsehen, dass das Buch Recht hatte. Und später hätte sie viel darum gegeben, sich an Titel oder Autor erinnern zu können, um es noch einmal zu lesen, um Rettung darin zu finden. Alles, woran sie sich erinnerte, waren aber die Stelle von der Zukunft und der Ärger, den ihr ihre Wut eingebracht hatte, weil es ein Buch aus der öffentlichen Bücherei gewesen war. Man unterstellte ihr unverhohlen, dass sie dem Buch wohl kein Interesse entgegengebracht und es deshalb verloren habe. Wäre sie nicht als

Mädchen geboren worden, das ausgerechnet 1954 sechzehn Jahre alt war, sondern nur etwas später, zehn Jahre hätten vielleicht genügt, sie hätte das Donnerwetter, das in ihr wütete, auf den Wicht am Entlehntisch losgelassen, der dann vielleicht auch keinen Anzug getragen hätte, der nicht hätte aussehen müssen wie ein Sektionschef oder ein verhinderter Bundeskanzler.

44

Also ich hab, sagt Lu einmal, drüber nachgedacht, über die X-Men und darüber, dass es normal ist, dass wir nicht über dieselben Dinge reden können, bei unserem Altersunterschied. Ich finde das eigentlich gar nicht mehr. Wir verwenden halt andere Beispiele oder, ich weiß auch nicht, wie ich sagen soll, andere Leben. Das muss ja so sein. Aber es sind nicht total verschiedene Dinge. Weil wir ja sonst schon längst aufgehört hätten, oder? Wir hätten uns ja nichts zu sagen. Ich meine, auf den totalen Überblick kann ich auch verzichten. Aber wenn ich dich gar nicht verstehen würd, das wärs irgendwie auch nicht. Da würd ichs hinschmeißen, und wenn ich hundert Mal nichts Besseres zu tun hätt. Ist dir das zu konfus? Also, ich meine, wie ich das gesagt hab, da bin ich irgendwie ins Denken von meinem Deutschlehrer gekippt. Von beiden eigentlich. Vom Essel und von der Thalhofer. Dass mich da nicht sofort der Blitz getroffen hat. Das wär echt hilfreich, manchmal, dass einen sofort der Blitz trifft, wenn man nur was nachredet, was man aber selber gar nicht ist. Grad dass ich nicht gesagt hab, du musst dich *einbringen*, du musst das *umlegen*, auf deine *Situation*. Ich pack mich selber nicht. Grad dass ich dir nicht so einen Zettel geschrieben hab, mit rotem Kugelschreiber. *Liebe Tulpe Valentin, hier wäre es darum gegangen, dich in eine andere Existenzform hineinzuversetzen.* Oh Gott. So bin ich aber echt nur in meinen ärgsten Momenten drauf, normalerweise bin ich nicht so. Hoff ich zumindest. Ich bräucht echt so einen Blitz, zur Sicherheit. Ich wollt eigentlich nur sagen, dass, wie ich gesagt hab, du hast keine Ahnung von den X-Men, da hab ich nicht gemeint, du hast keine Ahnung von mir. Oder zumindest mein ich das heute nicht. Ich meine, du hast sogar eine ziemliche Ahnung. Wollt ich nur sagen.

45

Sie war achtzehn, im Mai, in der letzten Klasse, als das Telefon doch klingelte. Sie wusste sofort, dass es Arthur war, und wie sehr es Arthur war, nahm ihr allen Halt. Sie zitterte und bebte und schepperte im Durchzug der Lebensgeister. Er werde in zweieinhalb Monaten wieder hier sein, dann würden sie heiraten. Das sagte sie auch ihren Eltern. Die Mutter weinte, der Vater nicht. Vielleicht war es die knapp bevorstehende Aufgabe ihres Familiennamens, die Tulpe Valentin an eine Erzählung ihrer Mutter denken ließ. Vielleicht dachte sie auch gar nicht daran, und die Erinnerung trifft sie erst heute. Wenn wir schon Valentin heißen, habe der Vater anlässlich ihrer Geburt gesagt, dann braucht unsere Blume auch einen passenden Vornamen. Es kam nur Tulpe in Frage. Rosen sind was für englische Königinnen, und Orchideen sind für die Angeber aus der Stadt. Der Pfarrer sei nicht begeistert gewesen. Aber, habe der Vater entgegnet und mit der Faust auf den Tisch geschlagen, dem Herrgott wirds reichen, wenn einer sein Kind liebt und wenn einer seinem Kind nur das Beste wünscht. Der Pfarrer habe den Herrgott nicht ungnädig darstellen wollen, mit dem Vater einen Schnaps gekippt und seinen Segen gegeben. In dieser Geschichte kann Tulpe Valentin ihren Vater nicht finden, auch wenn die Bemerkung über Rosen und Orchideen ganz nach ihm klingt, auch wenn der Schlag auf den Tisch die Echtheit verbürgen soll. Vielmehr findet sie einen Mann, wie ihre Mutter ihn gern geheiratet hätte. Dass sie aber diesen Mann geheiratet hat, mag mit ein Grund dafür sein, warum Tulpe Valentin (damals vielleicht, heute bestimmt) an die Erzählung der Mutter denken muss, die keine Frau war, die Geschichten erfand.

Der Vater weinte also nicht. Er schlug auch nicht mit der Hand auf den Tisch, sondern verließ diesen und das Zimmer fluchtartig, und als er zurückkam, sprach er nicht von Vornamen und wollte nichts wissen von romantischer Liebe. Zwei Häuser weiter lebte der sechsundzwanzigjährige Manfred Stricker noch bei seinen Eltern. In der örtlichen Bank machte er sich als Sohn des Bürgermeisters wichtig und Karriere. Der Bürgermeister nahm üppige Bestechungsgelder für die Umwidmung von Grundstücksflächen, der Sohn vergab dafür die Kredite und weitere für die Errichtung von schmucken Einfamilienhäusern auf dem neu geschaffenen Bauland. Eine respektable Partie. Im Juli waren Tulpe Valentin und Manfred Stricker verheiratet. Wenn im Haus der Schwiegereltern das Telefon klingelte, war nie Arthur am anderen Ende der Leitung. Sein Wanderkino war nicht öffentlich, es wurde von Schulen und Damenkränzchen und Altersheimen gebucht. Die Flugzettel waren von einer missgünstigen Fee verzauberte Brieftauben und fanden niemals den Weg zu ihr. Jetzt war er wirklich Zukunft.

Manchmal schluckt Tulpe Valentin. Wie vollkommen unwahrscheinlich die ersten Marken ihrer frühen Erwachsenenjahre heute dastehen, vor den Jungen, gleichzeitig als simple, vernachlässigbare Größe. Es brauchte nur zwei Generationen, und doch ihr halbes Leben.

46

Ich bin aber auch nicht so drauf, so auf, los, du schaffst es! So auf, du musst dein Leben beim Schopf packen, oder verpass dir selbst einen Tritt in den Hintern. Das, sagt Lu, bin ich nicht. Das ist Großmutterdenken. Ich meine, es gibt schon Leute, die das heute denken, Leute, die so alt sind wie ich, aber es ist trotzdem Großmutterdenken. Tritt in den Hintern, das ist ja Großmuttersprache. Wenn das einer sagt, in meinem Alter, das ist dann ja Nachquaken. Ich sag das nicht so, weil ich es auch nicht so denk. Nimm zum Beispiel Jean. Da kenn ich ein paar Leute, die sagen würden, der versinkt ja in Selbstmitleid. Die ihm sagen wollen, was ist denn mit dir? Verpass dir halt selbst einen Tritt in den Hintern! Raff dich auf! Pack deine Sachen! Du willst nach Paris? Dann geh nach Paris! Heul nicht herum, sondern geh! Das sind die Leute, die reden so vom Schaffen. Die sagen, der und der hats geschafft. Die haben so eine Vorstellung, dass man das Leben *schaffen* kann. Ich hab so eine Vorstellung nicht, ich denk nicht so. Ich meine, so eine ständige Jammerei, die kann ich auch nicht brauchen. Aber der Jean jammert eh nicht, er heult ja nur allein zu Hause. Das geht ja niemand was an. Wenn da einer kommen würd und sagt, Jean, du Jammerlappen, verpass dir halt selbst einen Tritt in den Hintern und geh nach Paris, und der Jean würd das machen, also er würd wirklich nach Paris gehen, was hätt er denn dann geschafft? Dann würd er in seinem Pariser Salon stehen und von sich selber als Jean reden und das Waschbecken *Lavabo* nennen, und er würd verschwinden, niemand würd ihn mehr sehen können, den Jean an seinem Lavabo, er würd sich auflösen, er würd überhaupt nichts mehr bedeuten, er wär so gut wie tot. Das ist es nämlich, was man ist, wenn die Leute von einem sagen, man hats geschafft, so gut wie tot. Ich will mich hier echt nicht wegphilosophieren, aber ich denke, dass viel mehr Kraft dazugehört, dass du ein Friseur bist, der gern in Paris wär, als dass du einfach ein Friseur in Paris bist. Oder nicht? Ich meine, dann kommen die Obergescheiten und sagen, leb deinen Traum. Ja, bitte, was soll denn das? Was dein Hirn quasselt, wenns müde ist, das sollst du leben? Natürlich hat jeder seine Träume, und da hat auch jeder mein Okay. Aber das Echte, das ist was anderes. Das Echte ist nicht, wenn dein Traum wahr wird, sondern wenn du da bist und Träume hast. Das prickelt ja ganz anders, oder? Das macht ja das Leben aus, diese Schwebe. Jetzt philosophier ich mich echt weg, tut mir leid. *Schwebe*? Hab ich das bei dir gelesen? Passt aber, die Schwebe zwischen dem erfüllten Traum und dem Aufgeben. Also, wenn wir sagen, oben ist der langweilige Friseur, der in Paris ist, und unten ist der Friseur, der seinen Traum von Paris aufgegeben hat, dann ist die Schwebe, also der Friseur, der gern in Paris wär, am interessantesten. Das prickelt, find ich. Das mit der Kraft nehm ich zurück. Die Kraft ist nämlich auch so ein Großmutterideal. Wenn man nur seine ganze Kraft in etwas gesteckt hat, dann ist es gut. Das ist ja der totale Unsinn. Da denk ich an einen, der mit Verstopfung am Klo sitzt. Ich meine, wenn du ein Buch schreiben müsstest, über einen Friseur, wär das dann einer, der es mit aller Kraft nach Paris schafft, also einer, der seine Verstopfung los wird, oder einer, der nur nach Paris will? Also einer, der nicht aufgeben darf, der aber zwischendurch immer wieder lockerlassen muss. So eine Art Seinlassen.

47

Ihr liebstes Buch ist das siebte, *Boogie in Timbuktu.* Ein Folterknecht verzweifelt an seinem Gefangenen. Die Lagerleitung setzt ihn unter Druck. Er zieht alle Register. Sein, wie er denkt, Programm mit dem Gefangenen ist die Summe und der Höhepunkt, wie er denkt, seiner Kunst. Er scheitert und greift auf den plumpen Trick der Nichtskönner und Dilettanten zurück, sagt dem Gefangenen, sie hätten seinen Sohn in ihrer Gewalt. Nur weiß dieser da nichts mehr von einem Sohn, und der Folterknecht tanzt am Ende über den Hinrichtungsplatz seinem eigenen Tod entgegen.

Es ist ein Buch ohne Frauen. Alle Figuren sind Männer, es wird nur über Männer gesprochen, und auch in den Erinnerungen tauchen nur Männer auf. Selbst in den Fantasien, in den sexuellen Delirien. Die Herausforderung lag für Tulpe Valentin darin, den Leser möglichst lang nicht merken zu lassen, dass die Frauen fehlen. Es sollte sich das Gefühl einstellen, dass etwas fehlt, ohne dass man aber sagen könnte, was. So wie wir mitunter das Gefühl haben, etwas entziehe sich unserer Wahrnehmung. Weil wir aber dafür keine Worte haben, können wir es auch nicht benennen. Sie wollte eine Welt schaffen, in der es für die Frauen kein Wort gibt. Wie in der letzten Strophe dieses Liedes: *Der Mond ist aufgegangen.*

So legt euch denn, ihr Brüder,
In Gottes Namen nieder;
Kalt ist der Abendhauch.

Und so weiter. Inwieweit das gelungen ist, will sie selbst nicht beurteilen, aber es ist ihr liebstes Buch.

Du bist echt ramponiert, sagt Lu. Da kann ich mir meinen Friseur in die Haare schmieren.

48

Sie wurde Volksschullehrerin.

Sie wurde Mutter.

Sie wurde Mutter und Volksschullehrerin.

Ihre Liebhaber fanden sie überall, sie konnte nicht ohne. Wollte auch nicht. In knappen Abständen, die ihr viel zu weit auseinanderlagen. Jede Zwischenzeit drohte mit Auflösung. Sie begann zu schreiben, kurze Skizzen, lose Szenen, Zeitbrücken zuerst, die immer mehr ihr Dasein bestimmten. Sie fühlte sich von ihren Versuchen umspült und gleichzeitig innerlich ausgefüllt. Wenn sie etwa eine Straße beschrieb, die sie mit einem Liebhaber entlanggegangen, entlanggeeilt war, dann war auch er da, selbst wenn er in der Beschreibung gar nicht vorkam, wenn der Satz selbst nur die Straße hatte. Sie hatte dann die Straße und den Liebhaber. Mehr sogar, stärker als im Moment des Erlebens. Berückender, gleichzeitiger, lauter getroffene Ziele. Sie konnte es nicht genau sagen und kann es heute noch nicht. Ihr Weiterschreiben war aber zumindest zum Teil der anhaltende Versuch, hinter das Geheimnis zu kommen. Mit der Handkante am glatten Papier griff sie in die haarige Brust. Sie wusste, jede beliebige Tätigkeit hätte (und hat mitunter) ähnliche Vorstellungen geweckt, so sehr wie sie es wollte. Nur wie das dann weiterging, der feste Griff an ihren Hüften, in ihrem Nacken, der Druck unter ihrem Kehlkopf, die vertikale Sturmböe, die sie durchfuhr, wenn er ihr die Tür aufhielt, und sie noch für einen Moment (ohne Zeit, ohne Möglichkeit) zögerte, der horizontale Zerrwind, wenn sie dann das Hotel verließ, dazwischen Atemströme aus allen Richtungen und ein schwereloses Rudern in Armen und Beinen, wie wenn ein Mensch im Wasser versinkt, mit einem köstlichen Betonblock im gekrümmten Kreuz. All das gleichzeitig oder jedenfalls außerhalb der erlebten Ordnung. Ihr Schreiben wurde ihr selbst zum Liebhaber. Es wollte diejenigen aus Fleisch und Blut nicht ersetzen, aber es wurde ihnen zum leuchtenden Modell, zum strahlenden Rivalen, es konnte sie antreiben und anfeuern zu unerhörter Dringlichkeit und entzündlicher Gegenwart.

Über Jahre blieb es dennoch bei recht rasch wieder weggeworfenen Versuchen. Zu sehr kannte Tulpe Valentin, die sich von der Musik im Schreiben unterrichten ließ, nur das breschende Tempo, nur den rasenden Rhythmus, nur den aufheulenden Ton. Bis sie tief genug vorgedrungen war, dorthin, wo Dauer und Raserei nur gemeinsam überleben konnten. Eine Atemschule. Ihr erstes Buch, über die Nachmittage einer nicht mehr ganz jungen Frau in einem Pornokino beim Bahnhof, brachte ihr – nein, nicht Freiheit. Ihr Ehemann war für sie nie Wirklichkeit genug geworden, als dass er ihre Freiheit hätte einschränken können. Aber es brachte ihr etwas, wofür sie bis heute kein Wort hat, was aber viele Freiheit nennen würden. *Der Staubmantelpalast.*

Zweihundertdreiundsiebzig Seiten Unmoral, sagte ihr Ehemann.

Sie lachte, weil das aus seinem Mund klingen musste wie ein Kompliment. Immerhin waren zwei der drei Wörter seines kurzen Satzes sein Lebensinhalt. Zahlen und Unmoral.

Wenn auch er seine guten Seiten haben musste, die Tulpe Valentin verborgen blieben, weil sie ihr gleichgültig waren, so zählte Humor nicht dazu. Spaß hatte er früher schon keinen verstanden und jetzt erst recht nicht. Ihr Vater hätte sich das Leben genommen, wäre er nur etwas weniger mit beiden Beinen darin gestanden. Und er hätte sie – wie angedroht – erwürgt, hätte er seine Tochter tief im Innersten nicht abgöttisch geliebt.

Die Scheidung verlief reibungslos. Manfred Stricker war kein Mann, an dem sie sich reiben konnte. Sie nahm mit ihrer dreizehnjährigen Tochter eine Wohnung in der Stadt. Sie schrieb ihr zweites Buch, *Sommer der Unschuld.* Wenn sie sich später einen stillen Vorwurf gegenüber ihrem ersten Ehemann erlaubte, wenn sie so viel Erinnerung aufbrachte, wie für einen einzigen Vorwurf nötig ist, dann ging es darin um die Leichtigkeit der Trennung, um den glatten Strich durch einen gedankenlos hingeschmierten Satz. Wäre sie nur etwas komplizierter verlaufen, hätte es nur die geringste Komplikation gegeben, sie hätte mit dem Blut, das nicht aus dem Kreislauf zu bekommen war, einen kurzen Rachegedanken färben können, anstatt schlecht erfundene Figuren damit zu beleben, nur um sie trivialen Verbrechen zu opfern. Ein paar wenige wunde Stellen hätten genügt, das Ziehen in einer Fieberblase, ihr wäre das zweite Buch, ihr falsches Buch, vielleicht erspart geblieben.

In jener ersten Zeit in der Stadt ging sie jeden Abend mit ihrer Tochter in die Konditorei am Ende der Straße. Die Tochter bekam eine Cremeschnitte und ein Pago Marille, sie selbst nahm einen Birnenschnaps, vielleicht einen doppelten. Einmal saß am Nebentisch ein sehr alter Herr. Er hatte die Zeitung auf dem kleinen Tisch aufgeschlagen, zitterte mit einer Lupe über das leicht gewellte Papier, das er immer wieder mit der Nase streifte, so tief hatte er sich hinuntergebeugt, und bewegte die Lippen, als blubberte er die Nachrichten vor sich hin, für deren Verständnis das Lesen allein nicht ausgereicht hätte. Dann klopfte die Metallfassung der Lupe gegen das Papier, die Aufregung des erfolgreichen Forschers. Er drückte die Lippen fest auf das Foto der nackten Frau. Seine Mundbewegungen waren die Vorbereitung für den Kuss gewesen, die Einübung ins Abschmatzen des Zeitungspapiers, beschwörende Erwartung, ein letzter Rest von Sorge, er könnte auf einer falschen Fährte gewesen sein.

Tulpe Valentin und ihre Tochter lachten gleichzeitig, nein, gemeinsam. Es war nicht immer eine leichte Zeit, aber es war ihre gemeinsame Zeit.

An jenem Abend in der Konditorei entdeckte Tulpe Valentin mit einer neuen Methode ihr eigentliches Schreiben. Zum ersten Mal begann sie einen Roman nicht mit dem Hauptthema, mit dem Ausrollen einer Handlung, sondern mit einem Bild. Mit einem Bild, das für den Text die lebensspendende Sonne war und auch wenn es unter den anderen Bildern später kaum noch zu sehen sein sollte, brachte es doch genau solche Wesen und Sätze hervor, wie sie in seinem Licht gedeihen konnten. Ihr Schreiben wurde organischer, die Geschichte war nicht länger eine, die sie erzählen wollte, sondern die, die sie erzählen musste. Das Drängen ihrer Liebhaber wurde stärker. Sie spürte sich nun öfter im Griff zweier Männer, wozu sich im Erleben der tatsächlichen Hotelzimmer nur wenige und nur selten überreden ließen. So schrieb sie *Die Futtersucher* und – mit Ausnahme des vierten und jetzt auch des neunten, deren Sonnen ihr eigentliches Wesen, nämlich ein Zentrum zu sein, nicht verbergen konnten – alle anderen ihrer Bücher. Das vierte war *Als ich dich kannte*. Es hatte als Buch über Arthur begonnen und ihn, obwohl er auf halber Strecke den Tod im Feuer fand, bis zum letzten Punkt nicht mehr aufzugeben vermocht. Sie schrieb es im ersten Jahr ihrer Ehe mit Oliver Kapp.

Die Kinder- und Jugendkulturtage in irgendeinem Kaff bildeten für die Buben und Mädchen ihrer vierten Klasse den krönenden Abschluss der Volksschulzeit. Sie selbst erhoffte sich dort – und die Erfahrung aus ähnlichen Veranstaltungen gab ihr guten Grund dazu – Liebhaber, Liebhaber. Als sie Oliver, der mit seiner Gymnasialklasse dort war, zum ersten Mal sah, verliebte sie sich sofort in ihn, und wenn sie das Verlangen auch zu erkennen glaubte, so ging dieses Feuer doch von einem neuartigen Glosen aus, vom Wunsch, jemanden festzuhalten, der selbst gar nicht wegwollte oder wegmusste. Als sie ihn 1976 heiratete, war er, acht Jahre jünger als sie, gerade mal dreißig. Ihr Vater fragte sie nicht, was sie von ihm wollte. Das Leben hatte vor Längerem schon eine seiner alles verkehrenden Rochaden ausgeführt, an die Stelle der Angst der Tochter vor seinen Fragen war die Angst des Vaters vor ihren Antworten getreten. Aber er fragte sich selbst, was dieser Mann von seiner deutlich älteren Tochter wollen könnte. Das Schlimmste befürchtend, eine Krankheit, eine Störung, gab er die Frage schließlich an Tulpe Valentin weiter, als väterlichen Rat, der wie überflüssig daherkam, in der Hoffnung, irgendwo doch etwas zu lockern im Gefüge der vollendeten Tatsachen. Du solltest dir das vielleicht überlegen, sagte er. Zumal. Ihr Vater hatte viel dazugelernt. Musste sie zugeben, wie Lu sagen würde. Er, würde Lu sagen, haute immer noch daneben, aber nicht mehr voll und nicht mehr gleich zu Beginn des Gesprächs. Ja, unausgesprochen. Großartiger Gedankenleser, würde Lu sagen, musste man trotzdem keiner sein. Zumal also seine Tochter auch nicht gerade schön war. Also keine Schönheit, die mit knapp vierzig aussah wie Mitte zwanzig, und so einen Mann durchaus kurz verwirren konnte, bis er dann höchstens zehn Jahre später doch zur Besinnung kommen und eine Jüngere finden würde. Die Mutter weinte heimlich. Dieselben Gedanken in anderem Aggregatszustand.

Oliver Kapp suchte oder fand keine Jüngere. Ihre Liebhaber fanden Tulpe Valentin, die sie brauchte, weiterhin. Es geschah dies nicht immer in völliger Offenheit, aber doch ohne große Lügen und war nicht schwer. Schwer ist nur ein Absatz über beinahe zwei volle Jahrzehnte kaum je getrübter Harmonie. So kann man ja kein Buch schreiben, würde Lu sagen. Nicht einmal einen Absatz, weiß Tulpe Valentin. Den Wert für andere Sätze hatte sie dagegen auf Anhieb erkannt. Das Buch über Arthur hätte anders nicht entstehen können, und auch die vier Bücher, die noch folgen sollten, waren so nur möglich mit diesem Mann zu Hause an ihrer Seite. Er war wild und sanft und voller aufrichtiger Bewunderung, alles im rechten Moment. Er war da, ihr Schreiben wurde waghalsiger. Nicht frei vom Pathos der sicheren Höhe, aber ohne sein Netz wäre sie immer nur auf dem Boden geblieben.

Im Frühherbst 1995, ihr achtes Buch, *Fast die ganze Geschichte*, stand kurz vor der Auslieferung, ließ sich ihre Tochter zu einem Treffen überreden. Tulpe Valentin saß vor ihrem zweiten, vielleicht dritten Martini, ihre Tochter immer noch vor ihrem ersten und einzigen Orangensaft. Ein Gespräch wollte nicht zu Stande kommen, die gemeinsame Sprache reichte nicht aus. Wie zur Illustration machte jemand in ihrem Rücken eine Ankündigung. Der Singsang verwaschen von Sch-Lauten, immer wieder klackend unterbrochen, weil das Mikrofon nicht richtig funktionierte, Japanisch für Tulpe Valentin. So mussten ihre Worte klingen im Ohr ihrer Tochter. Die Leute klatschten, sie klatschte mit, sie hatte keine Ahnung, worum es ging. Sie beklatschte ihre eigene Niederlage, dachte sie noch. Film ab, das Klavier setzte ein. Sie drehte sich nur um, weil ihre Tochter dauernd auf die Leinwand starrte, und weil in der Richtung des Blicks allein schon das Maximum an Gemeinsamkeit lag.

Tulpe Valentin erkannte Arthur sofort, so wie man auch Jesus mit Kurzhaarschnitt erkennen würde, solange er nur am Kreuz hing. Sie erkannte ihn am Klavier, an seiner Passion. Er war Nosferatu, er war der Schrecken, den dieser verbreitete, und das Schiff kam durch den Nebel auf sie zu. Sie wurde schnell, viel zu schnell selbst dieser Nebel. Später hatte sie kein Gefühl für die Zeit, die sie noch am Tisch geblieben war, sie hatte keine Erinnerung daran, wie oder ob überhaupt sie sich von ihrer Tochter verabschiedet hatte. Sie konnte die Worte ihres Wiedersehens nicht wiederholen, als wären sie beide, Arthur und Tulpe Valentin, nur für diesen Moment des Japanischen mächtig gewesen und hätten es anschließend sofort wieder und gänzlich verlernt. Sie wusste nicht, wie sie das Lokal verlassen hatten, und ihre erste halbwegs bewusste Handlung war, dass sie am nächsten Morgen im Hotelzimmer, während er noch schlief, sagte: Es ist also wahr. Die Überraschung immer noch heftig.

Sie kehrte nie mehr in ihre Wohnung zurück. Ihren Mann sah sie erst wieder und zum letzten Mal, als sie ihre Unterschrift auf die Scheidungsdokumente setzte. Sie hatte ihn wohl angerufen, am Morgen des überraschten Erwachens. Arthur ist zurück, sagte sie. Bitte erledige du die Formalitäten. Leb wohl. Er verstand. Er kämpfte nicht. *Als ich dich kannte*, als einziges ihrer Bücher, trug eine Widmung: *Für Oliver, den Anwesenden.*

In jenem Frühherbst 1995, da sie ihre damals sechsunddreißigjährige Tochter zum letzten Mal gesehen hatte, da sie nach neunzehn Jahren Ehe von ihrem zweiten Mann geschieden wurde, da ihr achtes Buch erschien, war sie siebenundfünfzig. Die Ehe mit Arthur währte neunzehn Monate, in dieser Zeit waren sie vielleicht siebzig Tage zusammen. Wenn man einen Fehler erkannt hat, muss man, sagte er, ihn sofort korrigieren, sonst wird man sein Besitz. Die Korrektur war Tulpe Valentins dritte Scheidung, Arthurs erste. Alles andere wäre, sagte er, eine Gemeinheit.

Trotz Korrektur blieb alles andere im Leben Tulpe Valentins eine Gemeinheit, sie war weiterhin der Besitz ihrer Fehler. Die Liebhaber blieben aus, die Männer mieden sie. Wie ein giftiges oder übel schmeckendes Insekt trug sie eine Warnzeichnung, die der gescheiterten großen Liebe. Zur Erhöhung der Überlebenschancen – wider Willen. Sie schrieb keine Zeile mehr, außer den Briefen an ihre Tochter, die die einzige Leserin, die sie suchten, wohl nicht erreichten. Ihre Tage und Jahre waren eine Nullzeit. Bis sie hierher kam, in die Pension *Zur Schönen Gegenwart*, zu ihrem neunten Buch, zu Lu, dem Ende der Gemeinheit. Vielleicht.

49

Dass Tulpe Valentin nicht mehr aus dem Bett fällt, weil ihr Körper sich das bei der neuen Höhe nicht mehr traut oder weil ihre Beine, wenn ein Traum ihren Körper dazu überredet, seine Bedenken und damit sich selbst doch über Bord zu werfen, von selbst nach unten baumeln und so vor dem Rest, diesem alten Sack, aufwachen und Halt finden, im letzten Moment, auch das ist schon vorgekommen, ein, zwei Mal, auch das verdankt sie Patrice. Dass ihre blauen Flecken, am Backenknochen, am Beckenrand, an der Außenseite des Oberschenkels, nicht wieder aufblühen müssen. Das Knie wird natürlich nicht mehr besser. Sie weiß oft nicht, ob er wirklich da ist, wenn sie ihn von hinten an dem kleinen Tisch stehen sieht, wie er den Whisky vorsichtig, aber gekonnt in leere Eisteeflaschen füllt. Die Ergebnisse sind aber nicht zu leugnen. Die Eisteeflaschen stehen da, schönstes goldenes Braun. Das Bett steht erhöht auf vier großen Ziegelsteinen, Patrice hat sie aus dem Keller. Er hat alles, was er braucht, aus dem Keller. Das Hochzeitsfoto, den Computer. Wer bitte, würde Lu sagen, hat im Keller einen Computer? In einem Keller, wie man ihn sich hier vorstellt? Der Erdboden ständig feucht, manchmal von einem dünnen Flüssigkeitsfilm bedeckt. Staubige Spinnweben in allen Winkeln, manche sind vom Ruß schwer geworden und hängen in langen Fäden von einem Holzbalken oder sonst einem Träger. Mit jedem Schritt bröckelt irgendwo etwas ab. Alter Putz, in derselben Farbe wie Tulpe Valentins angeschlagener Oberschenkel. In so einem Keller, der feucht und staubig zugleich ist, dunkel und blühend, findet Patrice alles, was er braucht. Was Tulpe Valentin braucht, was Lu braucht, was alle brauchen. So wie James Bond von Q immer genau diejenigen Zauberspielzeuge bekommt, die ihn später retten werden. Nie bleibt eines übrig. Es will Tulpe Valentin manchmal erscheinen, als hätte Patrice die gesamte Pension im Keller gefunden, mit Bänken und Pfauen und allem. Am Ende der Geschichte, welcher Geschichte auch immer, wird der Keller leer sein, wie das Zimmer des kranken Nachbarn. Alles wird aufgebraucht sein.

Der Dämmergedanke überrascht sie kaum, sie muss davon nicht richtig wach werden. Dass sie ihn hätte erfinden müssen, gäbe es ihn nicht, Patrice. Ohne ihn wäre alles hier unmöglich. Und wäre sie ihr nicht begegnet, sie hätte auch Lu erfinden müssen. Ohne Lu hätte ihr Aufenthalt in der Pension *Zur Schönen Gegenwart* keinen Sinn, ihre letzten Tage in der Pension von Patrice, den sie hätte erfinden müssen.

50

Loretta hat das schon mal gesagt, dass wir uns manches falsch vorstellen. Also, dass wir uns manche Dinge überhaupt nicht vorstellen können. Ich meine, eine Volksschullehrerin. Ich packs nicht, mein Gott. Ich weiß noch, wie die Loretta das gesagt hat, also wann und wo. Wir sind im Park gesessen, auf einer Bank. Loretta, Solveig und ich. Die Solveig hat gesagt, ich hab was für dich, und eine Tafel Schokolade aus der Handtasche geholt. Die hat sie von ihrer Tante bekommen. Die Tante weiß genau, dass Solveig keine Schokolade mag. Sie hat keine Ahnung, Solveig, was die Tante damit bezweckt. Und die Solveig weiß genau, dass ich Schokolade liebe, aber total. Irgendwie komisch, oder? Das sagt schon was aus über die Menschen. Ich meine, beide wissen etwas, die Solveig und ihre Tante, und die eine macht aus dem Wissen eine Gemeinheit, und die andere macht daraus eine Freude. Man kann so sein oder so. Man hat schon die Wahl. Ich meine, immer darf man sich nicht wundern, wenn man irgendwann allein dasteht und vergessen. Jedenfalls war das eine Schokolade mit ganzen Haselnüssen, meine Lieblingsschokolade. Loretta mag keine Nüsse, außerdem ist sie allergisch. Sie sagt, das verdankt sie ihrer buckligen, inzestuösen Verwandtschaft, dass sie gegen fast alles eine Allergie hat. Wir sind also auf der Bank gesessen, im Park, haben irgendwas geredet, und ich hab die Schokolade gegessen. Die ganze Tafel. Und zwar mach ich das bei Ganznussschokolade so, dass ich ein Stück abbreche, die Schoko im Mund schmelzen lass und die Nüsse zwischen Wange und Zähnen aufspare. Ich will immer so viele Nüsse wie möglich sammeln. Vielleicht war ich ja im früheren Leben ein Eichhörnchen. Oder ein Pelikan, und ich bin umgestiegen, von Fisch auf Nuss. Also gut, ich hab die Nüsse gesammelt, und zwar alle bis auf eine, die ich versehentlich verschluckt hab. Meine Wange muss ausgesehen haben wie ein Geschwür. Es waren sicher zwanzig Nüsse, eher mehr. Sehr sexy, hat Loretta gesagt. Und natürlich muss ausgerechnet in dem Moment der Moritz daherkommen. Das war kurz vor unserer verunglückten Schulschwänzaktion, da war er noch mein Wolverine. Ich zieh natürlich sofort die Wange ein und drück die Nüsse in die Mitte vom Mund, also auf die Zunge, auf den Platz zwischen Zunge und Gaumen. Die Solveig lacht, dass ihr die Tränen kommen. Der Moritz fragt, alles in Ordnung, Ladies? Ich kann nichts sagen, ich kann ja nicht sprechen. Ich mach nur, mhm. Die Solveig sagt, sagst du gar nicht Hallo zum Moritz, Lu? Ich denk mir, ich bring sie um. Ich remple sie an, aber ordentlich. Der Moritz denkt natürlich, es ist wegen ihm, dass die Solveig so lacht. Ich wünsch ihr, dass sie sich anpinkelt, damit ich auch was zu lachen hab. Loretta sagt, ich fürchte, Moritz, du verschlägst unserer Lu die Sprache. Ich will ihr sagen, sie soll den Mund halten, aber ich merk, dass ich auch lachen muss. Dem Moritz ist gar nicht wohl, das sieht man. Ich kau meine Nüsse so unauffällig wie möglich, der Moritz sagt, na dann, und will gerade gehen, da merk ich, ich kann das Lachen nicht mehr halten, ich kau um mein Leben, aber es hilft nichts. Ich pruste ein paar Nusssplitter heraus, so mit Speichel verklebte Splitter, super appetitlich, aber ich hab keine Chance, dem Moritz auf die Schuhe. Ich krieg Angst, ich weiß schon, was kommt, ich kann mich nicht halten, der Moritz sagt Mahlzeit und geht, mir kommt der Schlatz aus den Nasenlöchern. Ich heule vor Lachen, ich hab das Gefühl, die Nusssplitter schwimmen sogar in den Tränen. Wahrscheinlich war es wirklich so. Pfaufeder, sag ich, ihr seid echte Pfaufedern. Jedenfalls sind wir dann draufgekommen, das war das Werk von der Tante. Das war ihre Schuld. Das war überhaupt ihre Absicht, so eine peinliche Aktion, weil die Schokolade nämlich verflucht war. Weil sie es nämlich nicht ertragen kann, hat Solveig gesagt, dass andere. Na ja, die findet ja keinen Mann, so wie die drauf ist, so eine Volksschullehrerin. Tut mir leid, das haben wir halt gedacht. Loretta nicht. Die hat gesagt, da wär sie sich nicht so sicher, das können wir uns nur nicht vorstellen. Aber sie wettet, wenn die Tür zu ist und die Hose unten, dann geht die so richtig ab. Ich hab gedacht, jetzt stirbt die Solveig wirklich, jetzt kriegt sie gleich einen Herzinfarkt vor lauter Lachen. Die will alle für sich allein, hat sie gesagt oder eher gewiehert, das wirds wirklich sein. Die kriegt überhaupt nicht genug, hat sie gesagt. Die Tante. Das ist es nämlich, hat Loretta gesagt, dass da ein paar nicht genug kriegen, von denen wir uns das nur nicht vorstellen können. Tut mir leid, ich bin echt daneben. Du darfst das nicht. Also, das ist nicht. Das war für dich vielleicht mit sechzehn auch komisch, so Vorstellungen. Also, ich hab jedenfalls an den Ornig denken müssen, an meinen Volksschuldirektor, wie das ist, wenn der kuschelig wird oder heiß. Muss ja auch. Aber. Pfaufeder, ich bin echt daneben, tut mir leid.

51

Die Direktorin der Volksschule Blindengasse hieß Ernestine Worthner. Mit so einem Namen, hätte Lu gesagt, kannst du nur Direktorin werden oder Puffmutter. Letzteres hätte sie zurückgezogen. Das musst du streichen, hätte sie gesagt. Ein loses Mundwerk und ein Hang zur Zensur treten bei Lu öfters gemeinsam auf. Das will Tulpe Valentin auch an anderen Jugendlichen aufgefallen sein. An der heutigen Jugend, will sie denken. Die aber nichts damit zu tun hat, dass sie die Sätze ihres neunten Buches tippt. Da hatte Lu Recht. Dass sie dieses Buch schreibt, weiß sie, hat nur zu tun mit Lu.

Während ihrer Laufbahn als Lehrerin wurde Tulpe Valentin gezählte vier Male allein ins Zimmer der Direktorin bestellt. Einmal bei ihrer Einstellung, einmal anlässlich der Pensionierung einer Kollegin, da hatte sie wegen eines Krankenstands nicht an der Gruppenbesprechung im Konferenzzimmer teilnehmen können. Die beiden anderen Male wogen schwerer.

Und was, werte Frau Kollegin, fragte die Direktorin, gedenken Sie den Kindern zu erzählen?

Tulpe Valentin hatte nach ihrer ersten Scheidung ihren Mädchennamen zurückgekauft. Für die Scheidung selbst wurde sie 1972 nicht mehr mit dem Kopf nach unten an die Klassenzimmertür genagelt, aber die Namensänderung werde, so die Direktorin, bei den Kindern doch einige Verwirrung hervorrufen, zumal diese ja selbstverständlich annehmen müssten, es handle sich um das erfreuliche Ereignis einer Eheschließung.

Ein Ehe-Schluss kann ja auch, sagte Tulpe Valentin, seine erfreulichen Seiten haben.

Für Wortspiele auf derart primitivem Niveau hatte die Direktorin Worthner kein Verständnis. Wir wollen jetzt, sagte sie, aber nicht lustig werden. Zumal der Ernst der Lage kaum überbewertet werden könne. Die Verwirrung der Kinder müsse sich zwangsläufig auf die Eltern übertragen, es sei sogar damit zu rechnen, dass die Elternvertreterin wegen der Möglichkeit einer Blumengabe vorsprechen werde, anlässlich des anzunehmenden freudigen Ereignisses. Die werte Kollegin werde sicher verstehen, dass, während niemand mit ihr, Tulpe Valentin, tauschen wolle, ganz besonders und erst recht niemand sie, Ernestine Worthner, in dieser Situation beneide.

Tulpe Valentin unterdrückte die kitzelnde Wahrheit, dass sie sich über Blumen sehr freuen würde.

Man einigte sich auf ein Schreiben.

Sehr geehrte Eltern, wir erlauben uns, Ihnen mitzuteilen, dass … Während die äußeren Umstände in diesem Fall als unglücklich bezeichnet werden müssen, versichert die Volksschule Blindengasse, dass unsere hochgeschätzte Kollegin, nunmehr Frau Tulpe Valentin, ihre bewährten Bemühungen nur noch weiter verstärken wird, zum Wohle Ihrer, ja, wie wir hoffen sagen zu dürfen, unserer Kinder. Hochachtungsvoll, Dr. E. Worthner.

Unter den Eltern waren wohl einige, die im Alltag, wenn nicht im Leben überhaupt, wenig Wertschätzung erfuhren, und dieses Schreiben mochte vielen der Höhepunkt offizieller Anerkennung sein. Kurz, sie waren weichgekocht, die zwei, drei Aufrührer gingen unter im Püree. Zumal niemand die Zeit hatte oder die Lust, das Geblubber der Gegenwartsliteratur zu verfolgen. Auch die Direktorin nicht.

Und als Tulpe Valentin zum letzten Mal ins Zimmer der Direktorin gerufen wurde, Jahre später, da war sie bereits wieder verheiratet. Das hatte sie der Schule nicht mitgeteilt, auch hatte sie ihren Namen behalten. Auf ihr Lehrerinnengehalt war sie schon längst nicht mehr angewiesen. Sie mochte Kinder, das war alles. Nur dein eigenes Kind magst du nicht, hatte ihre Tochter einmal gesagt. Es war also nicht alles, und sie würde sich auch deswegen nicht alles gefallen lassen. Das waren ihre Gedanken, und ja, sie war überzeugt, dass man seine Gedanken mitunter sichtbar oder spürbar mit sich herumtrug, denn die Direktorin, beide Hände auf einem Taschenbuchexemplar von *Der Staubmantelpalast*, zögerte. Weil sie sich einen neuen Einleitungssatz überlegen musste. Ihren ersten, eigentlichen, hatten die sichtbaren oder spürbaren Gedanken Tulpe Valentins erstickt.

Geschätzte Frau Kollegin, wir beide wissen, was das ist, Literatur. Sie wissen es, natürlich, und glauben Sie mir, ich weiß es auch. Nun sind wir hier allerdings keine literarische Anstalt, wie Ihnen zweifelsfrei bewusst ist, sondern eine pädagogische. Die Mutter eines Schülers ist also nicht gänzlich im Unrecht, wenn sie.

Dies war die eigentliche Einleitung. Auch sie war spürbar. Was die Direktorin aber tatsächlich sagte, war von geradezu wohltuender Kürze: Und nun?

Tulpe Valentin kündigte. Als sie das Zimmer verließ, hörte sie noch, wie die Direktorin die Seiten des Buches über den Daumen laufen ließ. Sie legte es zurück auf die mit Nappaleder bezogene Schreibtischplatte, ein Geräusch wie Haut an Haut. Und noch ein Gedanke. Tulpe Valentin wusste nicht, ob die Direktorin ihn lesen oder spüren konnte. Was du brauchst, liebe Ernestine, ist ein.

52

Einmal. Tulpe Valentin kann nicht sagen, wann. Sie hält gut Schritt mit den Tagen, hat Lus Anwesenheit im Kalender vermerkt, samt Verlängerung. Die Eckdaten bereiten ihr kein Problem, sie bieten ihr keine Hilfe. Sie fühlt sich öfters wie in einem Film von Lus Großmutter. Die Ereignisse, die hier ohnehin größtenteils Worte sind, die so fließend, so flüssig erscheinen, bilden Kügelchen und rollen quer über die Zeilen und Spalten ihres Kalenders. Es ist schon viel gewonnen, wenn sie nicht alle über den Papierrand kullern und sich in die plötzlichen Ritzen und Kerben und Spalten verflüchtigen.

Einmal also. Tulpe Valentin liegt auf dem Boden neben ihrem Bett. Sie ist sich nicht sicher, ob es der Boden ist und der neben ihrem Bett. Nicht sicher ist eine Pfaufeder Untertreibung. Obwohl ihr alles weh tut, wäre sie dankbar für die Gewissheit, dass sie nach wie vor über diese Teile, die sie als alles denkt, verfügt. Dass ihr noch gehört, was ihr weh tut. Sie überlegt, ob sie schreien soll, um Hilfe rufen, entscheidet sich aber dagegen, weil sie fürchtet, in eine ganz andere Gewissheit zu erwachen. Dahin hätte sie keine Eile. Wahrscheinlich schläft sie wieder ein. Zumindest ist ihr, als würde sie ein weiteres Mal erwachen, als die Tür aufgeht. Sie fühlt sich davon gestört wie vom Sturz, mehr sogar. Für Patrice ist ein Blick genug. Neben diesen Menschen, die immer wissen, was zu tun ist, die in jeder Situation die richtige Entscheidung treffen und schnell, fühlt man sich, wie Tulpe Valentin sich fühlt, auf dem Boden neben ihrem Bett. Patrice kommt mit einem Riesen zurück, den er wahrscheinlich in seinem Keller gefunden hat. Er ist trotzdem nicht staubig, er glänzt sogar wie poliert, besonders die rote Glatze. Sein Keller ist die Hölle, und er hat den Teufel mitgebracht. Der packt sie an den Fußgelenken. Na bitte, sie weiß, warum sie nicht geschrien hat. Patrice greift ihr unter die Achseln und zählt bis drei. Sie fragt sich noch, ob das Zählen ihr gilt, ob von ihr irgendeine Handlung erwartet wird, bei drei, irgendein Geständnis. Sie tut das Einzige, was ihr einfällt: Tritt nach dem Teufel. Dann liegt sie wieder im Bett. Wenn es das ist. Der Teufel verschwindet, Patrice redet etwas von Erstversorgung und werkelt herum. Tulpe Valentin merkt, dass ihre Aufmerksamkeit entschwindet, und beschließt, dass ihr das alles egal sein kann, jetzt, da der Teufel mit ihrer Seele dahin ist. Der Rest ist auch egal. Sie lässt Patrice werkeln. Sie schließt die Augen. Vielleicht stirbt sie zu Ende. Wahrscheinlich schläft sie einfach nur ein.

53

Eine Lu-Geste: Vor manchen Sätzen, insbesondere Fragesätzen, schnappt sie kurz nach Luft. Es ist kein tiefes Einatmen wie vor längerem Tauchen, kein eingezogener Seufzer, bevor man ein Geheimnis doch preisgibt oder eine unangenehme Wahrheit nicht länger zurückhalten kann. Nur ein schnelles Häppchen Luft, wie wenn man sich morgens Wasser ins Gesicht schüttet. Etwas wird kurz kalt sein, aber gleich wieder vorbei.

Hast du hier schon mal irgendwo, fragt Lu, einen Hund gesehen?

Tulpe Valentin schnappt dann auch nach Luft, reflexartig, einen Grund sieht sie nicht.

Ich, sagt Lu, nämlich nicht. Ich meine, ich geh ja hier ganz schön viel herum. Zur Busstation, von der Station wieder hierher, auf der anderen Seite, also am Fluss, geh ich auch auf und ab, wenn man die Kilometer zusammenzählt, wär ich schon in Rom. Aber ich hätt noch nie irgendwo einen Hund gesehen. Nur gestern Abend, da hab ich einen Hund gehört, also Kläffen. Hunde mag ich nicht, da kann ich nicht weghören. Normalerweise weckt mich nichts so schnell auf, am Einschlafen hindert mich eigentlich auch nur ein Friseurtermin. Geb ich zu. Obwohl ichs glamouröser finden würd, wenn ich so eine empfindliche schlaflose Diva wär. Bin ich aber nicht. Manchmal, seit ich hier bin, lieg ich noch ein bisschen wach und denk drüber nach, was wir so geredet haben, oder wenn ich wieder mal was gesagt hab, was total daneben war. Aber auch nicht allzu lang, tut mir leid. Ich hab einen Schlaf wie Heidi nach der Ziegenmilch. Furchtbar. Nur gestern hat mich das Gekläffe am Einschlafen gehindert. Und es hat nicht lang gedauert, da hat ein zweiter Hund mitgemacht. Der war noch schlimmer, sein Bellen war höher. Dann ein dritter und ein vierter. Irgendwann waren es so viele, dass ich sie nicht mehr hab zählen können. Du hast nichts gehört, stimmts? Du bist ja eine noch schlimmere Heidi als ich. Aber weißt du was? Ich hab mir das schon gedacht. Also, dass du es nicht gehört hast. Und zwar nicht, weil du eine Heidi bist, sondern weil es nämlich gar nicht so war. Weil es hier nämlich keine hundert Hunde gibt, die durcheinanderbellen können. Auch keine drei. Wahrscheinlich nicht einmal zwei. Ich hab mir das schon gestern im Bett gedacht, wie ichs nicht mehr ausgehalten hab, dass diese Pension hier irgendwie verzaubert ist. Dass in

Wirklichkeit nur jemand mit seinem Hund vorbeigegangen ist, und der hat halt kurz gebellt, weil er eben ein Hund ist und also bellt von Zeit zu Zeit, da muss man ja nicht der größte Hundeliebhaber sein, dass man das versteht. Der hat halt einfach gebellt, und das war zufällig genau vor dem Eingang zur Pension, unter der Aufschrift *Zur Schönen Gegenwart*, und da hat der Zauber gewirkt, nicht voll sofort, aber doch ziemlich schnell, und dann hab ich das Bellen und Kläffen von allen Hunden zu allen Zeiten auf einmal gehört. Also nur in mir. Da war ich mir gleich ziemlich sicher, weil es nämlich gar nicht anders sein kann. Dass der Name von der Pension kein Zufall ist, das ist mir ja schon früher aufgefallen, das hab ich dir, glaub ich, schon gesagt. Aber das war echt gruslig, kann ich dir sagen. Und das war noch nicht einmal alles. Wie ich nämlich den Gedanken fertiggedacht hab, ist mir so richtig komisch geworden, und es hat eine Zeitlang gedauert, bis ich gemerkt hab, warum. Weil es total still war, kein Bellen, kein Kläffen, nichts. Und dann ist ein Feuerwerk losgegangen. Also so viele Explosionen so dicht hintereinander, dass es entweder der Weltuntergang war oder ein Feuerwerk. Solang man noch die Wahl hat, muss man ja nicht das Schlimmste nehmen. Ich hab mich also für das Feuerwerk entschieden. Nur dass nichts zu sehen war. Ich meine, auch wenn das Fenster in die falsche Richtung zeigt, müsste man trotzdem wenigstens so ein Blitzen sehen, wie bei Wetterleuchten, das kennt man ja. Aber nichts. Draußen war nur Schwarz. Ich bin nicht aufgestanden, ich hab nicht hinausgeschaut, weil ich gar nicht sehen wollt, was klar war. Dass nämlich nirgends ein Feuerwerk war. Und auch kein Weltuntergang. Die Explosionen waren nur in meinem Kopf, wie wenn man ein Computerspiel geschafft hat, also die Belohnung für meinen Gedanken mit allen Hunden aus allen Zeiten. Dann war es wieder ganz still. Ich bin im Bett gelegen, steif wie ein Brett oder ein gefrorener Fisch. Kalt war mir auch. Im Hochsommer. Ein steifgefrorener Hund in einer verlassenen Gasse, der nicht mehr bellen kann, der sich nicht mehr rühren kann, der aber noch hört, nur dass es nichts zu hören gibt. Sein Hören ist nur noch seine Angst. Das Einzige, was er noch kann, kann er nur noch zum Angsthaben. Ich bin dagelegen und hab gewartet auf ein Bellen oder auf eine Explosion. Ich war in totaler Alarmbereitschaft. Und trotzdem wär ich vor Schreck aufrecht im Bett gestanden, wenn ich noch ein Bellen gehört hätt oder ein Knallen. Und dann hab ich auch noch gemerkt, dass ich aufs Klo muss. Wenns dich hat, dann hats dich aber ordentlich, hab ich gedacht. Und, bitte, lieber Gott, wenn es dich gibt, dann lass das jetzt nicht wahr sein. Ein armseliger Gedanke, der nichts beweist. Ich meine, wenn ich Gott wäre und es würd mich geben, hätt ich auch was anderes zu tun, als mich darum zu kümmern, ob irgendein Mädel irgendwo gerade pinkeln muss. Und wenn das die größte Sorge auf der Welt wär, ich schwör dir, ich wär ein zufriedener Gott, ich würds nicht ändern. Soll das Mädel sich anpinkeln. Das ist ja aber gerade der Unterschied zwischen mir und Gott, hab ich gedacht, also mach jetzt gefälligst, dass das nicht wahr ist. Keine Chance. Er hats nicht geändert. Ich bin trotzdem nicht aufgestanden. Ich kann dir überhaupt nicht sagen, wann ich eingeschlafen bin. Irgendwann war ich dann in den ärgsten Träumen. Darüber red ich nicht. Nach wie vor nicht. In der Früh bin ich auf einem Bein den Gang entlang aufs Klo gehüpft. Ich schwör dir, ein einziger normaler Schritt, und es wär zu spät gewesen. Und jetzt sag ich dir was: Ich hab an der Spülung gezogen. Nicht dass das die meisten besonders interessieren wird, aber da hab ichs gewusst. Wenn du nämlich hundert Leute fragst, was ist die Gegenwart? Hunde und Feuerwerk und Weltuntergang oder wenn du dringend aufs Klo musst? Dann sagen dir alle hundert, ganz klar, Letzteres. Hätt ich bis vor Kurzem auch gesagt. Es ist aber gerade umgekehrt.

54

Aha, sagt die Pflegerin, da müssen wir Vorkehrungen treffen. Zur Sicherheit. Für die Zukunft. Sie taucht die Waschlappenhand in die Schüssel. Das Wasser ist bestimmt warm, sie friert trotzdem für eine Sekunde ein. Wohl weil sie das Wort *Zukunft* in einem Ton ausgesprochen hat, der nach Jahren klingt, nach fernem Horizont. Als hätte sie kurz vergessen, was sie weiß. Wovon sie weiß, dass auch Tulpe Valentin es weiß.

Tulpe Valentin glaubt, sie kann das selbst, und streckt die Hand nach dem Waschlappen aus.

Natürlich. Die Pflegerin schaut aus dem Fenster. Aufstehen auch?

Ja. Aus dem Ziegelbett, ja.

Natürlich.

Tulpe Valentin sitzt auf dem Stuhl, jetzt schaut sie aus dem Fenster. Sie sieht dort nichts, was Angst machen könnte oder Trost spenden. Sie hört Wischgeräusche und das dumpfe Schlurfen, mit dem die umgedrehte Matratze zurück in den Rahmen fällt.

Der Kaffee ist scheußlich. Das ist aber wohl Absicht, denkt Tulpe Valentin. Er muss so dünn sein, weil man sonst diese ganze Gegenwart gar nicht aushalten könnte. Sie erinnert sich, dass sie ihn ein einziges Mal ausgelassen hat und fast umgekommen wäre. Der Kaffee ist die tägliche Dosis Zeitdruckminderer, ohne die man in der Dichte hier umkommen würde. Das Lösungsmittel für das Pulver dieser Gegenwart, für das der Mensch keine Aufnahmeorgane hat, das ihn, pur genossen, umbringen würde. Patrice verdünnt ihr die Gegenwart, damit sie sie noch erträgt. Solange sie muss. Den letzten Rest.

Die Pflegerin kommt mit frischer Bettwäsche zurück. Sie führt immer alle Bewegungen so aus, als würde sie sagen, so! Sie sagt es nicht, aber es ist in ihren Bewegungen, ein beschwingtes So! Sie streift das Leintuch glatt, so! Sie klatscht die Hand in den Polster, so! So! Sie können zurück ins Bett.

Tulpe Valentin will nicht ins Bett. Sie will zu Lu. Sie fragt sich, ob das vielleicht irgendwann hineingehen wird ins Spatzenhirn der Pflegerin. Ob sie noch so viel Zukunft hat, dass sie das noch erleben darf.

Die Pflegerin meint ja nur. Prinzipiell.

Tulpe Valentin möchte der Pflegerin mit der metallenen Kaffeekanne eins überziehen. Das würde ihr Spatzenhirn vielleicht auf Touren bringen. In Wahrheit wünscht sie sich, die Pflegerin würde tot umfallen. Dann könnte sie sagen: So!

Die Pflegerin nimmt das Tablett und geht. Alte Hexe, denkt sie. Vielleicht hat sie es auch gesagt.

Selber Hexe.

55

Es gibt ja verschiedene Gegenwarten, sag ich mal. Ist doch so, oder? Und normalerweise spürt man ja die stärker, die nicht so. Also wenns nicht so hundertprozentig zusammenpasst, mit der Situation. Wie bei Jean. Also ich hab überhaupt rein gar nichts gegen die Friseure von Paris. Das wär ja lächerlich. Die Pariser brauchen ja auch Friseure, und die Pariser brauchen auch Berufe, da ist es ja nur normal, dass sich das trifft, sozusagen, in manchen Leuten. Also, ich glaub mal nicht, dass die weiß Gott was für eine Gegenwart spüren, die meiste Zeit, aber das ist ja normal. So gehts ja jedem, das ist schon okay. Zumindest haben sie eine Chance. Nur gegen die Friseure von anderswo, die nach Paris gehen und dann denken, jetzt haben sie es geschafft. Die können überhaupt keine Schwebe halten. Die sind auf Wolke sieben, aber das ist keine Schwebe, das ist keine Gegenwart. Ich glaub, dass du nur in der Schwebe spüren kannst, wenn etwas passieren wird. Also, es passiert noch nicht, aber es bahnt sich an, es ist gerade dabei. Du bist in der Schwebe, und deine Sensoren sind auf empfindlich gestellt, weil es ja anders gar nicht gehen würd. Also wenn der Ruklitsch vor dem Spiegel gesessen wär, und der Jean hätt sich grad weggequasselt, wie ein Freund ihm neulich gesagt hat, Jean, das musst du dir anhören, und dann hätte der Ruklitsch seinen Herzinfarkt gekriegt, also in ihm hätt sich grad alles vorbereitet auf den Herzinfarkt, und er hätte die Hand hochgestreckt, seine Klauenhand vom Fasching wär echt geworden, weil er sein Raumschiff schon gesehen hätt, dann hätte der Jean gleich alle zwei Arme hochgerissen, mit Schere und Kamm, wie ein Engel der Friseure, und er hätte gesagt, *Monsieur Rüklitsch, mon Dieu*, und dann hätte das blöde Reden sofort ein Ende gehabt, und er hätte geschrien, die Rettung, und ein Lehrling hätte die Rettung gerufen, und Jean hätte geschrien, Tür auf, frische Luft, und ein anderer Friseur hätte die Tür aufgerissen, und der Jean hätte dem Ruklitsch den Friseurmantel runtergerissen und die Krawatte gelockert, und alle wären zusammengelaufen und hätten getan, was man hätte tun müssen, einfach wegen dieser Gegenwart, die der Jean ausgelöst hätt, und der Ruklitsch hätte natürlich trotzdem seinen Herzinfarkt gehabt, aber er hätte ihn überlebt. Und die Leute hätten mitangesehen, wie ein Mensch gerettet worden wäre, und nicht wie wir, wie ein Mensch stirbt. So seh ich manchmal die Leute. Wer den Ruklitsch gerettet hätte, ist für mich auf der Plusseite. Der Jean ist für mich auf der Plusseite. Oder Patrice, der sowieso. Echt schade für den Ruklitsch, dass er nicht hierher gekommen ist. Das hätte für ihn alles geändert. Allein der Gedanke macht mich.

Lu kneift die Augen zusammen, so fest, als könnte sie damit den doppelten Würgegriff ihrer Fäuste verstärken, dem Gedanken die Luft abdrehen, das Bild. Sie steht auf, geht zum Apfelbaum und macht gegen den Stamm gelehnt einen Kopfstand. Ihr T-Shirt verrutscht und gibt Lus schönen Bauch frei. Die winzigen Härchen Späne aus Licht. Tulpe Valentin weiß, dass Lus Kopf explodieren würde, falls sie sie bei diesem Gedanken erschummelter Sehkraft ertappte. Sie ist froh, dass Lu weiterspricht.

Nämlich selbst wenn er, sagt Lu, gestorben wär, auch hier. Also, wenn der Ruklitsch hier die Hand hochgestreckt hätte, damit er die Stauchung aus sich herauskriegt, und er hätt trotzdem keine Chance gehabt, gegen die Schwerkraft oder gegen die Leichtkraft, er hätt irgendwas gemacht, Patrice, oder er hätt alles schon längst gemacht gehabt, er hätt alles schon längst vorbereitet, dass der Ruklitsch zwar vielleicht trotzdem gestorben wär, aber anders. Jedenfalls hätt er nicht einfach nur blöd geschaut, Patrice. Es verlangt ja keiner ein Wunder, ein bisschen Würde hätte ja genügt. Uns hättest du einen Zauberstab in die Hand drücken können oder ein Wundermittel, mit dem man jede Krankheit heilen könnte, wir hätten trotzdem nur blöd geschaut. Gegen uns ist kein Kraut gewachsen, und so leicht könnte die Leichtkraft gar nicht sein, dass sie das aufgehoben hätt, unser schweres blödes Schauen. Ich möchte echt mit dem Kopf in die Erde fahren. Warum haben wir nicht nur ein bisschen mehr so sein können wie Patrice? Oder wie Loretta zum Beispiel? Es müsste mehr solche Leute geben, von denen du nicht weißt, was sie tun würden, aber im Nachhinein wärs immer das Richtige gewesen. Das ist einfach in ihnen, und in uns war es einfach nicht. Mehr Leute von der Plusseite braucht die Welt. So gestaucht wie alle herumrennen. Ich will jetzt echt nicht die große Erfahrene geben, das will ich keinem antun, aber Augen hab ich halt auch, sehen kann man ja auch mit sechzehn.

Lu kippt aus dem Kopfstand zurück auf die Beine. Sie reibt sich die Augen und streicht ihr T-Shirt glatt. Mit dem gezeichneten, leicht zerknitterten Comic-Schaf darauf teilt sie den schwindligen Blick. Sie setzt sich wieder auf die Bank, wie ein müder Arbeiter, ein erschöpfter Athlet, ein enttäuschtes Kind.

Der ungestauchteste Mensch, den ich je gesehen hab, das war, sagt Lu, der Zappotek. Und trotzdem kann man nie wissen. Er ist ja verschwunden. Ich wünsch ihm echt, dass er an einem Ort ist wie hier. Nicht dass hier alles so leicht wär, ich meine, hier werden dir ja die ärgsten Dinge klar, hier schlägt sich ja Einiges ganz schön aufs Herz. Aber nur weil es dir anderswo nicht klar wird, heißt das ja nicht, dass es deswegen nicht so ist. Da ist es mir lieber ein bisschen härter, dafür mit Menschen von der Plusseite, wie Patrice. Ich selber ja nicht. Ich bin von der Minusseite. Wenigstens komm ich mir nicht auch noch gut vor dabei, wie die Psycho-Jane. Die ist total von der Minusseite. Oder der Ornig. Der hätte dem Ruklitsch gesagt, sitz still, du bist die Zukunft. Geschrien hätt er, aber gerettet hätt er ihn nicht. Oder deine Ernestine. Die hätt sich mit dem Ruklitsch auf ein Schreiben geeinigt. Bravo.

Lu streckt die Beine aus, hebt die Zehen an, stellt dann wieder beide Füße platt auf den Boden. Sie wackelt mit den Knien wie jemand, der nicht mehr länger warten will. Auf den Einfall, wie man am besten sagt, was man sagen will.

Du bist für mich auf der Plusseite, sagt Lu. Ja. Glaub ich. Obwohl du das mit deiner Tochter. Also obwohl du das irgendwie verbockt hast, wie es ausschaut. Weil du den Ruklitsch nicht sterben lassen würdest. Du würdest ihn erzählen lassen, und ihm würden immer neue Dinge einfallen, von seinem Heimatplaneten oder weiß der Himmel was. Wie in *Tausendundeine Nacht*. Nur dass du ja gar nicht vorhättest, ihn hinrichten zu lassen. Aber er würde das nicht wissen, er würd weiter erzählen, als gings um sein Leben. Du wärst seine Königin. Und am Ende. Er würd jedenfalls leben. Ich meine, das wär doch eine echte Gegenwart. Eine, die was wert ist. Nicht nur so eine wie ein Herzinfarkt, bei dem alle blöd schauen. Oder wenn du aufs Klo musst, wie jeder, so dringend, dass du gar keine Schwebe mehr halten kannst, dass du überhaupt gar keine Wahrnehmung mehr hast. Es wär ein Leben, vielleicht eins, in dem nicht alles passt, aber jedenfalls eine echte Gegenwart. Du bist für mich auf der Plusseite.

56

Gebet für Franziska Z., Tulpe Valentins fünftes Buch. Eine junge Frau arbeitet als Sekretärin in einer Hausverwaltung. Jedes Wochenende führt sie in eines der Nachbarländer auf die Suche nach geschundenen, misshandelten, zurückgelassenen Hunden. Unter der Woche telefoniert sie mit Mietern, mit Installateuren, Elektrikern und Fliesenlegern, mit Behörden und Gerichten. Immer findet sich Zeit für ein Hundewort. Jedes zehnte Wort findet einen Hundeplatz. Franziska selbst findet dabei manchmal eine Liebschaft. Der Zufallsfund einer, die etwas anderes gesucht hat. Die Liebschaften dauern nie an. Sie braucht keine Dauer, sie hat eine Aufgabe.

Die Zahl zehn ist zu schön gedacht, und manches Wochenende ist von grausamer Üppigkeit. Franziska haust mit einem Hundedutzend in ihrer Vierzig-Quadratmeter-Wohnung. Die Hunde lernen fliegen, sie umschwirren sie wie ein Bienenschwarm. Die Nachbarn wollen im Haus keine Hölle und auch keinen Himmel für Hunde. Auch Franziska findet keine Ruhe, weil sie ihre Wochenendfahrten kurz halten muss, sie kann ihr Dutzend nicht lang allein lassen. Sechs, sieben Stunden müssen trotzdem möglich sein. Sie fährt los. Sie kommt nicht zurück.

Der Roman besteht vor allem aus den Stimmen der Mieter, Arbeiter und Beamten, die Franziskas Schweigen bis zum Bersten auffüllen, in einem Rhythmus, der nur betonte Stellen kennt. Ruinierte Ehen, ein Fall von systematischer Tierquälerei, eine Delogierung, ein gebrochenes Herz. Das Gebell aller Hunde ihres Lebens, angeführt von den letzten zwölf.

Tulpe Valentin erinnert sich genau an das Bild, aus dem der Roman geboren wurde. Eine Frau schneidet in der Küche Gemüse, dabei zuckt sie mit dem Kopf in alle Richtungen, wie King Kong, der den Hubschraubern ausweicht. Ihre Tochter. Die Katze streicht um ihre geschwollenen Fesseln. Das Telefon klingelt nicht.

Und sie erinnert sich an Beethovens Fünfte, die sie beim Schreiben ständig gehört hat, vom Plattenspieler oder im Kopf. Musik war ihr immer eine wichtigere Nahrungsquelle als die Bücher anderer. Gleichzeitig die wahre Größe, an der sie würgte. Bis mit dem Scheitern an Arthur alles ein Ende hatte. Die Liebe, das Schreiben. Die Musik war vorbei. Das Gefäß, das für Tulpe Valentin ein Leben lang aufgefüllt war mit *noch* und *noch einmal* und *noch ein letztes Mal*, war leer. Ausgetrocknet oder leer getrunken? Bis Lu die Schleusen geöffnet hatte, die Staumauer gesprengt, noch bevor sie die Sintflut erwähnte. Tulpe Valentin denkt an Beethoven, mit dem die Zahl neun auf immer ihre Unschuld verloren hat. Und sie denkt daran, dass jemand, der Scham kennt, das nicht erwähnen würde. Scham kennt Tulpe Valentin nicht.

57

Die Touristen sind abgereist. Die sind dir wahrscheinlich nicht aufgefallen, weil du ja bei dir im Zimmer isst, nicht im Frühstückssaal. Aber dort hat man sie echt nicht übersehen können. Erstens, weil sie zusammen gut acht Meter groß sind. Die haben zu Hause bestimmt so einen Familienbetrieb, eine kleine Kunstdüngerfabrik, nehm ich mal an, dort dampft es die ganze Zeit, und die gehen den ganzen Tag in den Dämpfen herum und wachsen und wachsen. Zweitens, weil sie die einzigen echten Touristen hier sind. Oder siehst du hier sonst irgendwelche Touristen? Ich nicht. Der eine Typ, der schon vor zwei Tagen weg ist, der war kein Tourist. Für mich war der Regenschirmvertreter. Der ist jeden Tag mit einem anderen Schirm rausgegangen. Wenn der alle seine Schirme zusammennehmen würd, der könnt ein Pfaurad machen, so einen Pfaufächer in allen Farben. Ist aber weg. Zu wenig Regen hier für den. Außerdem hat er seinen Beruf verfehlt, wenn du mich fragst. Ich meine, als Vertreter musst du ja reden. Mit mir hat der nie ein Wort geredet, im Frühstückssaal. So ein gemurmeltes Guten Morgen war schon das Maximum. Das war schon die totale Gnade. Ich frag mich, ob für den noch irgendwann der Tag kommt, an dem ihm eingeht, dass es für einen Vertreter nicht genug ist, dass er eine Pfaufächerpalette von Regenschirmen herumschleppt. Kann mir aber auch egal sein. Jedenfalls war er kein Tourist. Und die beiden Turteltäubchen kann man auch nicht als Touristen bezeichnen. Die hast du wahrscheinlich auch nie gesehen, oder? Die sind nur zum Frühstück aus dem Bett. Gehört vielleicht. Ich hab die noch nie rausgehen sehen, aus der Pension, mein ich. Der Frühstückssaal ist das Weiteste. Ich schätz sie beide auf Anfang zwanzig, höchstens. Er schaufelt mindestens drei Schüsseln Cornflakes in sich rein, und sie kanns nicht erwarten. Sie ist eine Nymphomanin, keine Frage. Er sieht glücklich aus, aber immer müde. Kein Wunder. Sie sieht auch glücklich aus, aber immer hungrig. Ich wette, sie schleppt ihn gleich nach dem Frühstück zurück ins Bett. Jedenfalls sind die zwei keine klassischen Touristen, mit Kamera, Stadtplan und Reiseführer. Mit Kamera vielleicht, das kann ich mir schon vorstellen, dass ihnen das gefällt. Er hat sicher immer von einer Nymphomanin geträumt, der Typ, wie jeder halt. Aber jetzt fragt er sich schon, wie lang er das noch durchhalten wird. Das sieht man ihm an. Bei der zweiten Schüssel hat er schon so eine Angst im Blick, ob sie ihm noch eine dritte erlaubt. Dann legt sie ihm die Hand auf den Schenkel und flüstert ihm etwas ins Ohr. Wahrscheinlich so was wie, iss nur schön brav, du wirst deine Kraft noch brauchen. Jedenfalls kriegt er dann kurz so einen verzückten Blick. Verzückt und ängstlich zugleich. Vielleicht ahnt er, dass irgendwann auch drei Schüsseln nicht mehr reichen werden. Dass er selber nicht mehr reichen wird. Davon will sie aber nichts wissen. Genug, das gibt es nicht in ihrem Leben. Dass etwas nicht reicht, erst recht nicht. Also, es muss immer alles reichen, damit es dann trotzdem nicht genug sein kann. Ist aber ihre Sache. Ärger sind die Touristen, die mit der Kunstdüngerfabrik. Mutter, Vater, zwei Kinder. Zusammen acht Meter, gib dir das. Die haben beim Frühstück schon ihre Badetaschen mit, ganz prall gefüllt, oben steht ein Fischnetz raus und so Zeug. Sie, die Mutter, sitzt beim Frühstück mit Sonnenhut. Der Vater nicht, obwohl es ihm nicht schaden würd, seine Glatze ist schon ganz aufgebrannt. Und die Tochter könnt auch einen Hut vertragen. Die ist so blond, dass die Haare schon fast durchsichtig sind. Keine Ahnung, ob das von der Sonne kommt oder doch vom Kunstdünger zu Hause. Der Sohn ist auch blond, aber nicht so extrem. Er hat die Kamera umgehängt, die der Vater beäugt, als wär sie eine chinesische Vase. Nur dass sie ihm egal wär, wenn sie wirklich eine chinesische Vase wär und nicht nur so zerbrechlich wie eine chinesische Vase, seine heilige Kamera. Und ihr Outfit ist überhaupt das Schärfste. Die glauben, sie sind auf Hawaii. Wenn ich dich nicht hätte zum Reden, wenn wir nicht dein Buch machen würden, ich hätt mich einmal an sie drangehängt, unauffällig. Patrice sagt auch, dass er solche Klassiker selten hier hat. Aber doch ab und zu, sagt er. Im Hafenbecken werden die ja nicht schwimmen. Patrice vermutet, dass sie unten am Hafen die Bahn nehmen, die fährt das Ufer entlang, und da gibt es so einen Ort, eine Dreiviertelstunde entfernt, mit einem ehemaligen Kloster, das heute ein Museum ist. Und einen Badestrand gibt es dort auch, also eine Liegewiese, wahrscheinlich mit Hundedreck und Ameisenhaufen überall. Keine Ahnung, warum die nicht dort ein Zimmer nehmen. Patrice auch nicht. Die haben ihre Schattenseiten, sag ich dir. Ha. Familie Obersonnig. Ich hätt ihnen einmal nachgehen müssen. Es ist bei mir nämlich so, dass ich keine schlechte Detektivin wär, von der Neugier her. Nur dass ich mich sehr zusammenreißen muss, dass ich bei dem bleib, was ich seh, und dass ich nicht gleich die wildesten Geschichten seh. Das ist bei mir nämlich immer die Gefahr, und wenn ich nicht dabei sein kann, dann ist es noch schlimmer. Nur sind sie jetzt abgereist. Der Regenschirmvertreter auch. Und die Nymphomanin, die wird ihren Typ bald so ramponiert haben, dass nichts mehr geht. Denen geb ich höchstens noch zwei Tage, eher einen. Und dann sind nur noch wir beide hier und Patrice. Dann wirds hier arg, hab ich das Gefühl. Dann ist hier echt die Pension *Zur Schönen Gegenwart*.

58

Wenn sie im Bett liegt, bei hohem Seegang, ihr Hirn auf Sparflamme. Wie niedrig, wie klein, wie durchsichtig dünn diese Flamme werden kann, ohne zu erlöschen, verwundert sie manchmal, wenn sie dann doch wieder stärker brennt. Nicht in diesen Momenten. Wie im Reisebericht eines frühen Seefahrers. Nicht im offiziellen Bericht, in einem kurzen, heimlichen Tagebucheintrag. Das Aufkommen von Gedanken weitgehend unterdrückt, bei Sturm, bei Unwetter, unter Deck, Vergangenheit und Zukunft so gut wie möglich vergessen, so schnell wie möglich verlernt, das nimmt dem Augenblick die Alarmbereitschaft, das Wogen und Schaukeln und Überschwappen ist das natürliche eigene Dasein. Keine Fragen. Keinen Verdacht erwecken. Den Schlaf so lange vortäuschen, bis man selbst daran glaubt. Nicht in die erstbeste Falle tappen. Wenn die Tür aufgeht, tut sie das als Teil des Wogens, und mit dem Wogen kommt Patrice herein, wie ohne eigenen Antrieb, ganz selbstverständlich. Er stellt Dinge ab, die sie nicht zu erkennen braucht, er verrückt Dinge, er sucht den Rhythmus des

Schaukelns, der Rhythmus findet ihn. Patrice braucht hier nur so wenig wie möglich zu sein, das macht alles leichter, ein Mann. Das dafür umso mehr. Die Schritte finden wie von selbst, wie in einer Spurrille, im Talgraben zwischen den Wellen, den Weg zu ihrem Bett. Er setzt sich an die Bettkante, weil er muss. Das Müssen ist hier so stark, dass es nicht weiter auffällt. Seine Hand ist unter der Bettdecke, sie verklebt auf ihrem Schenkel mit dem Nachthemd und gleitet im Rhythmus mühelos zur nächsten betonten Stelle. Die Atmung steigt an, sie muss Atmung bleiben, damit sie ihr nicht die Augen aufschlägt. So wenig, wie es ohne Ruck geht, nur mit Lockerlassen der Muskeln, legt sie den zweiten Schenkel zur Seite. Ein Gedanke möchte entstehen, sie weiß nicht, wo. Dass Patrice jetzt auch noch die Feuchte aus dem Keller heraufgeholt hat, dass die Geschichte kurz davor ist, wirklich alles aufgebraucht zu haben. Doch auf Patrice ist Verlass, er besteht auf nichts, was er vor oder nach dem Moment sein könnte, der Gedanke wird auf später verschoben. Seine Finger zwischen ihren Schamlippen, der sanfte Druck seines Handballens auf ihrem Schambein, alles im Moment keine festen Worte, gerade fest genug. Das Wogen steigt an, um mehrere Stufen, mit jedem Bruch aus noch größerer Tiefe immer heftiger in die Höhe. Von Dauer keine Spur, nur von Steigen. Das Schaukeln wird ein Sog, sie kann jetzt ohne Gefahr kurz die Augen öffnen, um zu sehen, ob Patrice tatsächlich auf ihrem Bett sitzt, ohne Befürchtungen, ohne Rettung, das Überschlagen ist heftig und lässt für den Moment nichts von ihr übrig, aber einen Gedanken für später. Dass der Ertrinkende kein größeres Glück kennen kann als die letzte Welle, die ihn endlich nimmt. Und ein Bild vom heiligen Patrice, Schutzpatron der Schiffbrüchigen, mit Pfaufeder und blauer Hand.

59

An meine ganz frühe Kindheit, also wie ich noch wirklich klein war, drei oder vier vielleicht, hab ich nur wenige Erinnerungen. Das ist wahrscheinlich normal, kann ich mir vorstellen. Schon allein, weil es bei Loretta nicht so ist. Wenn etwas nicht so ist wie bei Loretta, dann ist es meistens normal, also wie bei den meisten. Weil bei ihr das meiste nicht so ist wie bei den meisten. Sie sagt, sie hat so viele Erinnerungen, dass sie manchmal glaubt, sie ist nicht ein Mensch, sondern eine ganze Dynastie. Manchmal möchte sie, sagt sie, auf der Straße in die Knie gehen, weil so viele Lorettas auf sie einstürzen. Auch wenn es schöne Erinnerungen sind, sagt sie, sind es oft einfach zu viele. Ich hab nur wenige. Nur dass die mir hier öfter einfallen, öfter als normal. Ich hab mir schon überlegt, ob das damit zu tun hat, dass die Touristenfamilie weg ist und der Regenschirmvertreter, also dass Zimmer frei geworden sind. Aber ich erspar dir meine genaueren Überlegungen, ich hab mir fest vorgenommen, dass ich mich nicht mehr bei jeder Gelegenheit wegphilosophier. Ich bleib bei den Fakten, wenn man das so nennen kann. Die eine Erinnerung ist im Auto mit meinem Vater. Ich sitz hinten auf der Rückbank. Wir fahren über eine unasphaltierte Straße, eine Art Waldweg, mit Schlaglöchern oder Steinen. Das Auto rumpelt, es schüttelt mich ordentlich durch. Ich hab meine Hände auf der Lehne vom Fahrersitz und freu mich weg. Ich sag etwas wie *rumpel-rumpel* oder *a-bum-a-bum*, irgend so einen Kleinkinderkommentar halt. Ich krieg mich gar nicht ein vor Begeisterung. Die andere Erinnerung ist ein Tanz mit meiner Großmutter. Also, sie nimmt mich hoch, auf den Arm, in Walzerstellung, und dreht sich mit mir durch die Küche. Da kommt der Kleinkinderkommentar von ihr. Oder die Musik. Der Tanz geht weiter, durch das Vorzimmer ins Wohnzimmer, ins Arbeitszimmer von meinem Großvater, an den ich keine Erinnerung hab, und dann den ganzen Weg wieder zurück. Alles dreht sich noch lang, alles dreht sich weiter, wenn der Tanz schon längst vorüber ist, wenn ich schon am Küchentisch sitz, mit einem Glas Orangensaft, und meine Großmutter werkt am Herd herum oder an der Abwasch. Ich will das immer wieder, sie gibt nur manchmal nach. Wahrscheinlich bin ich schon relativ schwer. Ein paar solche Erinnerungen hat ja wahrscheinlich jeder. Das Arge ist nur, dass ich meinen Vater einmal drauf angesprochen hab, und er kann sich überhaupt nicht daran erinnern. Obwohl er sonst öfters was erzählt. Wie wir das gemacht haben, und wie ich das gesagt hab, und was alles lustig war oder schön. Er hat schon so sentimentale Momente. Nur von der Autofahrt weiß er nichts. Dabei war das nicht nur ein Mal, in meiner Erinnerung, sondern oft, hundert Mal. Mein Vater sagt, wo soll das gewesen sein? Frag ich mich auch. Wo hätten wir schon hinwollen sollen, auf so einer Rumpelstraße, immer wieder? Mein Vater ist außerdem so ein Sorgen-Maier, also einer, der immer Angst um einen hat. Nicht mit dem Sessel schaukeln, da kannst du. Ab September nicht barfuß gehen, da kriegst du. Und so weiter. Er kann sich nicht vorstellen, dass ich im Auto jemals nicht im

Kindersitz war und nicht angegurtet. Ich hab sofort eine ziemliche Wut gekriegt, wie er das gesagt hat. Ich brauch nicht gleich wieder explodieren, hat er gesagt, er kann sichs halt nur nicht vorstellen. Wahrscheinlich hab ich eh Recht, hat er gesagt, und ich soll meinem alten Vater halt verzeihen, wenn sein Hirn ab und zu einen Aussetzer hat. Aber heute und hier denk ich mir, dass sein Hirn um Einiges besser funktioniert als meins, also verlässlicher. Dass es höchstwahrscheinlich nie so war. Dass er sich gedacht hat, lass dem sturen Kind halt seinen sturen Kopf und gib nach. Und meine Erinnerung ist gar keine, sondern so was wie ein Ersatz. Also, in Wirklichkeit bin ich angegurtet im Kindersitz gesessen, und wir sind eine ganz normale Straße entlanggefahren, und ich war glücklich. Und nur meine Erinnerung gibt das Rumpeln dazu und die besondere Straße. Damit das Glück nicht verloren geht. Damit ich mir das vorstellen kann. Weil sich ja keiner vorstellen kann, dass er sich total wegfreut, nur weil er jeden Tag eine ganz normale Straße entlangfährt. Muss aber so gewesen sein. Arg, oder?

Tulpe Valentin hat keine nennenswerte Erinnerung an ihre frühe Kindheit. Obwohl das bei einer Schriftstellerin nicht so sein sollte. Wird seine Gründe haben. Sie wird ihren Teil beigetragen haben. Einmal wurde sie von einer Ziege gebissen. Tulpe Valentin sieht den Zaun nicht mehr. War er aus Holzlatten oder aus Draht? Sie sieht sich selbst nicht mehr, nicht ihre Hand, die kein Grasbüschel hält. Sie weiß nur noch den Biss, den sie auch nicht mehr fühlt. Eine triviale Erinnerung, die den Namen nicht verdient. Vollkommen belanglos auch, ob sich der Vorfall wirklich zugetragen hat oder nicht. Toter Hirnballast.

Meine Großmutter ist ja, sagt Lu, tot. Ich kann sie nicht mehr fragen. Ich weiß nur, dass sie in meiner Erinnerung beim Tanzen ein buntes Kopftuch trägt und dass sie später nie eins getragen hat. Gut möglich also, dass unser Walzer auch so ein Erinnerungstrick ist. Eigentlich auch egal. Ich denk mir nur, dass es kein Zufall ist, dass mir das hier wieder einfällt. Loretta sagt, das Beste am Kickboxen ist die Selbsterkenntnis. Das klingt bei ihr nicht so blöd, wie wenn ich es sag. Wegen der Konzentration, sagt sie. Also, es geht gar nicht um den Kampf, es geht nicht um den Gegner, es geht nur um dich selber. Du bist in einer Bereitschaft, du spürst dich ganz anders, sagt sie, und wenn du eine draufkriegst, dann weißt du, das bist jetzt du. Nicht dein Gegner hat einen Treffer gelandet, sondern du hast dich treffen lassen. Und wenn du das lang genug machst, dann überträgt sich das auf ganz alltägliche Situationen. Du siehst dann deinen Anteil, sagt Loretta. Ich will jetzt nicht behaupten, dass ich ganz klar meinen Anteil seh, und von Selbsterkenntnis kann bei mir sowieso keine Rede sein, aber seit ich hier bin, also im Kickboxcamp offiziell, fallen mir schön langsam die ärgsten Dinge auf.

60

Vielleicht hat es mit Arthur zu tun. Ihr lebenslanges Sehnen nach Arthur, ihr erinnerungslanges Sehnen nach Arthur hat vielleicht das aufgebraucht, was das Material für wirkliche Erinnerungen hätte abgeben können. Jede Kindheitsfreude musste verwandelt werden in eine erhoffte Freude mit Arthur. Jede Kindheitsangst musste herhalten für sein befürchtetes Fernbleiben, für ihre Vorstellung vom Leben ohne Arthur. Das Rumpeln und Tanzen, das es ja in irgendeiner Form auch für sie hatte geben müssen, verbrauchte sie zum Reiben, als Leuchtpulver für das Schimmern am Horizont. Für ihre Bücher. Die sie besser schrieb, seit Oliver aufgetaucht war. Konzentrierter, gegenwärtiger, sie musste sich selbst nicht mehr behaupten, sie war. Ihr Leben war nicht länger verdächtigt, eine leere Behauptung zu sein. Oliver das Gegenteil des Verdünnungskaffees. Fast nie hat sie seinen Kuss als den Arthurs genommen. Kaum je hat sie sich in seinem Griff vorgestellt, er wäre Arthur. Manchmal vielleicht, an trägen Vormittagen auf dem Sofa, an selten geschenkten Tagen, da sie bis zum Abendessen nicht richtig wach werden musste. Sonst, meistens, war Oliver durchaus anwesend für sie. Er konnte ihr nicht genügen, sie selbst konnte sich nicht genügen, aber das war ihr ein fruchtbarer Grund zu schreiben. Sie wäre im Sehnen ausgelaufen, hätte sich, ohne ihn, in alle Richtungen verloren, ein Delta. Oliver hat sie zusammengehalten, er hat sie verdichtet, zu einer Person mit gegenwärtigen Wünschen, Notwendigkeiten, Freuden. Er hat ihr das Buch über Arthur ermöglicht. Er hat sie Arthur zuweilen, sie kann es kaum schreiben, vergessen lassen. Bis heute fragt sie sich, wie er das gemacht hat. Dein Film soll nicht stumm bleiben, hat er gesagt. Bleib stumm, hätte Manfred Stricker gesagt, wenn er nur jemals irgendetwas bemerkt hätte, irgendein Leben. Wahrscheinlich hat er nicht einmal sein eigenes Leben bemerkt. Wäre es aber erlaubt, einen Menschen in zwei Worte zu fassen, so wären es diese: Bleib stumm.

Wenn Tulpe Valentin mit sich selbst ins Gericht geht, vor dem sie nie angemessen erscheint, weil sie dann nicht sie wäre, fragt sie nicht nach Gerechtigkeit. Sie findet aber eine Richtigkeit darin, dass sie an den Anfang mit Arthur nicht zurückkehren konnte, nachdem sie den schützenden Kreis Olivers um sich gesprengt hatte, dass sie sofort auslief, nicht in die eine Richtung, die Arthur vorgegeben hatte, sondern in alle Richtungen, dass an ihr nichts Festes mehr war, das etwas hätte greifen können, oder von jemand ergriffen werden. Auch dass sie endlich hierher gekommen war. Ein Teil von ihr. Die anderen Teile kamen nach, kommen noch immer. Um die Richtigkeit zu ihrem Ende zu bringen, um sich nicht länger an die falsche Festigkeit ihres Alltags zu klammern. Weil ein Delta, da kennt sie Lus Einwände noch nicht, eine Richtung braucht.

Wie ihr Vater ihr gesagt hatte, kurz vor seinem Tod. Er habe viel falsch gemacht in seinem Leben, er habe es oft schon im Tun gewusst oder jedenfalls bald darauf. Er habe aber geglaubt, es gäbe im Leben eine Zeit des Handelns und eine Zeit des Bedauerns und dann eine Zeit der Vergebung. Er habe aber auf das Bedauern verzichtet und damit auf Vergebung. Sein Sterben ein pathetischer Krampf. Verzichte nicht. Für Tulpe Valentin war immer klar, dass sie verzichten musste.

Und dann trifft sie hier Lu. Jemand oder etwas will nicht, dass sie einfach ausläuft, verstummt. Sie stirbt nicht als besserer Mensch, aber ihr ist noch einmal erlaubt, sie zu sein, die Schriftstellerin, ein paar ihrer wunden Punkte zu berühren, was ohne Lu wohl ein wildes Stochern geworden wäre, ein pathetischer Krampf, ohne Ton. Noch einmal ist ihr im Leben jemand begegnet, der nicht will, dass ihr Film stumm bleibt.

61

Heute war es soweit. Um halb drei in der Nacht. Ich glaub, ich werd hier echt noch zu so einer Diva mit Schlafstörungen. Richtig glamourös werd ich noch. Soll mir recht sein. Geschreckt hab ich mich natürlich trotzdem. Also, ich mach die Augen auf, keine Ahnung warum, wahrscheinlich weil ich gestört bin und weils deswegen nur logisch ist, dass mein Schlaf auch gestört wird, und jedenfalls seh ich, wie mein Fenster blau ist und dann wieder nicht und wieder blau und wieder nicht. Ich erspar dir jetzt das komplette Programm. Also, bis ich aufgesprungen bin. Weil das nämlich gedauert hat, weil ich mir zuerst gedacht hab, da sieht jemand fern. Wenn du an einem Haus vorbeigehst, und drinnen ist das Licht aus, und jemand sieht fern, dann zittern die Fenster ja auch so blau. Kann man trotzdem nur im Aufwachen denken, so was. Ich meine, sicher Lu, draußen im ersten Stock in der Luft wird jemand fernsehen, ganz bestimmt. Wahrscheinlich ist für mich schon alles möglich, seit der Typ im Arbeitsanzug draußen vorbeigegangen ist, auf dem Gerüst, von dem ich nichts gewusst hab. Dann ist aber doch der Schreck in mich, und ich bin auf. Dämonen, hab ich mir gedacht. Was soll sonst so blau zittern, in der Luft?

Natürlich Dämonen, Tulpe Valentin versteht das. Ihr sechstes Buch trägt den Titel *Koboldblau*. Sie hat ihn von einer Ausstellung mit nach Hause genommen, über den Umweg eines Hotelzimmers mit dem Maler. Den Schauer kennt sie inzwischen schon. Eine Bekanntschaft aber, die mit jedem Besuch intensiver wird. Vielleicht wie ein wiederkehrender Herzinfarkt.

Arg, oder? Draußen war, sagt Lu, die Rettung. Also nicht meine Rettung, sondern ein Wagen mit Blaulicht. Wir fürchten das Unbekannte, hat der Essel einmal gesagt, mein Deutschlehrer. Da war er in so einer philosophischen Stimmung. Loretta hat da zu mir gesagt, sie fürchtet mehr das Bekannte, den Essel zum Beispiel. Die hats damals schon erkannt. Der Essel braucht wirklich einmal so einen Rettungswagen unter seinem Fenster, um halb drei in der Nacht, dann bin ich neugierig, ob ihm seine Philosophie was hilft, wenn er sich pfaufedert, in die Pyjamahosen. Ich hab jedenfalls gleich das Schlimmste befürchtet, ich krieg echt noch einen Herzinfarkt wegen dir. Also. Tut mir leid, ist ja nicht deine Schuld. Natürlich nicht. Jedenfalls hab ich mir gedacht, oh Gott. Ich bin sofort runter, im Pyjama und barfuß. Glamourös ist was anderes. Und jetzt rat, was passiert ist. Die haben den Typ von der Nymphomanin abgeholt. Also, der war schon im Wagen, wie ich unten angekommen bin. Patrice hat dem Sanitäter gerade irgendein Formular zurückgegeben, dann ist er wieder hinein, in die Pension. Ich bin mir ziemlich blöd vorgekommen, dort unten, ohne Patrice. Sie ist bei der offenen Wagentür gestanden, das glaubst du nicht. Im Bademantel. Zu lang war der nicht grad, die Strapsbänder haben unten vorgeschaut. Ohne Schuhe, nur in Strümpfen. Der Lippenstift war bis zu den Ohren verschmiert und ihre Haare in alle Richtungen, wie bei der Medusa, wenn sie echt sauer ist. Die hat sicher gedacht, wie krieg ich jetzt? Oder auch nicht. Das ist vielleicht unfair. Nymphomanin hin oder her, besorgt wird sie halt gewesen sein. Oder in Panik. Was sie da angerichtet hat. Jedenfalls ist sie mitgefahren. Patrice ist im letzten Moment wieder rausgekommen, dem Wagen hinterher, mit einer Hose und Schuhen für sie. Der kann gar nicht anders als immer an alles denken. Mir hat er dann gesagt, sie vermuten einen Lungenriss. Soll angeblich vorkommen bei jungen Leuten. Ich hab dir gesagt, die macht ihn fertig. Für eine Hellseherin halt ich mich deswegen aber auch nicht, das war ja offensichtlich. Glamourös immerhin. Das bring ich nie, geb ich zu. Das muss man in sich haben, glaub ich. Obwohl ich natürlich das Beste hoff, für ihn. Patrice auch.

Tulpe Valentin lebt knapp an den Ereignissen vorbei. Auch an ihren eigenen. Ab drei Uhr war sie wach. Sie sieht nie jemanden ankommen oder abreisen, nur im Lu-TV-Vormittagsprogramm erfährt sie den Unterschied zwischen Dasein und Fortsein. Und beides, gleichzeitig, ohne Unterschied.

Oft hab ich ja, sagt Lu, nicht Recht. Da würd ich gern eins eintauschen. Also, wie ich gedacht hab, dass es deinen kranken Nachbar wirklich gibt. Da hab ich mich ja geirrt. Das würd ich jetzt gern eintauschen. Also, dass es so wär, dass es deinen kranken Nachbar gibt und ich mich dafür geirrt hätt mit dem Typ von der Nymphomanin. Damit wär allen geholfen. Echt Pfaufeder, dass das nicht geht.

62

Also, ich erzähl dir was, von dem ich nicht weiß. Dass ich die wirrsten Gedanken hab, hier, das brauch ich dir nicht mehr erzählen. Es wird aber immer ärger. Das hat mit dem Wachliegen zu tun, das auch immer ärger wird. Nachdem sie den Typ mit seiner Nymphomanin weggebracht haben, bin ich ja noch ewig wachgelegen. Und mit meinen Träumen, über die ich aber nicht rede. Jedenfalls hab ich mir ein paar Gedanken gemacht. Mein Vorschlag ist, ich red einfach mal drauflos, und wenns am Ende der totale Unsinn ist, dann lässt du es einfach weg, also dann schreibst du es nicht hinein in dein Buch. Da verlass ich mich ganz auf dich, dass du das richtig abschätzt. Also, irgendwie bin ich auf den Winter gekommen, wahrscheinlich weil mir hier am Abend manchmal so kalt ist. Im Hochsommer. Aber bitte, mich wundert sowieso nichts mehr. Und da hab ich mir gedacht, komisch, im Winter sieht man den Atem. So als Wolke vor dem Mund. Und dann hab ich mir gedacht, wie viele Dinge es geben muss, die wir nur nicht sehen. Ich hab dich gewarnt, ich philosophier mich jetzt total weg, tut mir leid. Zum Beispiel bei der Nymphomanin, wie die beim Rettungswagen steht. Die Schminke von ihren Augen ist in so richtigen Strichen über ihre Wangen gelaufen. Wie Vogelfüße. Also wie die Kajalklauen von der Panik, die sie hat. Oder das Blaulicht. Du liegst im Bett und schaust aus dem Fenster, oder eigentlich nur zum Fenster, und dann siehst du im Fenster die blaue Panik von einem anderen Mensch. Und die zittert so arg, dass sie deine eigene Panik wird, weil du was siehst, was du normal nicht sehen könntest, vom Bett aus. Ich meine, mir ist schon klar, dass das keine Zauberei ist. Die hat sich die Augen geschminkt wie für Halloween, und die Tränen haben die Schminke verrinnen lassen. Der Sanitäter hat das Blaulicht eingeschaltet. Das ist ein Knopfdruck, natürlich. Das ist gemacht, das ist mir schon klar. Aber trotzdem ist es. Ich weiß auch nicht, wie ichs sagen soll. Mir kommts so vor, als wär der Kajal oder das Blaulicht die Winterluft. Also dass wir die Panik irgendwie ausatmen oder ausstoßen und dass man sie normalerweise nicht sieht oder nur ein bisschen, in den Augen, aber mit Kajal sieht man sie deutlicher und mit Blaulicht sieht man sie gleich in allen Fenstern, und wenns dann noch geregnet hätt, hätt man sie sogar auf dem nassen Asphalt noch gesehen. Verstehst du? Einmal waren wir mit der Schule in so einer Ausstellung, Skulpturen waren das. Moderne Kunst, kannst du dir eh vorstellen. Der Typ, der die Führung gemacht hat, hat uns erklärt, dass der Künstler sich denkt, dass so die Neurosen aussehen würden, wenn man sie sehen könnt. Kann jeder sagen, hab ich mir damals gedacht. Aber jetzt denk ich mir, das könnt stimmen. Jetzt tuts mir leid, dass ich den Namen vergessen hab von dem Künstler. Und an die Skulpturen kann ich mich auch nicht mehr erinnern. Solche Dinge denk ich mir in letzter Zeit. Und dann bin ich auf uns gekommen. Und auf die Pfaue. Also, dass die mit uns was zu tun haben. Ich meine nicht, dass sie ein Zeichen sind oder so was. Zeichen gibts ja auch. Zum Beispiel die Tür, die ich gesehen hab, bei der Bücherei, gegenüber. Die Tür ohne Boden. Oder der leere Balkon, der zwischen dem mit den Palmen und dem mit den Thujen. Da hätts mir ja schon dämmern müssen, dass es deinen kranken Nachbar nicht gibt. Dass das oben ein leeres Zimmer ist. Frag ich mich inzwischen oft, wie ich das hab übersehen können. Mich würds auch nicht wundern, wenn der inzwischen nicht mehr leer wär, der Balkon. Wenn ich noch mal in die Bücherei gehen würd, dann wären da vielleicht Leute auf dem Balkon oder Spuren von Leuten, weil er jetzt nicht mehr leer sein braucht, weil ichs ja inzwischen doch überlauert hab. Trotzdem, Zeichen sind dort, wenn man ehrlich ist, wo man sie haben will. Mit der Winterluft und dem Blaulicht ist das anders. Mit den Pfauen auch. Die machen was sichtbar. Also, wie die herumgehen. Manchmal gehen zwei, drei zusammen, von den Weibchen, und dann bricht eins weg, will nicht mehr mit oder kann nicht mehr mit. Manchmal gehen zwei auseinander und kommen dann wieder zusammen. Manchmal rennt eins hinter dem anderen her. Die zeigen nicht unseren Atem oder unsere Panik oder unsere Neurosen, aber sie zeigen etwas, das in uns ist. Unsere Aufmerksamkeit vielleicht oder unsere Teilnahme, oder was wir eigentlich wollen und was nicht. Also wenn ich was sagen will und ich weiß nicht wie, dann ist das in dem Gerenne von den Pfauen. Oder wenn du manchmal wegbrichst. Das ist kein Vorwurf, du hast da total mein Okay, ich würd mein Gequassel auch nicht die ganze Zeit packen. Und wenn ich zwischendurch sag, ich packs nicht, oder oh Gott, dann schlägt sicher einer sein Rad auf. Und wenn ich mir gut vorkomm, bei etwas, was ich sag. Dann wackelt sicher einer so mit dem Hintern, mit dem aufgeschlagenen Rad. Ich hab keine Beweise, ich könnt mich ja gar nicht mehr konzentrieren, wenn ich beim Reden dauernd die Pfaue beobachten würd. Aber Bilder hat man ja trotzdem. So aus den Augenwinkeln. Und so was denk ich mir in letzter Zeit, ich bin mir ziemlich sicher. Und dann hab ich mir gedacht, das ist echt arg. Weil die ja Lebewesen sind, und weil ich echt nicht mein, dass die nur dafür existieren, dass sie irgendwas sichtbar machen. Das wär ja eine Anmaßung. Aber sozusagen zusätzlich zu ihrem eigenen Leben machen sie es trotzdem, etwas sichtbar, im Leben von anderen. Und dann hab ich mir gedacht, dass das wahrscheinlich bei allen so ist. Also dass wir leben, unser Leben halt, und dass wir gleichzeitig für andere etwas sichtbar machen. Da schau, der schlägt schon sein Rad auf, weil ich mich so ungeniert wegphilosophier. Ich packs echt nicht. Eine Frechheit eigentlich, von mir. Also, der denkt sich wahrscheinlich, dass die eine Pfautante echt heiß ist, und er macht mal sein Rad, vielleicht lässt sie ihn ja. Keine Ahnung, ob ein Pfau so was denkt. Jedenfalls hats ihn. Und dann komm ich und sag, der macht was sichtbar, was in mir ist. Aber genau das ist es, was ich mir gedacht hab. Dass wir nämlich wir selber sind, also unser Leben leben, und gleichzeitig sind wir für andere die Winterluft. Lang darf man so was nicht denken. Da traut man sich ja gar nichts mehr.

63

Weißt du, was wir machen? Wir tauschen. Du bist ich, und ich bin du. Das ist ja eine Zumutung, dass jeder immer er selber sein muss. Wir tauschen einfach. Mal schauen, ob wir es eine Viertelstunde durchhalten.

Lu nimmt ein Taschentuch aus ihrer Tasche und schreibt etwas darauf. Zerknüllt es und steckt es zurück.

Ich fang an, sagt Lu. Gib mir dein Zeug. Keine Angst, ich lass dir was übrig. Das ist nur Requisite. Oder Starthilfe. Der Tulpe-Valentin-Funke.

Sie nimmt einen Schluck. Dann niest sie künstlich. Kramt das Taschentuch heraus und sieht ihr eigenes Wort: *Satanisten.*

Wenn mir die Nachfrage gestattet ist, liebe Lu, sagt Lu als Tulpe Valentin, der Vorfall mit den Satanisten war nicht etwa geflunkert? Spring nicht gleich auf. Du weißt, alles, was du mir erzählst, ist mir Geschenk. Nur. Lu nimmt noch einen Schluck. Die Satanisten waren doch recht auffällig als Geschenk verpackt.

Ja, glaubst du? Tulpe Valentin möchte aufspringen wie Lu. Immerhin schafft sie es in einem Ruck hoch, ohne Hilfe. Sie geht einmal im Kreis, dann noch einmal. Sie muss sich gar nicht sofort wieder setzen. Ich meine, denkst du, ich greif das aus der Luft. Hältst du mich für so eine Art Märchentante oder was? Das wär ja. Da könntest du ja gleich. Ich meine, da bräuchtest du mich ja nicht für dein Buch.

Nicht aus der Luft, liebe Lu, sagt Lu als Tulpe Valentin. Setz dich, liebe Lu. Nicht aus der Luft als Erfindung, aber vielleicht aus der Luft als Vorstellung. Es ist nur eine Frage, weil ich mir das Wort notiert habe, damals, und weil es jetzt doch zurückgekommen ist. Wenn ein Wort zurückkommt, dann ist da noch was. Und wie du mir das erzählt hast, warst du auch irgendwie anders. Verändert, unsicher. So als hättest du mit einer Erfindung gekämpft, das war halt mein Eindruck, liebe Lu, oder zumindest mit einer Vorstellung.

Lu tritt Tulpe Valentin vorsichtig auf die Zehen. Sie zwinkert ihr zu, in soufflierendem Nicken.

Also gut, ich gebs zu, sagt Tulpe Valentin als Lu, ich hab die Geschichte erfunden. Scheinbar nicht besonders glaubwürdig. Dabei hab ich gedacht, wenn ich die zu so einem älteren Paar mach, zu so tristen Figuren in Grau und nicht zu weiß geschminkten Satansjüngern in Lack und Leder, dann komm ich vielleicht damit durch. Korrigiere: Dann komm ich vielleicht durch damit.

Lu lächelt. Zeigt Tulpe Valentin den Super-Daumen.

Aber was, sagt Tulpe Valentin als Lu, willst du, bitte? Bin ich die Schriftstellerin oder du? Ich finde, du hättest mir die Freude ruhig lassen können. Hättest du halt noch mal drübergehen müssen, das wär echt dein Job gewesen. Tut mir leid.

Tulpe Valentin steckt den Finger in die Nase. Streichelt ihr Nasenloch.

Lu kippt nach vorn aus der Rolle. Fängt sich aber sofort wieder und bemüht sich um einen gütigen Blick. Um einen Blick, der ganz Ohr ist. Damit trifft sie Tulpe Valentin nicht genau, denkt Tulpe Valentin. Aber offenbar die Person, für die sie Tulpe Valentin hält. Lu wirkt zufrieden.

Da hättest du, sagt Tulpe Valentin als Lu, mir echt eine Hilfe sein können. Mit dem Durchkommen. In deinem Buch, also in dem Buch, das ich in der Bücherei gelesen hab, bevors dann entlehnt war, da sind ja die Figuren auch so, wie man sie sich eigentlich nicht vorstellen würd, also auf den ersten Gedanken.

Arthur, murmelt Lu als Tulpe Valentin so leise, dass es später auf der Aufnahme nicht zu hören sein wird. Trotzdem deutlich, in Tulpe Valentins Erinnerung.

Und deshalb wirken sie ja so echt. Da hab ich mir gedacht, ich komm durch damit. Nicht nur vor dir, sondern auch vor mir selber. Du könntest echt auch was dazu sagen. Das interessiert ja keine Pfaufeder, wenn immer nur ich quassel.

Sie muss auf ein Stichwort hoffen. Tulpe Valentin versucht sich zu erinnern. Wie war das mit den Satanisten genau? Das kann sie Lu nicht fragen.

Wenn du gestattest, liebe Lu, sagt Lu als Tulpe Valentin, muss ich dir da widersprechen. Es geht genau darum, was du sagst. Vielleicht hatte das ja mit der Terrasse zu tun?

Du hast echt den Durchblick, sagt Tulpe Valentin als Lu. Ich hoff nur für dich, dass das nicht der totale Überblick wird, bei dir, den wünsch ich nämlich keinem. Es ist aber wirklich so. Also, dass ich die Geschichte nicht erfunden hab, als ich sie dir, korrigiere: wie ich sie dir erzählt hab, sondern schon, wie ich dagesessen bin, auf der Terrasse. Es fällt Tulpe Valentin ein: Bei der Bananenmilch. Weil da nämlich in Wirklichkeit kein einziger Gast war, also nur ich allein. Bei dem Wetter, bitte. Das packt ja keiner. Die Tageszeit hätt ja auch gepasst. Ich meine, nicht für Satanisten, aber für ganz normale Cafébesucher. Wenn ich denen nicht ein paar Satanisten erfind und ein paar Gäste, die sie belästigen können, hab ich gedacht, die gehen echt in Konkurs. Da ist ja keiner, hab ich gedacht. Ich hab irgendwie richtig Schiss gekriegt, so allein auf der Terrasse. Krieg ich heute noch, wenn ich dran denk. Tut mir leid, ich brauch echt einen Schluck von deinem Zeug.

Lu als Tulpe Valentin lässt die Flasche nur zögerlich los. Wie ein Kind, das sein Spielzeug nicht hergeben will. Oder etwas Schmutziges, das es auf der Straße gefunden hat. Lu als Lu schluckt am Lachen. Sie kämpft um ihre Rolle. Mit ihrer Rolle.

Tulpe Valentin nimmt einen Schluck als Tulpe Valentin. Noch einen. Da ist sie ganz in der Szene, als hörte sie Lus Stimme von der Handyaufnahme.

Wundert ja keinen, sagt Tulpe Valentin als Lu. Nach meinem Gedanken, mein ich. Also, dass alles immer einen Sinn haben muss. Dass fremde Leute in dein Leben gezogen werden, nur weil sie deinem Sinn nicht auskommen. Also, ich will das echt keinem antun, dass ich mich da wegphilosophier, so als sechzehnjährige Philosophin. Aber denk du das einmal und bemerk dann, dass keiner da ist, dass du ganz allein bist, an einem Ort, wo man normalerweise nie allein ist. Weil die ja längst in Konkurs gegangen wären. Bleib dann mal normal. Keine Chance. Ich schwör dir, es wär dir lieber, die Satanisten würden kommen. Besser die Satanisten als gar keiner. Ich hab das Geld für die Bananenmilch auf den Tisch gelegt und bin los. Und dann hab ich mir gedacht, ich probiers halt. Geb ich zu. Nicht nur, ob du es schluckst. Ich wollt dich echt nicht anlügen. Also nicht so, wie man das normalerweise macht. Das wär ja lächerlich. Aber ich wollt sehen, ob es einen Unterschied macht. Also für das mit uns. Für dein Buch. Obs einen Unterschied macht, ob etwas erfunden ist oder nicht. Ich meine, wenn immer alles einen Sinn machen muss, ob das dann auch für das Erfundene gilt oder nur für das Echte. Oh Gott. Tulpe Valentin hält sich als Lu die Hand vor die Stirn. Ich philosophier mich da weg. Ich sag lieber nichts mehr. Nur eins noch, vielleicht. Dass ich nämlich erst keine Antwort hab, jetzt. Also, du bist mir zwar draufgekommen, aber Teile waren ja echt. Mein Schiss, zum Beispiel. Und die Bananenmilch. Also dass ich da bei der zweitbesten Bananenmilch von der Welt gesessen bin und dass ich sie gar nicht richtig hab genießen können, wegen meinen Gedanken. Meine Gedanken, das waren irgendwie die Satanisten. Ich bin mir echt selber zu arg. Aus.

Gruslig, oder? sagt Lu als Lu.

Schön gruslig, sagt Tulpe Valentin als sie weiß nicht wer.

Ich glaub. Ich hab mir das schon öfter gedacht, dass ich dich nämlich hätt erfinden müssen, wenn ich dich nicht getroffen hätt, hier. Und das hätt ich nie gebracht. Ich bin ja keine Schriftstellerin, ich erfind ja nicht einen einfach so. Und so arm bin ich dann auch wieder nicht drauf, dass ich allein hier gesessen wär und vor mich hingequasselt hätt, für die Pfauviecher. Ich wär ein paar Tage geblieben, hätt mir ein paar Gedanken gemacht, über Patrice und seine Pension, vielleicht hätt ich der Touristenfamilie ein bisschen hinterherspioniert, aber dann, wenn ich das überlebt hätt, wenn ich denen nicht hinter ein Geheimnis gekommen wär, das meinen Tod bedeutet hätt, dann wär ich wieder gefahren. Mit irgendeiner schrägen Person auf irgendeinem schrägen Gefährt. Vielleicht auch einfach mit dem Bus. Wenn ich draufgekommen wär, dass es den gibt. Also wenn ich da auch ohne Bücherei draufgekommen wär. Wahrscheinlich zurück zum Bahnhof. Damit ich nicht allein die Sinnkrise hätt haben müssen. Weil dort ja der Kellner ist. Mit dem hätt ich dann gemeinsam die Sinnkrise haben können. Der tut mir grad echt leid. Auch dass ich seinen Namen nicht weiß. Also wenn ich wenigstens seinen Namen wüsst, dann könnt ich ihn erwähnen, und er könnte dann als ein echter Mensch in dein Buch. Vielleicht gibst du ihm einen. Keine Ahnung, ob das geht. Ob das was hilft. Jedenfalls tut er mir leid.

64

Weißt du was? Handy!

Lu tippt herum, die Zähne auf der Unterlippe, der Tag wird um einen Grad heller. Vielleicht, sagt Lu, hab ichs gespeichert. Sie starrt auf das Display, als wollte sie das Gerät hypnotisieren. Die Ordnung der Welt überreden, dass sie jetzt Pfaufeder nicht versagen darf. Ha, sagt Lu, ich habs. Wir singen. Wenn du den Text nicht kannst, summst du einfach. Sie drückt eine Taste. *Moonlight Shadow*, sagt Lu. *Dam-di-da-di-da-dam*, der Einsatz kommt gleich.

The last that ever she saw him
Carried away by a moonlight shadow

Lu ist sofort voll dabei. Na los, sagt sie zum Telefon, sie meint aber Tulpe Valentin. Die räuspert sich in ein zögerliches Etwas, das einmal ein Summen werden will.

Sing a song of sorrow and grieving

Lu ist begeistert, offenbar eine ihrer Lieblingsstellen. Lu schaltet ein bisschen lauter, die Sonne schaltet ein bisschen heller. Tulpe Valentin muss auch lauter summen.

He was shot six times by a man on the run

Lu macht die Pistole mit den Fingern, ihre allerliebste Lieblingsstelle. Die Pfaue kommen mit dem Schrecken davon. Tulpe Valentin stolpert über den Refrain, Lu hilft ihr auf, fordert sie auf, reißt sie weiter.

4 a.m. in the morning
Carried away by a moonlight shadow

Lu ist außer Kontrolle. Was da aus ihr heraus will, sind nicht Töne (sie hat nur drei im Repertoire, und die sind falsch), nein, es ist das ganze Lied, das da drängt, und es klingt, als ob kein Teil warten könnte, bis er an der Reihe ist. Tulpe Valentin beschränkt ihr Summen auf zwei Töne, einer der Musik aus dem Telefon verpflichtet, der andere chancenlos bemüht um irgendeine Verbindung zu Lu. Immerhin ist sie beim zweiten Refrain gewarnt, sie schafft es mit gemessenen Bassschritten durch. Die Sonne hat nur ihr Licht. Das kann sie aber wirklich.

Lu macht noch einmal die Pistole. Sie kommt jetzt im Text nicht vor, sie gilt vielmehr dem Lied. Lu bricht die Wiedergabe ab. So ein Gitarrensolo braucht, sagt Lu, kein Mensch. Gut, dass es erst am Ende kommt.

Ihr Urteil kennt keine zweite Instanz. Lu ist zufrieden, sie strahlt. Das Lied war eine glänzende Idee von ihr, und sie hat es noch dazu genau an der richtigen Stelle gerettet. Sie ist in Hochglanzlaune. Noch einmal, sagt Lu. Diesmal aber ordentlich. Lu singt, sie geht über. Tulpe Valentin summt. Sie klingt wie ein mitlaufendes Radio, das die richtige Frequenz nicht findet, im Rauschen aber immer wieder einen Nachrichtensprecher erhascht, ganz kurz, mitten in der Silbe, die zu irgendeiner Katastrophenmeldung gehört. Die wenigen Zufallstreffer sind tödlich. Gleichzeitig wäre es vollkommen unmöglich, sich von Lus Freude nicht davontragen zu lassen, in die hellste Mondnacht, die je war. Die Sonne schert sich auch nicht mehr um den passenden Farbton der Dinge, sie hat einfach voll aufgedreht. Sie schaffen es ungefähr bis zur Hälfte, dann können sie das Lachen nicht mehr halten. Sie kippen aus der Hüfte in alle Richtungen, ihr Lachen das Wiehern der betrunkenen Pferde, die in ihnen galoppieren, mit ihnen durchgehen. In einem Film mit dem Titel *Zur Schönen Gegenwart* wäre dies das Schlussbild, zwei schaukelnde Figuren, die sich im weißen Gleißen dieses sehr heißen Tages auflösen, bis sie, der Ton weggenommen, das Gelächter noch ein Nachzittern in der Luft, schließlich nicht mehr zu sehen sind. Ende. Mit dem Abspann setzt das Lied abermals ein. Mancher Zuschauer würde es später nicht mehr hören können, ohne das Gefühl einer unbestimmten, schwebenden, gleichsam berückenden Fröhlichkeit.

65

Tulpe Valentin sitzt in ihrem Zimmer am Computer. Es ist Abend. Seit etwa einer Stunde ist sie wieder wach. Mehr als sonst nach dem Tagesschlaf. Oder anders als sonst. Das Singen und Summen in ihrem Kopf oder um ihren Kopf herum ist eine hereindringende Freude, unschuldiger vielleicht als die Gespräche, gefährdeter. Das Glück steht auf einem Bein. Schau mal, schnell! In die Aufnahme von ihrem Rollentausch hinein klingelt das Telefon. Tulpe Valentin fährt zusammen. Das passiert nicht zum ersten Mal. Lu erhält öfters Anrufe, die Tulpe Valentin ignoriert, wie befohlen. Lu ruft dann am nächsten Vormittag zurück. Dieser Anruf, weiß sie sofort, ist anders. MAMA RUFT AN, steht auf dem Display. Und WIEDERGABE FORTSETZEN? Nein. MAMA RUFT AN, noch einmal. Bald ein drittes Mal. Tulpe Valentin drückt herum. Sie weiß nicht, wie sie die Meldungen vom Display bekommt. Es klingelt. Vor Schreck fällt ihr das Telefon auf die Tischplatte. LORETTA RUFT AN. Tulpe Valentin drückt die Auflegtaste. PAPA RUFT AN. Tulpe Valentin fühlt sich an ihren Stuhl gefesselt. Die Klingelwesen umkreisen sie. Jetzt piepst es auch noch. SMS-NACHRICHT ERHALTEN. Tulpe Valentin drückt auf ANZEIGEN. *Agent lo an agent lu, emergency, ruf an!* Es klingelt. MAMA RUFT AN. Es piepst. Tulpe Valentin ist umzingelt. Patrice! SMS-NACHRICHT ERHALTEN. Die richtige Taste nur zufällig. *Wir waren im Kino, haben Loretta gesehen. Wo bist du?? Große Sorge!! Mama.* Tulpe Valentin nimmt einen Schluck Whisky aus der Flasche. Pfaufeder, Patrice! PAPA RUFT AN. Wie bringt man das Pfaufeder Ding zum Schweigen? Wo bleibt Patrice? Sie muss da allein. Sie muss da selbst eine Lösung finden. Sie steht auf, es ist mühsam, die Fesseln geben nur nach enormer Anstrengung nach. Sie geht im Zimmer auf und ab. Eins weiß sie, ein weiteres Klingeln überlebt sie nicht. Sie drückt am Telefon herum. MAMA ANRUFEN? Ja.

Das Gespräch, das man so wohl nicht nennen kann, ist kurz. Sie sagt, alles ist gut. Sie sagt, keine Sorge. Sie gibt eine ramponierte Erklärung, die die Worte *Lu* und *Auszeit* nur notdürftig zusammenhält. Sie fühlt sich wie jemand, der sagt, er sei unbewaffnet, und dabei lügt. Sie weiß, ihr Gesicht ist eine Fratze. Sie fürchtet, das könnte zu hören sein. Sie nennt eine Adresse. Sie sagt, besser morgen. Sie sagt, ja, bestimmt. Und keine Sorge.

Sie muss sich setzen. Sie hat die Adresse genannt. Sie weiß, dass Lus Eltern nicht bis morgen warten werden. Nicht können. Nicht dürfen. Lus Eltern tragen keine Anführungszeichen, sie denken keine Vorstellungen wie

Delta und Horizont, sie denken nur Lu. Tulpe Valentin rechnet mit eineinhalb Stunden, vielleicht zwei. Sie rechnet nicht damit, Lu noch einmal zu sehen.

66

Im ersten Stock gehen die Fenster der Gästezimmer auf die Straße, anders im zweiten. Das Zimmer des kranken Nachbarn öffnet sich über beide Fenster zum Pfauengarten. Zum Pfaugarten, wie Lu sagen würde. Tulpe Valentin hat sich in den Sessel vor einem der Fenster geflüchtet, obwohl sie weiß, dass sie daraus allein nicht wieder hochkommt. Wiederhochkommen ist ihr eine absurde Vorstellung. Sie trinkt Whisky aus der Flasche. Nicht aus einer der kleinen Eisteeflaschen, sondern aus der großen Originalflasche. Die ist ganz schön schwer. Sie muss schnell trinken. Es ist eigentlich die Zeit ihres kurzen Nachtschlafs, an den nicht zu denken ist. Der Mond ist aufgegangen.

Irgendwann klopft es. Lu.

Ich wollt nur sehen, sagt Lu. Also, ist alles okay mit dir? Sicher? Weil du so laut vor dich hingesummt hast. Ich meine, so laut summt ja keiner, man summt ja normalerweise, weil man es leise will. Aber so wie du gesummt hast, das war ja wie eine Alarmanlage, wie eine Sirene. Da hab ich mir halt gedacht. Und dass du hier oben bist, ist ja auch nicht das beste Zeichen. Und du schaust auch nicht aus, als wär alles okay.

Hier oben sieht sie den Pfaugarten. Es ist wie an den schönen Vormittagen mit Lu. Tulpe Valentin weiß, das ist eine Erklärung und gleichzeitig eine Not.

Na dann. Ich weiß jetzt auch, sagt Lu, woher ich das kenn, dein Gesumme. Ich meine, du hast es ja schon mal erwähnt, dieses Mondlied, aber jetzt ist es mir eingefallen. Wie ich es dich summen gehört hab, weil meine Großmutter es mir nämlich vorgesummt hat, wenn ich bei ihr geschlafen hab. Gesungen und gesummt. Sie hat nur von der ersten Strophe den Text gewusst, dann war ich aber immer noch wach, also hat sie weitergesummt. Keine Ahnung, wie viele Strophen das Lied hat, in der Summversion von meiner Großmutter sicher zwanzig. Bei meiner Großmutter war ja immer alles länger als normal. Es war immer alles mehr als in Wirklichkeit. Oder die Wirklichkeit war bei ihr einfach mehr. Schön eigentlich, wenn ich drüber nachdenke. Sicher hat sie es auch schon meiner Mutter immer vorgesummt, weil ihr nämlich manchmal die Tränen gekommen sind. Aber so richtig. Die Sintflut. Manchmal, nicht oft, weil sie sich nämlich sehr zusammengerissen hat, glaub ich, meine Großmutter. Weils dann natürlich vorbei war mit dem Einschlafen, für mich. Weil dann sicher meine Fragerei losgegangen ist, und sie hat dann sicher gesagt, es ist nichts, sie ist nur gerührt, und da hat sie sicher selber gewusst, dass das keine Erklärung ist, für ein Kind. Meine Mutter hat sie sehr stark, die Sintflut. Das ist bei ihr eine Krankheit, so wie andere die Schwindsucht haben oder die Blindwut, so hat sie die Sintflut. Wenn wir zum Beispiel irgendwo einen Schwan sehen. Als Kind, sagt sie mir immer wieder, bin ich bei jedem Schwan ausgeflippt. *Asswan, Asswan*, hab ich immer wieder geschrien vor Begeisterung, angeblich. Und wenn wir heute irgendwo an einem Schwan vorbeikommen, dann gehts los. Wie wenn der Assuan-Staudamm brechen würd, nur ärger. In ihr bricht der *Asswan*-Staudamm, und die Sintflut geht los. Sie ist, glaub ich, immer in ihr, und von Zeit zu Zeit bricht sie aus. Manchmal droht sie nur auszubrechen, und es ist dann ein Glück, wenns doch nicht passiert. Man hat dann immer das Gefühl, es war knapp. Eine genetische Sache, glaub ich. Ich hab sie nämlich auch. Da bin ich meiner Mutter sehr ähnlich. Da bin ich eigentlich genau wie sie. Gruslig ist das. Sie wird mit dem Alter schlimmer, die Krankheit, mein ich. Oder mit Kindern. Oder mit Erinnerungen. Bei mir kommt die Blindwut auch noch dazu. Das kann ja heiter werden, wenn ich doch älter werd als achtzehn oder einundzwanzig. Wenn ich zum Beispiel mit knapp hundert irgendwo einen Pfau seh, da seh ich ihn jetzt schon brechen, den Staudamm. Trotzdem wär das was für mich. Das sag ich jetzt einfach mal so. Anwalt brauch ich auch keinen mehr. Den Prozess hab ich sowieso verloren, nach allem, was ich dir schon erzählt hab. Ist okay für mich. Ich würd dasitzen, mit meinem über hundertjährigen Wolverine, wenn der das Leben so lang packen würd oder mich, und dann würd ich meinen x Urenkeln was vorsummen, wenn die nicht schon zu alt wären für so was. Und ich würd mich ganz fest zusammenreißen. Vielleicht doch nicht grad *Moonlight Shadow*. Eine bessere Version als unsere vom Vormittag krieg ich ja nicht mehr hin. Und außerdem, der Typ stirbt ja in dem Lied, und sie sieht es. Und wenn mein Wolverine dann schon tot wär, das würd ich echt nicht packen. Vielleicht doch lieber *Der Mond ist aufgegangen*. Wie du und meine Großmutter. Ich stell mir vor, ich sitz hundertjährig da und denk daran, wie ich es schon meinen fünf Kindern vorgesummt hab und meinen x Enkelkindern, und wie mein

Leben mit Wolverine war und. Oh Gott, ich krieg echt die Sintflut.

67

Du schaust echt aus wie meine Mutter, wenn sie knapp vor der Sintflut ist. Ist echt alles okay? Vielleicht sollt ich dich doch lieber runterbringen, in dein Zimmer. Spät ist es auch. Wir können ja morgen weiterreden.

Nein, jetzt. Tulpe Valentin weiß, sie kann sich jetzt nicht drücken, sie darf die Sintflut nicht auslassen, das sagt sie nicht. Sie sagt, bitte bleib noch, liebe Lu.

Das Handy, sagt Lu, hast du auch nicht dabei. Kannst du dir mein Gequassel überhaupt merken?

Tulpe Valentin hat keinen Zweifel.

Vielleicht ist das besser so. Dass das Schicksal, sagt Lu, entscheiden kann oder dein Gedächtnis. So kann ich dir was erzählen, und dein Gedächtnis wird entscheiden, ob das wirklich das Richtige ist für dein Buch oder nicht. Einen Schluck von deinem Zeug brauch ich trotzdem. Aha. Whisky ist das also. *Johnnie Walker*. Ich kenn mich da ja nicht aus.

Lu trinkt, als würde sie auftanken. Für eine längere Fahrt.

Sein Traum war immer ein Motorrad. Das braucht der Mensch halt, sagt Lu, Träume. Obwohl du ja weißt, was ich drüber denke. Weil die meisten Menschen ja das Gefühl haben, dass ihnen im Leben irgendwas entgeht, weil das Leben nicht so ist wie in ihren Träumen. Und dabei ist nur das Hirn auf Sparflamme. Es würd oft schon reichen, wenn sie nur die Flamme ordentlich aufdrehen würden. Weil die ja denken, die Gegenwart ist nur eine Art Vorbereitung für das richtige Leben, das dann beginnt, wenn ihr Traum Realität geworden sein wird. Da wundert es dann auch keinen, dass die meisten so komisch sind. Das braucht nämlich wirklich Charakter, das braucht eine Haltung. Ein guter Träumer zu sein. Wie der Zappotek. Der hat ja auch geträumt, von diesem Fischplatz in Südamerika. Aber ich wette, der hat nicht eine Sekunde lang gedacht, sein wirkliches Leben ist deswegen ärmer. Es war auch eine Vorbereitung, ein Bereithalten. Nur dass er deswegen nicht gedacht hat, er verpasst was. Er war glücklich, dass er in einer Welt lebt, die so was hat, einen Fischplatz in Südamerika. Er hat nicht die Woche runtergebogen für das Wochenende. Er hat gewusst, dass das alles irgendwie zusammengehört. Ich weiß auch nicht, wie ich das sagen soll, aber es war so. Das hat man ja gesehen. Das war ja offensichtlich, dass dem das Gesicht explodiert ist vor Glück. Ein Träumer mit Charakter. Sparflamme hats für den nicht gegeben. Oder wahrscheinlich doch. Es ist ja keiner immer nur glücklich. Aber dann hat er halt gewusst, so, das ist jetzt die Sparflamme, das ist nicht alles, da gibts noch was anderes, das ist echt. Und deswegen hat er das halten können, so eine Art Grundglück, deswegen hat sich sein Gesicht nicht so fad aushängen müssen wie bei den meisten.

Lu schaut auf.

Verzeih mir, Zappotek, wo du auch bist. Dass da ein Mädel daherquasselt, sagt Lu, als hätts eine Ahnung. Wie das bei meinem Ex genau war, kann ich eigentlich gar nicht sagen. Mit den Träumen. Auch arg. Wir waren neun Monate zusammen, und ich kanns nicht sagen. Ich helf dir noch mal mit deinem Zeug.

Lu nimmt einen kräftigen Schluck. Sie gibt die Flasche nicht zurück. Die rot-goldene Verschlusskappe steckt sie sich wie einen Fingerhut auf den Daumen.

Bei ihm war das alles so, sagt Lu, komisch. Es war schon wirklich sein Traum, das Motorrad. Und auf der anderen Seite hat mans ihm nicht wirklich abgenommen. Seine Lederjacke hat er immer getragen. Am liebsten wär er damit unter die Dusche und ins Bett. Und dann macht er so ein Candy-Sugar-T-Shirt. Zuckerbubi in Bikerpose. Bei ihm hätts mich echt nicht gewundert, wenn er sich auf den Boden gesetzt hätt und angefangen hätt, mit einem Spielzeugmotorrad herumzukurven. Wie ein Kindergartenbub, der die Motorengeräusche dazumacht. Das hab ich eh süß gefunden, am Anfang. So das Kind im Mann. Diese Begeisterung. Bis es dann irgendwie gekippt ist. Also, der Mann ist umgekippt, und nur das Kind ist übrig geblieben. Ein unmögliches Kind. Es ist ja was anderes, ob jemand einfach einen Traum hat oder ob er dann total infantil wird. Was soll man denn mit so jemand? Auf einem echten Motorrad hab ich ihn mir nicht vorstellen können, ab einem bestimmten Zeitpunkt. Obwohl er den Führerschein schon gehabt hat, in den Osterferien, wie das war, vor dem Einkaufszentrum und das am nächsten Morgen.

Lu macht eine längere Pause.

Tulpe Valentin will etwas sagen. Nicht wegen der Pause, Schweigen ist zwischen ihnen selten peinlich. Schwer vielleicht, jetzt. Die Zukunft. Aber sie würde gern etwas sagen, weil sie in ihrem Leben viele richtige Worte gefunden hat. Sie denkt, es wäre nicht zu viel verlangt, wenn sie sie ein einziges Mal auch ohne Papier finden würde. Da versucht sie einen Trick. Sie stellt sich vor, wie sie später diese Szene schreiben würde. Sofort hat sie ein paar Ideen, ein paar Bilder. Wie Lu auf ihren rot-goldenen Fingerhut schaut, als könnte er ihr erklären, wieso ihr die beiden Platanen in der überstürzt hereingebrochenen Nacht wie eingetopfte Zierbäume erscheinen. Wie ein Pfau schreit, dann noch einer und ein dritter. Was sie nie machen, sonst, bei Nacht. Als fänden sie sich plötzlich an einem falschen Ort und in Panik. Wie Lu den Zeigefinger auf die Verschlusskappe drückt, vielleicht eine Not-Stopp-Taste. Tulpe Valentin wird ungeduldig mit ihren Vorstellungen und böse auf sich selbst. Wem soll so was denn helfen, würde Lu sagen, so eine Not-Stopp-Taste von einer Whiskyflasche? Lu sagt aber nichts. Und auch Tulpe Valentin sagt nichts. In der Anspannung ist das Pfaugeschrei schneidend, und Lu versteht es endlich: Trink, trink! Triiink!

So jemand dürften sie doch keinen Führerschein geben. Wenn einer psychisch, sagt Lu, so labil ist. Das Motorrad haben ihm dann seine Eltern geschenkt. Nach der Matura. Geld spielt für die keine Rolle. Trotzdem macht es mich fertig. Wenn ich dran denk, dass sie es ihm vielleicht nicht geschenkt hätten, unter anderen Umständen, dass sie mit so einer Elternnummer gekommen wären, wie dass er sich das verdienen muss, das Motorrad, damit er den Wert schätzen kann und so weiter. Dass sie es ihm nur wegen mir geschenkt haben. Weil ich das größte Unglück bin, das einem passieren kann, und dieses größte Unglück ist ausgerechnet ihrem Sohn passiert. Und er hat den Schulabschluss trotzdem gemacht, in so einer schwierigen Zeit. Da hat er eine Belohnung verdient. Einen Trost. Heiße Milch mit Honig. Damit es wieder gut wird. Damit der Sohn, den ich kaputtgemacht hab, wieder ein Mensch wird. Damit er es irgendwie verwinden kann, dass er an so ein herzloses Stück Punkt-Punkt-Punkt geraten ist.

Trink, trink!, schreien die Pfaue. Triiink!

Also, ich bin irgendeine tödliche, sagt Lu, Krankheit, und er hat sie doch überlebt, also er hat mich doch überlebt, und da haben sie ihm dann das Motorrad geschenkt. So wie die Eltern vom Zappotek ihm eine Reise nach Südamerika geschenkt hätten in einer ähnlichen Situation. Oder die Eltern von Solveig, die hätten irgendeinen Studioboss in Hollywood bestochen, damit er ihr eine Chance gibt, eine Nebenrolle in einem Film. Oder nein, was red ich, die Hauptrolle. Zur Not hätten sie die Summe verdoppelt. Das machen Eltern halt, wenn ihr Kind ein Unglück wie mich überlebt. Ich glaub, ich krieg die Sintflut.

Lu wischt sich mit dem Handrücken über die Augen, dabei fällt der Fingerhut zu Boden, rollt unter ihren Sessel. Sie beugt sich vor und greift zwischen ihren Beinen durch nach dem Verschluss.

Au, sagt Lu, Pfaufeder. Jetzt hab ich mir auch noch die Schulter verrissen. Loretta sagt, das ist der Seelenmuskel. Das passt grad.

Tulpe Valentin bräuchte auch einen Schluck.

Da, sagt Lu, bevor ich dir alles wegtrink. Pfaufeder, ich krieg die Sintflut. Lu nimmt Tulpe Valentin die Flasche wieder ab. Tut mir leid, sagt Lu. Das Baby will, sagt Lu, zur Mama. Und die bin heute definitiv ich. Sie nimmt einen Schluck. Ist schon gut, sagt sie zur Flasche. Passiert ist es Anfang Juli.

Der Verschluss fällt nochmals zu Boden. Lu tritt danach, er schießt gegen die Wand und prallt ab, irgendwohin, wo er nicht mehr zu sehen ist. Tulpe Valentins Bild von der Not-Stopp-Taste ist damit endgültig abgehakt.

Wenn *passiert*, sagt Lu, das richtige Wort ist. In Frankreich. Keine Ahnung, warum ausgerechnet dort. Ich meine, wenn der Jean einmal ein Motorrad geschenkt bekommt, von seinen Eltern, als Milch-mit-Honig-Trost für das größte Unglück, für eine wie mich, dann fährt er damit nach Paris, keine Frage. Ich wünsch es ihm nicht. Aber mein Ex? Was der in Frankreich gesucht hat, keine Ahnung. Oder warum er das, was er gesucht hat, ausgerechnet in Frankreich hat finden müssen. Tödlich verunglückt. Ich habs von Freunden erfahren. Nicht *ein* Mal, nicht von *einem*, von mehreren, das hat sich keiner nehmen lassen. Von mehreren seiner Freunde. Die einmal auch meine Freunde waren, bevor sie erkannt haben, was ich bin. Wenn *erfahren* das richtige Wort ist. Wie sie das nämlich gesagt haben: *verunglückt*. Für das andere Wort haben sie nicht den Mumm gehabt. Für das, was sie gemeint haben. Aber gesagt haben sie es so, dass man es schon versteht. Grad dass sie nicht bravo gesagt haben. Schöne Ferien, hat einer gesagt. Ich hab gedacht, ich geb ihm die Ellbogennummer, aber so, dass er nicht mehr aufsteht. Pfaufeder. So dass nicht einmal seine Eltern mehr seine Pfaufeder Visage wiedererkennen. Ich habs aber nicht gebracht. Stattdessen hab ich die Sintflut gekriegt. Das packt ja keiner. Ich. Pfaufeder, ich krieg heut noch.

Lu nimmt einen Schluck, legt dabei den Kopf in den Nacken. La la, sagt sie, Lu-Lu hats la-la gemacht.

Tulpe Valentin nimmt ihr die Flasche ab. Kippt sie über der herausgestreckten Zunge. Ein dünner Tropfen. Wirklich leer.

Ich glaub, sagt Lu, ich hab einen Dusel. Sonst würd ich. Meine Rettung war wieder einmal Loretta. Ich müsst sie eigentlich Lorettung nennen. Wenn sie nicht das Camp hätt, also wenn sie nicht draufgekommen wär, dass ich mich für ihr Camp anmelden soll. Also meinen Eltern sagen, dass ich. Und eine Auszeit. Wenn ich nicht fortgekommen wär. Hierher. Ich wär selber verunglückt, und zwar genau so, wie die das meinen. Ich hätts nicht gepackt. Keinen Pfaufeder Tag länger. Packt ja keiner. Und dann der Typ mit dem Motorrad, Darth Vader. Das denk ich oft, seit ich hier bin. Wenn ich im Bett lieg, wach. Wenn der auch so drauf gewesen wär und mit mir gegen einen Baum oder irgendeinen Abgrund hinunter. Oder vielleicht war er ja so drauf. Weil er sich erinnert hat, dass Padmé tot ist, und wie Pfaufeder sein Leben ist. Weil ja gar nicht die Medusa seine Freundin ist, sondern Padmé Amidala war seine Frau. Und jetzt ist sie tot. Und er hat angehalten und den Soldatengruß gemacht, weil er lieber allein verunglücken wollt, vielleicht unten im Hafenbecken, weil er ja nicht hat wissen können, was für eine ich bin. Dass ich eine bin, die man nicht absteigen lassen braucht. Oder er hats gemerkt. Weil er ja in Wirklichkeit gar nicht Darth Vader ist, natürlich nicht, und weil ihm Padmé Amidala natürlich Pfaufeder egal ist und weil er sich gedacht hat, nur runter mit der. Der hat natürlich Pfaufeder Lust gehabt, dass er wegen so einer wie mir noch verunglückt. Das hat er echt nicht gebraucht. Und jetzt bin ich da. Tut mir leid für dich. Und die Pfaufeder Flasche ist auch leer. Und das ewige Pfaugeschrei halt ich echt nicht mehr aus. Da quak ich mich weg, und der Lukas ist tot. Mein Ex. So hat er geheißen, Lukas.

68

Tulpe Valentin kann nicht sagen, wie lange sie beide sitzen geblieben sind. Nachdem Lu aufgehört hatte zu reden, nachdem sie mit dem Namen ihres toten Ex-Freundes verstummt war. Bis auf ein kurzes Oh-oh. Als Lu aufstand aus dem Sessel, merkte, wie betrunken sie war, und in den Sessel zurückfiel. Beide hingen schief in den Polsterungen. Tulpe Valentin war außerdem müde. Die Müdigkeit, die den Punkt übersehen hat und den Körper aufspannt zu einer empfindlichen Membran. An allen Enden zog und zerrte noch dazu die Angst. Es war gut, dass die Pfaue nicht mehr schrien. Es war gut, dass Lu nicht mehr redete, Tulpe Valentin wäre gerissen.

Wie sie tatsächlich reißt, mit dem Klopfen. Sie sackt in ein Rundkreuz und bekommt keine Luft. Patrice wirft Lus Handy auf das Bett und zieht Tulpe Valentin an den Schultern hoch, in normale Sitzposition. Lus Rucksack baumelt dabei an der Schlaufe von seinem Handgelenk. Er ist das Erste, was Lu sieht. Tulpe Valentin kann nicht sagen, in welchem Moment genau Lu bemerkt, dass Patrice nicht allein ist. Sie sitzt mit dem Rücken zur Tür, dreht sich um, der Schmerz in ihrem Blick rührt zuerst, so scheint es, nur vom gezerrten Seelenmuskel her, dann, nach dem Bruchteil einer Sekunde, sodass gerade ein Dann hineingepasst hätte, von der Seele selbst, von der Wucht, mit der ihr die Situation plötzlich verständlich wird. Lus Vater ist ein attraktiver Mann. Tulpe Valentin hat keine Ahnung, wo sie die Freiheit für diesen Gedanken hernimmt, vielleicht aus der Atemluft, die sie nach Patrice' rettendem Griff heftig einsaugt, die mit einem Zusatzstoff versehen scheint. Lus Vater tötet sie mit einem einzigen Blick. Aus dem Jenseits, aus der Vorhölle heraus, hat sie trotzdem Augen für weitere Blicke. Der eine ist der eines Deutschlehrers. Das wird ein Nachspiel haben. Für Patrice. Der nächste voller Sanftheit und Zärtlichkeit für Lu. Komm, Princesa, sagt er. Alles ist gut. Die Mutter hat nur diesen einen, geretteten Blick. Er kostet sie alle Kraft. Ihre Schritte sind langsamer, jetzt ist auch sie bei Lu. Beide stützen ihre Tochter. Patrice packt das Mobiltelefon ins Jausenfach des Rucksacks, den er dem Vater übergibt. In Lu zuckt etwas auf, die Blindwut. Sie kommt aber nicht durch.

Leb wohl, liebe Lu, will Tulpe Valentin sagen. Was sie will, geht ein weiteres Mal nicht. Es fehlt das Papier und weiß der Teufel was noch.

Weißt du was? sagt Lu in der Tür. Die Blindwut, die ertrinkt in der Sintflut, bekommt ein letztes Mal kurz den Kopf aus dem Wasser. Du bist eine alte Säuferin. Das ist alles. Eine ganz gemeine alte Säuferin.

69

Am nächsten Vormittag meidet Tulpe Valentin den Pfauengarten. Den Pfaugarten, denkt sie, würde sie nicht ertragen. Sie tippt eine Schweigeszene in den Computer. Es ist still, schreibt sie, in der Pension *Zur Schönen Gegenwart*. Die Mäuse scharren im Mauerwerk, wie sie immer schon scharren. Es gibt keinen Grund, sie jetzt auf einmal zu hören. Die blassgrünen Linolböden der Gänge mit ihren grau abgewetzten Mittelstreifen verleihen der Erinnerung an das Hin und Her, das Auf und Ab der Schritte keinen Widerhall. Vielleicht löst sich in einem der leeren

Zimmer eine Spannung im Holz eines Möbelstücks, im Waschraum ein Tropfen vom bläulichen Kalksteinbesatz eines Wasserhahns, in der Kette der Toilettenspülung mag ein schiefes Glied sich geradehängen, im Köcher auf dem Rezeptionspult mag einer der drei Kugelschreiber um ein paar Millimeter verrutschen, in eine bequemere Position. Oder es rumpelt kurz in der großen Schachtel, die dort auf dem Boden steht. Darin liegen durcheinander die schmutzigen Buchstaben, die bis zu den Renovierungsarbeiten an der Fassade den Namenszug über dem Eingang gebildet haben. Vielleicht wird es kein Zurück in die alte Ordnung geben. Alles in allem die letzten Vorbereitungen für die wirkliche Stille. Natürlich schnarcht Patrice, der immer alles richtig macht, nicht. (Er ist jetzt wach. Tulpe Valentin weiß nicht, wie und warum ihre Vorstellung zurückgefallen ist, in die Nacht. Vielleicht war es nur der Wunsch nach diesem Satz.)

Sie lässt nicht unerwähnt, wie sie im Sessel am Fenster erwacht und bemerkt, dass sie im Nassen sitzt. Wie sie mit der Polsterung verklebt. Wie sie später mit der Pflegerin streitet, sie anschreit, sie möge endlich ihr Maul halten, sie mache alles kaputt. Sie erinnert sich an ihr Schreien im Traum, und sie glaubt, schreibt sie, dass es von der Angst herrührt, Patrice wäre imstande, auch noch auf das Atmen zu verzichten. Beim Durchlesen denkt sie, es wäre schön, den Namen *Patrice* ein drittes Mal zu verwenden. Vielleicht bei der Szene, da er sie, als Lu weg war, aus dem Sessel heben wollte, sie ihm aber die aufgestellte Hand entgegenhielt, ein Achtung!, ein Halt!, eine Lawinenwarnung. Wie sie mit ausgestrecktem Zeigefinger auf eine Stelle neben der Tür deutete, die er natürlich erkannte, wie er immer alles erkennt, bevor er den Lichtschalter betätigte und sie im Dunkel zurückließ.

Sie lässt Figuren auftreten. Manche Gesichter, manche ganze Menschen, andere nur Worte. Solveig steht auf dem roten Teppich mit der Hand auf der Hüfte. Loretta in umwerfender Schönheit mit den zwei faustdicken Fingerzeigen ihrer rot-gelben Boxhandschuhe. Ruklitsch und Zappotek (Walross und Lavendel). Zwei gedankliche Schatten, das müssen Essel und Thalhofer sein. Ernestine Worthner, Hand in Hand mit einem älteren Herrn, der die Augen, wie viele Schwerhörige, eng zusammengekniffen hat. Eine Kellnerin und ein Kellner, er trägt ein Namensschild, aber da ist nichts zu machen, die Aufschrift bleibt unscharf. Die Satanisten, Tulpe Valentins Ehemänner, ein paar erinnerte Liebhaber, zusammengefasst, Arthur noch einmal ganz groß. Etwas kleiner ein roter Riese. Mit ihrem ewig traurigen, vorwurfsvollen Blick ihre Tochter, als fürchtete sie, sonst von ihrer Mutter nicht erkannt zu werden. Ein langgezogener Name, Jean. Weitere Namen. Ein Motorradfahrer, ein zweiter. Ihr wird schwindlig, weil niemand stillhalten kann. Mit jedem Ordnungsruf treten weitere Figuren hinzu. Eine junge Frau mit dem Durchblick-Blick, die einen jungen Mann an der Hand führt wie ein kleines Kind. Oder wie einen Hund an der Leine. Ein Herr mit Regenschirm. Tänzer auf der Straße. Weitere Namen, Moritz, Rogue, Wolverine. Sanitäter, ihre Pflegerin. Mignon. Jetzt haltet endlich das Maul, schreit sie. Niemand hat etwas gesagt.

Tulpe Valentin lässt sie Aufstellung nehmen, wie für ein Hochzeitsfoto. Dann schreibt sie die Szene um, es ist jetzt ein Begräbniszug. Ihr gelingen aber weder Zweier-

noch Viererreihen, sie versucht einen bunten Haufen, einen Chor, für den die Richtigkeit der Stimmen keine Rolle spielt. Sie singen *Der Mond ist aufgegangen*, alle sieben Strophen. Manche singen lieber *Moonlight Shadow*. Tulpe Valentin verliert die Geduld, wenn das der richtige Ausdruck ist. Wenn man etwas, das man nicht hat, verlieren kann. Sie fordert ein weiteres Mal Schweigen. Ein letztes Mal, droht sie. Sie ist nervös. Sie weiß, ihr bleibt nicht mehr viel Zeit. Dann entgleitet ihr auch noch die Flasche, und der Whisky schwappt über die Tastatur. Sie versucht mit klebrigen Fingern eine weitere Fassung.

Erst löscht sie die Figuren, dann das Sonnenlicht. Der Abend senkt sich herab auf die Pension *Zur Schönen Gegenwart*, die diesen Namen nicht mehr trägt, und wünscht allen Dingen, die ihre Tagesfarben gegen Nachthemden eingetauscht haben, süße Träume. Die Pfaue trödeln noch, erheben sich aber endlich doch in ihre Platanenbetten. Schwerfällig ist ihr Auffliegen, ungeschickt, obwohl sie es ihr Leben lang üben, so als dürfte das Abbild der Himmelfahrt nicht perfekt sein, solange es auch am nächsten Abend noch erforderlich ist. Dann herrscht Stille. Ein Auto, das vorbeifahren könnte, nimmt einen Umweg. Ein Hund, der gerade bellen will, tut es doch nicht. Er weiß nicht warum, ihn verlässt plötzlich die Kraft. Tulpe Valentin schreibt, dass er eingerollt in einer Mulde unter seiner Hecke liegt und verendet. Sein Beitrag zur Stille.

Bis sie erkennt. Ein Pfauschrei? Eine Tür, die irgendwo ins Schloss gefallen ist? Ein Boden, der nicht mehr sein will? Bis sie erkennt, es gibt keine Schweigeszene. Es gibt keine große Schlussszene ohne Lu.

Sie geht hinunter und hinaus in den Garten. Das geht gerade noch. Sie setzt sich auf ihre Bank. Die Pfaue sind da, auch wenn sie als Ringrichter nicht mehr gebraucht werden. Es ist ein schöner Augustvormittag. In ein paar Stunden wird die Hitze kaum noch erträglich sein, aber jetzt streichelt die Sonne warm über ihre Haut, nimmt die Spannung aus den Augenbrauen und den Schmerz aus Knöcheln und Knien. Wenn es nicht zusammenpasst, ist es, hat Lu gesagt, irgendwie mehr.

70

In Zeitnot sind einfache Sätze schwieriger. Tulpe Valentin hat Lu abreisen sehen. Sofort bremst ein Nebensatz: Wenn man das so nennen darf. Das Abreisen und das Sehen. Es war trotzdem das einzig Richtige. Sie ist auch eine Mutter. Ihre Tochter spricht das Wort *Mutter* so aus, dass Ton und Gesichtsausdruck es unter Anführungszeichen setzen. Aber selbst für eine Mutter unter Anführungszeichen war es das einzig Mögliche. Und das Sehen? Sie gibt es zu, ihr Blick ist schwummrig. Wenn sie noch nicht genug und wenn sie zu viel getrunken hat. Dazwischen gibt es einen scharfen Moment. Er kippt vorüber. Er ist ein Wissen, nie ein Bleiben. Wer ihr das vorwerfen mag, hat ihr Okay.

Sie hat sonst nie jemanden abreisen sehen, auch nicht schwummrig. Und nie jemanden ankommen, auch nicht Lu. Sie ist aus heiterem Himmel auf ihre Bank gefallen. Auf *ihre*, Tulpe Valentins Bank. Es ist die eine Bank von den dreien, die vormittags im Halbschatten steht. Es ist die angenehme Bank, die einzig mögliche. Tulpe Valentin tritt in den Pfauengarten, und ihre Bank ist besetzt. Besetzt von einem menschlichen Wesen. Dafür ist sie nicht hergekommen, das braucht sie nicht. Vor menschlichen Wesen hat sie Angst. Das sind die Anführungszeichenverteiler. Sie hält sich lieber an den kranken Nachbarn, den sie erfunden hat. Der heilige Patrice ist immerhin so nahe an einer Erfindung, so unwahrscheinlich, dass sie ihn gerade noch erträgt. Aber dieses Mädchen, von dem sie noch nicht weiß, dass sie es hätte erfinden müssen, das die Fersen aufgesetzt hat und mit den Füßen wackelt, das die Lippen bewegt, im Selbstgespräch oder als Einübung in die sehr nahe Zukunft, dieses Mädchen besetzt ihren Platz. Wer in ihrer Situation könnte das wollen? Sie umfasst ihre Flasche mit der zweiten Hand und geht zurück hinein. Später am Tag, der Moment der Schärfe ist eben vorübergekippt, hat sie zum ersten Mal seit fünfzehn Jahren das Gefühl, hier war ein Bild. Die Lunte in ihrer Wirbelsäule brennt, an den Rändern ihres Gesichtsfelds funken Blitze ins Trübe, sie sucht einen Stift, will eine Notiz machen, denkt, besser nicht. Es ist ein kurzer Gedanke, einer an ihre ungeschriebenen Bücher, begraben, weggeworfen mit den zu frühen, den notreifen, zu eiligen Notizen. Am nächsten Tag hofft sie trotzdem, das Mädchen wieder auf der Bank sitzen zu sehen. Sie ist da. Es ist wie die Wiederholung des Vortags, wie eine Verdichtung, die das Jetzt gespenstisch und gleichzeitig wirklicher macht. Tulpe Valentin hält wieder ihre Flasche fest, geht wieder hinein, wieder macht sie die Notiz, die als Wunsch in ihr zündelt, nicht. Am Nachmittag erzählt sie dem kranken Nachbarn von dem Mädchen. Was soll er dazu sagen? In der Nacht hat sie die ärgsten Träume, über die sie nicht spricht.

Den nächsten Vormittag, glaubt sie, überlebt sie nicht. Die letzten Stufen der Treppe. Das Mädchen könnte weg sein, das Mädchen ist nicht weg. Tulpe Valentin fragt sich, wie lange das Mädchen hier sitzen wird. Sie fragt sich, wie lange sie selbst diese Gegenwart aushalten wird, diese Verdichtung, wie weit, bis zu welchem Grad. Sie wünscht sich, das Mädchen wäre weg. Sie will sich einfach nur hinsetzen, auf ihre Bank.

Stör ich dich da, sagt Lu, eigentlich? Ich meine, weil du immer wieder weggehst. Also, du stehst immer da, und dann gehst du wieder. Da denk ich mir, vielleicht stör ich dich. Obwohl. Platz ist ja genug.

Sie klopft mit der flachen Hand auf die Bank. Eine Geste mit mindestens zwei Gesichtern.

Tulpe Valentin setzt sich, als Antwort auf das Befehlsgesicht. Bedankt sich, für das Einladungsgesicht. Heute ist sie sich ziemlich sicher, dass Lu sie nicht geduzt hat, in ihren ersten Sätzen. Trotzdem erlaubt der Ton in ihrem Ohr kein Sie. Das Treffen mit Lu ist ein Einbruch ohne Übergang. So wie auch der Mangoduft unter dem Apfelbaum plötzlich da war.

Das ist der beste Platz, sagt Lu. Aber wenn du so eine bist, die keine anderen aushält, dann setz ich mich auch woanders hin. Dafür bin ich nämlich echt nicht hergekommen, dass ich da wem im Weg herumsitz, dass ich da wem ins Leben pfusch. Dafür hätt ich nicht erst hierher kommen brauchen.

Lu kratzt mit dem blauen Fingernagel an einer Stelle, an der der grüne Lack vom Holz der Bank abgeblättert ist. An einer Wunde, denkt Tulpe Valentin. Und: Dass das eine schöne Kombination ist, Flaschengrün mit Babyblau. Sie versichert ihr, dass sie sich nicht wegzusetzen braucht. Weil sie bemerkt, dass Lu ihr nicht glaubt, erklärt sie, sie ist nur ein bisschen leutscheu, aber sie freut sich, in Wahrheit.

Ist das ein echtes Wort, *leutscheu*? Das muss ich mir merken. Die meisten sagen ja, sagt Lu, schüchtern. Wie das schon klingt. Das klingt ja wie Jungfrau, wie eine Krankheit. Das klingt ja wie eine chronische Jungfrauenkrankheit. Aber leutscheu ist schräg. Das merk ich mir.

Tulpe Valentin will nicht mehr leutscheu sein, nicht hier auf der Bank. Sie stellt sich vor.

Das, sagt Lu, nenn ich mal einen Namen. Die meisten Eltern hauen ja ziemlich daneben, wenn sie sich einbilden, jetzt sind sie mal originell. Oder kreativ. Das einzige Mal in ihrem Leben. Aber deine Eltern haben da einen echten Treffer gelandet, gefällt mir.

Tulpe Valentin sieht ihren Vater an einer Gabelung stehen und zu ihr herüberwinken. Sie kann aber zu diesem Zeitpunkt noch keine Abzweigung nehmen, auch keine falsche, in Lus Tempo strudelt sie fort.

Ich heiße Lu, sagt Lu, wenn dir das reicht. Also, ich glaub, das muss reichen. Tut mir leid. So heiß ich, Lu.

Sehr erfreut, sagt Tulpe Valentin, liebe Lu. Die Hand, die sie ihr hinhält, zittert. Vielleicht von der Lunte, die in ihrer Wirbelsäule brennt. Sie weiß da noch nicht, dass sie das Gefühl hat, alle Menschen, von denen Lu erzählen wird, wären anwesend. Aber sie hat das Gefühl, jeden Moment explodiert ihr Gesicht. Eine erste Begegnung mit Lus Lehrer Zappotek.

Und wie lange, fragt Lu, bleibst du noch?

Das ist hier nicht wichtig.

Und was ist hier wichtig?

Dass man da ist.

Aha. Du bist, sagt Lu, so eine Art Philosophin, stimmts? Die weise Tulpe Valentin. Ich mein das nicht negativ, echt nicht, im Gegenteil eher. Aber Tulpe Valentin, so heißt keiner einfach nur so. Da kommt noch was. Ich stell mich da besser mal auf was ein. Ich meine, nicht dass ich mit meinem Namen große Chancen auf den nächsten Normalitätspreis hätt. Vielleicht machen wir uns besser beide auf was gefasst. Also, da sind wir. Das ist ja, sagst du, das Wichtige. Und jetzt erzähl mal.